U0717943

柳宗元集

尚永亮
洪迎华 ○ 注评

凤凰出版社

蘇軾詩集

寒江独钓 似淡实美

004

中改贬永州（今属湖南）司马。同时参与革新的刘禹锡、韦执谊、韩泰、韩晔、陈谏、凌准、程异七人亦同时被贬远州司马，史称「八司马」。柳宗元谪居永州九年，在抑郁悲凉的心境中创作了大量哲学论著和文学精品。元和十年（815）正月，召赴京师。三月，又出为柳州（今属广西）刺史，官虽稍进，地益偏远。柳宗元以多疾之躯而心系民瘼，于庶政多所兴革，兴办学校，释放奴婢，政绩卓著，文学影响也日甚。「衡、湘以南，为进士者，皆以子厚为师」（韩愈《柳子厚墓志铭》）。元和十四年（819）十一月，病殁于任所，年四十七岁，人称「柳柳州」，建庙祀之。

在柳宗元的一生中，政治上的失败和被贬是一个重大的转折点。被贬之前，柳宗元全身心投入政治活动而不专务文字，诚如他所谓：「仆之为文久矣，然心少柳宗元（773—819），字子厚，行八。祖籍河东（今山西永济），世称柳河东。其父柳镇于安史之乱时曾徙家吴地，宗元或即生于吴；但据其「某始四岁，居京城西田庐中，先君在吴。家无书，太夫人教古赋十四首，皆讽传之」（《先太夫人河东县太君归祔志》）的自述看，其幼年成长之地在长安，并受到母亲卢氏的启蒙教育。贞元九年（793），进士及第。十四年（798），登博学宏词科，授集贤殿正字。「名声大振，一时皆慕与之交」（韩愈《柳子厚墓志铭》）。十九年（803），自蓝田尉拜监察御史里行。二十一年（805）正月，顺宗即位，擢为礼部员外郎，协同王叔文诸人，在半年内推行了一系列改革措施，由是受到宦官、藩镇及守旧派朝臣的联合反对。八月，顺宗被迫内禅，太子李纯（即宪宗）即位，改元永贞。九月，贬柳宗元为邵州刺史，途

于世」（《读韩愈所著〈毛颖传〉后题》）的内涵。在创

作中，他反对「渔猎前作，戕贼经史」（《与友人论为

文书》）等模拟因袭的做法，反对「贵辞而矜书，粉泽

以为工，遒密以为能」（《报崔黯秀才书》）等片面追求

形式美的倾向，主张人的气质「独要谨充之」，情感要

「引笔行墨，快意累累」（《复杜温夫书》）地尽情抒发；

主张充分学习《庄》《老》《孟》《荀》《离骚》《国语》

《史记》诸书畅达、幽洁的长处，「旁推交通而以为之文

也」（《答韦中立论师道书》）。所有这些，皆不乏现实针

对性，不乏对文学本质属性的正确认识，也使他的诗文

创作别具一种情感充盈、文字简洁、目光锐利的特点。

　　柳宗元诗、文兼擅，文的成就更高。其文大致可

分为两大类别，一类属哲学、历史、政治论文，如《天

说》《封建论》《断刑论》《桐叶封弟辨》等，或长或短，

之，不务也，以为是特博弈之雄耳。故在长安时，不以是取名誉，意欲施之事实，以辅时及物为道。」（《答吴武陵论〈非国语〉书》）所以这一时期存世的作品很少。

流传下来的七百多篇作品，绝大多数作于柳宗元贬官之后。他曾自述原因：「自为罪人，舍恐惧则闲无事，故聊复为之。然而辅时及物之道，不可陈于今，则宜垂于后，言而不文则泥，然则文者固不可少耶。」（《答吴武陵论〈非国语〉书》）由此可见，贬谪虽然造成了他的不幸，却同时成就了他在文学上的精进和创获。他与韩愈共同倡导了散文的文体文风改革，世称「韩柳」。其文学思想与韩愈有相同处，即都倡导古文，强调「文者以明道」（《答韦中立论师道书》），但其「道」的内容有别于韩愈重在「仁义」的主张，而有更多现实色彩，更多「辅时及物」（《答吴武陵论〈非国语〉书》）、「有益有如雪天琼枝，清冷晶莹，既是柳文中的精品，亦堪称唐代文学中的奇葩。

柳宗元存诗163首，兼备众体。其诗以五言为主，尤擅五古，其他如五、七言律和绝也精妙异常，备受后人称赏。因这些诗作绝大部分作于谪居之时，故真实地表现了他身处逆境的悲凉心态。如《登柳州城楼寄漳汀封连四州》《别舍弟宗一》诸诗极写其「一身去国六千里，万死投荒十二年」之凄楚情怀，读来觉有「满纸涕泪」(贺裳《载酒园诗话又编》)。《南涧中题》《构法华寺西亭》等诗忧乐交替，清劲纡徐，被苏轼评为「妙绝古今」(胡仔《苕溪渔隐丛话》前集卷十九引)。其写景小诗如《江雪》《酬曹侍御过象县见寄》等，或冷峭凝重，或深隽幽婉，均属绝句中的上品。当然，柳宗元诗风还有淡泊舒缓的一面，前人多将柳诗与陶渊明、韦应

006

均说理畅达，笔无藏锋，以识见敏锐、思理深刻见称。

另一类属文学创作，包括寓言、骚赋、游记、骈文、传记、赠序、书启、铭诔等多种文体，以情感深厚、艺术性强取胜。其中，讽刺杂文和山水游记最具特色。其杂文或正话反说，借问答体抒发被贬被弃的一腔幽愤，如《答问》《起废答》《愚溪对》等；或巧借形似之物，抨击政敌和现实，如《骂尸虫文》《宥蝮蛇文》《斩曲几文》等，均极具战斗性。寓言讽刺文大都结构短小而用语精警，立意深刻，颇富哲理，《三戒》《蝜蝂传》等是其名篇。山水游记则继承了《水经注》的成就，且有了新的开拓。其最著者为《永州八记》，多选择钻鉧潭、潭西小丘、小丘西小石潭等深奥幽美的小景观，既予以一丝不苟的精心刻画，又将一股浓烈的寂寥心绪灌注其中，在牢笼百态的同时，传递出凄神寒骨的悲美意韵，柳宗元卒后，好友刘禹锡为其编《河东先生集》，宋初穆修始为刊行。《四库全书》所收宋韩醇《诂训柳先生文集》四十五卷、外集两卷、新编外集一卷，为现存柳集最早的本子。其他馆藏或影印宋元古本有《增广注释音辩唐柳先生集》《新刊增广百家详补注唐柳先生文集》《五百家注音辩唐柳先生文集》《河东先生集》等数种。现在通行的柳氏别集有三种：一是1960年中华书局上海编辑所据影印宋世彩堂本进行断句排印的《柳河东集》，1974年上海人民出版社据此本重印。二是1979年中华书局出版吴文治点校的《柳宗元集》，搜辑较为完备，已被多次印行。三是2013年中华书局出版、尹占华等编纂的《柳宗元集校注》，融校、注、资料汇编于一炉，是迄今最为完备的一个本子。除此之外，王国安《柳宗元诗笺释》（上海古籍出版社1993年排印本）

物的诗风联系在一起，谓："柳子厚诗在陶渊明下、韦苏州上……所贵乎枯淡者，谓其外枯而中膏，似淡而实美，渊明、子厚之流是也。"（《东坡题跋·评韩柳诗》）这主要指的是柳宗元部分五言古诗，如《读书》《感遇》《饮酒》《首春逢耕者》等，内容与陶诗相近，语言也较为朴素。但与陶诗相较，这些诗中还是时露忧怨冷峭之迹。其诗风中也有精致的一面，如《湘口馆潇湘二水所会》《游石角过小岭至长乌村》《界围岩水帘》《再至界围岩水帘遂宿岩下》等部分山水诗，在景物描写和语言运用上皆表现出凝练精丽的风格。所以元好问在《论诗绝句》中将柳宗元和谢灵运并论，认为："谢客风容映古今，发源谁似柳州深。朱弦一拂遗音在，却是当年寂寞心。"之后，不少论者亦有柳宗元出于陶、谢的说法，兼顾融合了这两家的风格。

元的作品走向社会和民间有一定贡献。

本书在前人研究的基础上，部分吸纳尚永亮《柳宗元诗文选评》（上海古籍出版社2003年版）中的篇目，共精选柳宗元文学性较强的诗文一百多篇，按照题材和体裁分类，诗分为感怀抒愤、山水纪行、酬答赠别、咏物怀古、思乡怀归及其他诗歌六个部类，文则选取骚文小赋、寓言小品、论说杂文、人物传记、题序哀祭、山水游记、与答书信七个部类，每类大致以时间先后的顺序编排，予以注评。注释、评说中吸纳、融汇了前修时贤多方面的成果，谨致谢忱；因编撰时间较为紧迫和个人能力所限，书中错误未能悉数扫除，亦盼方家读者能予指正。

对柳诗均予编年注释，后附诸家评论辑要，较便于阅读。

柳宗元的生平事迹，有韩愈《柳子厚墓志铭》，新、旧《唐书》本传，施子愉《柳宗元年谱》（湖北人民出版社1958年版），傅璇琮主编《唐才子传校笺》（中华书局1989年版）卷五本传，孙昌武《柳宗元评传》（南京大学出版社1998年版）等予以记载或专论。

在历代诗文选家眼里，柳宗元的作品亦受青睐。北宋之后各代的著名文选皆大量选录柳文，柳诗的入选则稍微滞后，始见于南宋时期的唐诗选本。二十世纪以来，专门的柳宗元诗文选本大量涌现，约有二十七种。

这些选本大都体现了编选者不同时期的用意和眼光，有选译、选注，还有赏析集；有诗文选、散文选，还有哲学著作选注。它们的涌现，一定程度上烘托了柳学研究的气氛，强化了柳宗元作品传播、接受的链条，对柳宗

一

诗　选

感遇

（二首选一）

注·释

● 01·鹙（yù）斯：寒鸦。《诗·小雅·小弁》："弁彼鹙斯，归飞提提。"蒿莱：杂草。
● 02·啁啾（zhōu jiū）：象声词，鸟鸣声。
● 03·隈（wēi）：山、水等弯曲的地方。
● 04·回风：即旋风。
● 05·荄（gāi）：草根。
● 06·隼（sǔn）：一种凶猛的鸟，类鹰，也叫鹘。

旭日照寒野，　　鹙斯起蒿莱。[01]

啁啾有余乐，[02]　飞舞西陵隈。[03]

回风旦夕至，[04]　零叶委陈荄。[05]

所栖不足恃，　　鹰隼纵横来。[06]

品·评

此诗当为柳宗元被贬永州后作，借物写怀，由乐至忧，透露出作者在被贬之后的心理落差和忧恐意绪。

开篇四句先写乐：清晨的阳光照耀寒野，乌鸦从草丛中跃起，发出欢快的叫声，在西山脚下飞来飞去。这是气候剧变前的景象，鸟儿还意识不到就要袭来的严寒，所以它们仍沉浸在"旭日"带来的一丝温暖中，享受着飞舞的"余乐"。

后四句继写忧：突然之间，回风呼啸着飒然而至，天地万物为之变色，黄叶四散飘零，落在已经干枯了的草根上。气候的骤变，对寒鸦有着巨大的威胁，这不仅意味着严寒的侵袭，更重要的是，它们在已经叶落根枯的荒原上，再也没有了可以隐身的处所，它们将成为凶禽任意攻击的对象。"所栖不足恃，鹰隼纵横来"，寥寥十个字，写尽了寒鸦的忧恐，也写尽了诗人被贬后失去依托、担心政敌迫害的忧恐。

诗题《感遇》，顾名思义，即有感于遭遇，有感于所遇，是一种借物自喻、有所寄托的创作。此类诗作早期多以"杂诗"和"咏怀"为题，如曹植即有《杂诗》多首，抒写志不得伸的悲怨；阮籍则作有《咏怀》八十二首，"言在耳目之内，情寄八荒之表"（《诗品》卷上），"常恐雁谤遇祸，因兹发咏，故每有忧生之嗟"（《文选》卷二十三李善注引）。到了唐代，陈子昂作有《感遇》三十八首，多借比兴手法，感慨身世。柳宗元这首《感遇》，正是继承了此一传统，而在艺术表现上更为简洁老到，气象浑成。通篇写物，而人的境遇、心绪已跃然于楮墨之间。故孙月峰谓此诗："苍古含味深，音节仿佛陈思《杂诗》。"（《评点柳柳州集》卷四十三）

冉溪 01

注·释

● 01 · 冉溪：又名染溪，在永州西南。柳宗元曾筑室溪边，并命其名为愚溪。

● 02 · 陈力：贡献才力。希：期望。

● 03 · 许国：献身国家。

● 04 · 风波一跌：指永贞元年（805）参加革新运动而被贬事。逝：往，迁。

● 05 · 缧囚：被拘禁的囚犯。缧，拘囚犯人的绳索。

● 06 ·"却学"二句：谓愿学汉人樊重不畏流言、从最初之事做起的精神，以待成器的一天。寿张樊敬侯，东汉樊重，因其被封寿张侯，谥敬，故称。《后汉书·樊宏传》谓樊重"尝欲作器物，先种梓漆，时人嗤之，然积以岁月，皆得其用，向之笑者咸求假焉。赀至巨万，而赈赡宗族，恩加乡闾"。

少时陈力希公侯，02
许国不复为身谋。03
风波一跌逝万里，04
壮心瓦解空缧囚。05
缧囚终老无余事，
愿卜湘西冉溪地。
却学寿张樊敬侯，
种漆南园待成器。06

品·评

诗约作于元和四、五年（809–810）间柳宗元卜居冉溪之际。

前四句是对自己前半生的回顾，充满激烈悲壮的感情。想当年，刚步入仕途的柳宗元理想高远，心性不羁，欲在政界有声有色地作为一番。韩愈说那时的柳宗元"俊杰廉悍，议论证据今古，出入经史百子，踔厉风发"（《柳子厚墓志铭》），可以见其一时的风采。如果说，过人的才华、激切的心性是柳宗元"陈力希公侯"的前提条件，那么，参加王叔文集团之后，这种心性和才华便得以进一步扩充和施展。在他看来，"制令有不宜于时者，必复于上，革而正之"（《监察使壁记》）。为了国家的利益和中兴大业的实现，柳宗元"齿少心锐，径行高步"（《上门下李夷简相公陈情书》）、"冲罗陷阱，不知颠踣"（《答问》），确确实实做到了"许国不复为身谋"。然而，政治风云瞬间变幻，突发的事变，将他无情地抛向万里荒远之地，当年的一颗"壮心"也趋于"瓦解"，剩下的只有被永久抛弃、拘囚所带来的痛苦和悲愤了。

后四句承上作转，写当下的生存状态和心理状态，诗情于平淡中透出悲凉，于悲凉中展示出不甘屈服的信念。"缧囚终老无余事，愿卜湘西冉溪地"。昔日的一幕已不堪回首，早年的志向和才华只能在被拘囚般的生活中消磨殆尽。在无奈亦复无聊的困境中，诗人将目光投向了冉溪，欲卜居于此，终老余年。表面看来，这似乎很消极，但在诗人的内心深处，却仍存有不熄的火焰。最后两句援引后汉樊重种漆南园待其成器的典故，表明自己愿在剩余的日子里，不畏世人流言，从最初之事做起，积以时日，以待"成器"的一天。《易·系辞上》有言："崇高莫大乎富贵，备物致用，立成器以为天下利；莫大乎圣人，探赜索隐，钩深致远，以定天下之吉凶。"对柳宗元来说，在身遭废弃之际，其能"利天下"的最好手段便是"探赜索隐，钩深致远"的著书立说了。其《答吴武陵论〈非国语〉书》说："然而辅时及物之道，不可陈于今，则宜垂于后。"其《与吕道州温论〈非国语〉书》也说："以道之穷也，而施乎事者无日，故乃挽引，强为小书，以志乎中之所得焉。"这里反复申述的意思只有一个，那就是要尽己之所能，努力实现"辅时及物之道"。如此看来，无论是他早年的许国不复谋身也好，还是被贬斥废黜后的卜居冉溪愿学樊重也好，这一"利天下"的总目标都是没有改变的。

全诗顺序写来，从京城到贬所，从少年到中年再到设想中的晚年，从"陈力""许国"到"壮心瓦解"再到"种漆南园待成器"，既展示行迹，也表现心理，诗情由高趋低再由低至高，真切地呈露诗人的心路历程，也为我们认识柳宗元提供了最翔实的第一手资料。

行路难

（三首选一）01

君不见夸父逐日窥虞渊，02

跳踉北海超昆仑。03

披霄决汉出沆漭，

瞥裂左右遗星辰。04

须臾力尽道渴死，05

狐鼠蜂蚁争噬吞。06

北方埩人长九寸，07

开口抵掌更笑喧。08

啾啾饮食滴与粒，

生死亦足终天年。09

睢盱大志小成遂，

坐使儿女相悲怜。10

"少时陈力希公侯，许国不复为身谋"的柳宗元心系江山社稷、锐意新政，其施行的一系列改革措施也使贞元弊政廓然一清，人情为之大悦，然而迎接自己的却是晴天霹雳般的攻击、践踏和给自己带来巨大人生苦难的贬谪。这种不公的社会现实导致柳宗元生命形态的骤然跌落和心理位置的极大反差，也就必然会在他心中引起强烈的愤慨和激荡。柳宗元说："仕于世，有劳而见罪，凡人处是，鲜不怨怼忿愤，列于上，诉于下，此恒状也。"（《送薛判官量移序》）既贬远州，其愤懑之情，一寓诗文。《行路难》三首便是当时诗人这种心境的一个多维写真。此选其一。

诗的前半部分取材于"夸父逐日"这一千古传诵的神话故事，立势不凡。开篇以磅礴之势、浓重之笔写夸父逐日这一惊天动地的理想及行动，展示了一个充满浪漫色彩的宏伟图景。作者先点出夸父"窥虞渊"的壮伟志向，接着用一系列冲击力极强的动词"跳踉""超""拔""决""出""瞥裂""遗"连贯而下，极写其逐日的勇猛气概和迅疾情形。他越北海，跨昆仑，冲决霄汉，瞥裂天宇，遗落星辰，一个个排山倒海般的镜头纷至沓来，读来觉风声霹雳，威猛而毫不畏惧的人物形象跃然纸上。然后，诗人笔锋迅速一转，以简要的笔墨交代出其力尽于道、饥渴而死，又被狐鼠蜂蚁竞相吞食的结局。先扬后抑、先波墨渲染、后点到即止，诗情跌宕，而又有厚积薄发之感。

后半部分借小人与夸父的对比生发议论。小人亦为神话中的人物，《神异经》载："西海之外，有鹄国焉，男女皆长七寸，为人自然有礼，好经论拜跽。其人皆寿三百岁。"郭璞注《山海经·海外南经》谓其"穴居，能为机巧"。如此看来，这些矮小、长寿又善为机巧的小人，正与勇猛、直道而行及享年不永的夸父形成鲜明对比。作者在夸父逐日后又拈举小人故事，看似随意，实蕴匠心和深意。"北方矜人"四句先描述小人形象及命运：他们身材矮小，安于现有的生活，只要饮滴食粒就能终养天年。而后感慨道："眇盱大志小成遂，坐使儿女相悲怜。"胸怀大志者很少能成功，徒令儿女们为之悲叹惋惜。语旨悲愤，结束全篇。当然，诗人的感慨和悲愤并非全为夸父和小人的命运而发，其真正意图乃是通过神话故事来抒写自己的不平遭遇及对历史和现实的深刻认识。柳宗元参与的永贞革新，旨在廓清弊政，重振国威，有如夸父之逐日，其志其胆令人嘉叹；然如此伟业却中道夭折，锐意革新的志士更是万劫不复，相继被贬被杀。而那些无视国朝危机、保守现状、反对革新的人，却能位列要津，逍遥自在、寿终天年。面对这样的现实，诗人怎能不心怀郁愤？又怎能不追溯历史而生发感喟？故《行路难》取材于神话而以自况，词旨悲愤，形象生动，寓意深刻，与他的寓言小品相似而又各尽其妙。

韩醇于《诂训柳集》卷四十三评《行路难》云："三诗意皆有所讽，上篇谓志大如夸父者，竟不免渴死，反不若北方之短人，亦足以终天年，盖自谓也。中篇谓人才众多，则国家不能爱养，逮天下多事，则狼顾而叹无可用之材，盖言同辈诸公一时贬黜之意也。下篇谓物适其时则无有不贵，及时异事迁，则贵者反贱，犹冰雪寒凛，则侯家炽炭无不贵矣。春阳发而双燕来，则死灰弃置，无所用之。盖言其前日居朝而今日贬黜之意也。"现附另二首《行路难》于后：

其二：
虞衡斤斧罗千山，工命采斫伐与橡。
深林土剪十取一，百牛连鞅摧双辕。
万围千寻妨道路，东西蹶倒山火焚。
遗余毫末不见保，蹢躅碨磊何当存。
群材未成质已夭，突兀峥嵘空岩峦。
柏梁天灾武库火，匠石狼顾相愁冤。
君不见南山栋梁益稀少，爱材养育谁复论。

其三：
飞雪断道冰成梁，侯家炽炭雕玉房。
蟠龙吐耀虎嗥张，熊蹲豹踯争低昂。
攒峦丛嵂射朱光，丹霞翠雾飘奇香。
美人四向回明珰，雪山冰谷晞太阳。
星躔奔走不得止，奄忽双燕栖虹梁。
风台露榭生光饰，死灰弃置参与商。
盛时一去贵反贱，桃笙葵扇安可当！

溪居

01

久为簪组累，*02* 幸此南夷谪。*03*

闲依农圃邻，*04* 偶似山林客。*05*

晓耕翻露草， 夜榜响溪石。*06*

来往不逢人， 长歌楚天碧。

注·释

● 01·溪：冉溪，柳宗元于元和五年（810）秋卜居于此，命名为愚溪，诗当作于此时。
● 02·簪（zān）组：指官服、官宦。簪，古时用以绾定发髻或冠带的长针。组，古代佩印用的绶，引申为官印或做官的代称。
● 03·南夷：指永州。因古代南方一带地域偏远，文化落后，故被视为蛮夷之地。屈原《九章·涉江》："哀南夷之莫吾知兮，旦余济乎江湘。"
● 04·农圃：农田园圃，此指农家。
● 05·山林客：退居山林的隐士。《韩诗外传》卷五："朝廷之士为禄，故入而不出。山林之士为名，故往而不返。"
● 06·榜：船桨，代指划船。

品·评

人世的忧患，生命的沉沦，往往导致文学向两个方向发展：或致力于对人内心痛苦的表现，或走向对自然山水的歌咏，借以排遣悲忧苦闷，以获取内在心理的平衡。这首题为《溪居》的诗作，便表现了柳宗元在大自然的怀抱中，超越忧患以寻求解脱的努力。

从京城的朝官沦为荒远之地的逐臣，本是人生的大不幸，但作者放开一步想，认为自己长期为仕宦生涯所累，如今来到永州这块有山有水的地方，真是一件幸事。因闲暇无事，便与农家为邻，周围都是农田菜圃；偶得山林间，便像一位超然于俗世之外的隐士。清晨耕作于田间，翻动满是露水的杂草；夜晚划船而归，在溪石间发出悦耳的声响。在这样的环境里，自己独来独往，啸傲长歌，歌声在碧蓝的天空中荡漾。如此看来，作者虽被谪南夷，却享有独得之乐，不能说不是一件幸事。所以周珽这样评论道："因谪居寻出乐趣来，与《雨后寻愚溪》《晓行至愚溪》二诗，点染情兴欲飞。"（《唐诗选脉会通评林》）

不过，深一层看又会发现，作者这种"幸"和乐趣的内里又是含有苦涩味道的。他的被谪南夷，实在是有着不得已的苦衷；他的乐趣，是在不幸中强自寻找的；他的闲暇，乃是投闲置散后的无所事事；他的独来独往，放声长歌，也正是孤独寂寞的印证。在《对贺者》中，作者曾这样说道："嘻笑之怒，甚乎裂眦；长歌之哀，过乎恸哭。庸讵知吾之浩浩非戚戚之尤者乎？"表面的"浩浩"实为内心的"戚戚"，貌似欢乐的"长歌"反而有过于悲哀的"恸哭"，这就是柳宗元被贬后两种看似矛盾实则统一的心态。沈德潜指出："愚溪诸咏，处连蹇困厄之境，发清夷淡泊之音，不怨而怨，怨而不怨，行间言外，时或遇之。"（《唐诗别裁》卷四）可以说是深得柳诗旨趣之言。

在表现手法上，此诗不假雕琢，放笔写来，自然平淡而又清新旷远，与其名作《渔翁》有异曲同工之妙。

中夜起望西园值月上 [01]

注·释

● 01·中夜：夜中、夜半。西园：当指永州寓所西边之园。
● 02·觉：醒。繁露：即露水。
● 03·泠泠（líng）：清凉、冷清貌。
● 04·时一喧：时不时叫一声。
● 05·楹（yíng）：厅堂的前柱。

觉闻繁露坠，[02] 开户临西园。

寒月上东岭， 泠泠疏竹根。[03]

石泉远逾响， 山鸟时一喧。[04]

倚楹遂至旦，[05] 寂寞将何言。

品·评

诗人夜半醒来，听到庭中露滴之声，于是起身开门，向西园观望。这时，一轮明月爬上东边的山岭，洒下清寒似水的辉光，照在几株稀疏的竹枝上。远处的山泉传来水石相击的声响，林间的鸟儿也时不时地鸣叫一声，整个天地之间真是凄清幽渺极了。在这样的环境中，寂寞的诗人独自倚靠在厅前的楹柱上，目视月色，耳闻鸟鸣，默默地一直待到了天亮。唐汝询解释此诗说："此伤志之不伸也。……泉响鸟喧，夜景清绝，令人竟夕不寐，寂寞之怀，将复何言。此盖有不堪者，其迁谪之意乎？"（《唐诗解》卷十）

诗中选景设色、写事言情均极见匠心。从选景设色看，"繁露""寒月""竹根""石泉"均为清冷色调的物象，这些物象在夜半时分最易令人产生"清绝"之感。进一步看，繁露在"坠"，寒月在"上"，石泉在"响"，山鸟在"喧"，四个动词，恰到好处地摹写了极静中的微动。这种动感是细微的、缓慢的、悠闲的、间歇的：露坠、月上可以不说，石泉虽远而逾响，但其响声毕竟从远处传来，于是就有了因距离而形成的有节奏的乐感；山鸟的鸣叫虽打破了夜的宁静，但它只是时不时地一喧，某种意义上反而衬托得原本寂静的夜更加寂静。从写事言情看，诗先用一"觉"字领起全篇，就大含深意。诗人何以"中夜"时分就醒来，而且开门远望呢？原因可能很多，但最重要的一个便是心中烦忧，睡不安稳。阮籍在其《咏怀诗》第一首中开篇就说："夜中不能寐，起坐弹鸣琴。"表现的是他的忧生之嗟；柳宗元此诗以类似的形式开篇："觉闻繁露坠，开户临西园。"表现的则是他的迁谪之感。这种迁谪之感横亘胸中，是极为沉重的，接下来本应加以抒发，但他却压下不说，转而写景，最后仅用"倚楹遂至旦，寂寞将何言"二句作结，在独对幽景的不言之中，作者寂寞悲伤之情已跃然欲出。这种将主观情意投射景中，借景达情、不写而写的手法，形成了柳宗元咏山水诸作的一个基本特点。

晨诣超师院读禅经

01

汲井漱寒齿，　　清心拂尘服。*02*

闲持贝叶书，*03*　步出东斋读。

真源了无取，　　妄迹世所逐。*04*

遗言冀可冥，*05*　缮性何由熟？*06*

道人庭宇静，*07*　苔色连深竹。

日出雾露余，　　青松如膏沐。*08*

澹然离言说，　　悟悦心自足。*09*

品·评　谪居永州期间，柳宗元用以抵御忧患、克服苦闷的方法，除游览山水，还常常潜心佛典，借以打消繁杂的思虑，获取心灵的宁静。此诗即反映了他晨起至寺院读禅经的情形和感受。

前四句总起，写其读经前的准备和读的过程：漱齿以清净心灵；拂尘以除去污垢；"闲"字见其心境宁静平和；"步"字见其行态缓慢悠然。即此四句，一种清雅脱俗、闲逸安然之态便已呼之欲出了。

次四句写其对经义与修身关系的理解：学禅即须直探真源，而不能像世人那样空逐妄迹；内心的感受也许有望与佛祖遗言相契合，但修身养性却难以达到圆熟之境。这是在说理，理不艰深，却说得透彻，不独学禅，任何事情都是行难于知。所以元好问赞其"深入理窟，高出言外"（《木庵诗集序》）。

"道人"四句转写超师院之景：清晨的庭宇宁静至极，浅绿的苍苔蔓延到深绿的竹根。缕缕晨曦驱散薄雾，射向庭院；高耸的青松承受着辉光，一片圣洁而鲜亮。四句写景极佳，蕴涵亦深。它不仅是"幽闲清净，游目赏心"的"雅趣"（章燮《唐诗三百首诗注疏》），而且具有特定事理的象征意义，所以何焯指出："日来雾去，青松如沐，即去妄迹而取真源也。故下云澹然有悟。"（《义门读书记》卷三十七）

最后二句写其感悟：如此良辰清景，真能洗涤人的精神，摆脱了言说思辨，反倒如有所悟，因而感到一种满足。这种情形，有如陶渊明《饮酒》其五所说："此中有真意，欲辨已忘言。"通观全诗，平和清雅，淡泊纡徐，而写景尤能简洁传神。人言柳诗与陶诗相近，由此可以略见端倪。

范温《潜溪诗眼·柳子厚诗》有言："子厚诗尤深远难识，前贤亦未推重。自老坡发明其妙，学者方渐知之。余尝问人：'柳诗何若？'答云：'大体皆好。'又问：'君爱何处？'答云：'无不爱者。'便知不晓矣。识文章者，当如禅家有悟门。夫法门百千差别，要须自一转语悟入。如古人文章，直须先悟得一处，乃可通其他妙处。向因读子厚《晨诣超师院读禅经》诗，一段至诚洁清之意，参然在前。'真源了无取，妄迹世所逐。遗言冀可冥，缮性何由熟？'真妄以尽佛理，言行以尽薰闻，此外亦无词矣。'道人庭宇静，苔色连深竹'，盖远过'竹径通幽处，禅房花木深'，'日出雾露余，青松如膏沐'，予家旧有大松，偶见露洗而雾披，真如洗沐未干，染以翠色，然后知此语能传造化之妙。'澹然离言说，悟悦心自足'，盖言因指而见月，遗经而得道，于是终焉。其本末立意造词，可谓曲尽其妙，毫发无遗恨者也。"（见郭绍虞《宋诗话辑佚》）读这段评说，当有助于对此诗的理解。

饮酒

今旦少愉乐，　　起坐开清樽。
举觞酹先酒，[01] 为我驱忧烦。
须臾心自殊，[02] 顿觉天地暄。[03]
连山变幽晦，　　渌水函晏温。[04]
蔼蔼南郭门，[05] 树木一何繁。
清阴可自庇，[06] 竟夕闻佳言。
尽醉无复辞，　　偃卧有芳荪。[07]
彼哉晋楚富，[08] 此道未必存。[09]

注·释

● 01 · 酹：以酒洒地，以示祭奠之意。先酒，原注："始为酒者也。"指酒的祖先。古有仪狄、杜康造酒之说。
● 02 · 须臾：一会儿。殊：不一样。
● 03 · 暄：温暖。
● 04 · "连山"二句：继写诗人微醉后的感觉。因天地变得温暖起来，所以觉得山水之间暖气蒸腾，昏暗朦胧。幽晦，昏暗不明。函，蕴涵。晏温，晴暖天气。
● 05 · 蔼蔼：树木繁盛貌。南郭门：永州城南门，柳宗元借居之龙兴寺所在。
● 06 · 清阴：以浓荫代指前句中茂盛的树木。自庇：自己保全自己。
● 07 · 芳荪：长有香草的草地。
● 08 · 晋楚富：指富有的人。《孟子·公孙丑下》有云："晋楚之富，不可及也。"
● 09 · 此道：指饮酒之乐。

品·评

这首五言古诗为柳宗元被贬永州后的借酒消愁之作，而非闲适的饮酒诗。开篇即点出饮酒的缘起，因"少愉乐""驱忧烦"而"开清樽"。继写饮酒后的感受：不仅心情变得不一样，就连天地山水在作者眼中都觉得热闹、温润起来。然而，正当烦忧既驱、情绪稍转舒畅之时，诗人却触景生情：那蔼蔼的树木尚且能自庇而保全旺盛的生命，那么自己又如何呢？身心俱损，行若囚徒，人与物比，情何以堪。虽没有说出，自悲身世的弦外之音已如闻如见。至是，情绪再次跌入低潮，读来以为虽醉亦不能解忧，饮酒亦不复其乐。然继此之后，诗人又以超旷之语，将悲情一笔涤荡开去，写道："尽醉无复辞，偃卧有芳荪。彼哉晋楚富，此道未必存。"喝醉了便倒在芳草地上偃卧休息，此中之趣，即使那些富比晋楚的人也未必真正了解吧。在经历了忧、乐交织的情绪起伏后，诗人最终得以宽解和超脱，并以其对饮酒恣意之乐的赏心和体悟表现出蔑视世俗的个性。

以饮酒为题，始于东晋的陶渊明。他在归隐田园后写下《饮酒》二十首，借酒以咏怀，其中寄寓了很深的感慨。自陶作《饮酒》组诗以来，仿效者甚多；而自苏轼有"所贵乎枯淡者，谓其外枯而中膏，似淡而实美，渊明、子厚之流是也"（苏轼《东坡题跋》卷二）的评价以来，后人便多将柳诗与陶诗关合并论。如《竹庄诗话》引《笔墨闲录》云："《饮酒》诗绝似渊明。"然身处永州的柳宗元，虽有一时旷达之语，但其内心不可能真如陶渊明那样趋于淡定、出入自然，即使是一时的解脱，也是在忧乐相攻后的强自振作。所以他的饮酒之举和《饮酒》之作学渊明，又不尽似渊明。陶在酒中欲求真意而达到物我两忘的境界，柳在酒中欲求超脱，忘怀痛苦；陶的《饮酒》诗情理浑然，旨在写意，柳的《饮酒》诗情感跌宕，旨在泄情。

读书

注·释

● 01·幽沉：幽囚沉沦，指作者被贬永州事。谢世事：不问世事。

● 02·窥：窥探、洞悉。唐虞：唐尧、虞舜，古代传说中的贤君。此句指通过埋头读书以观览古代史事。

● 03·"上下"二句：谓纵观古今，世事起伏，千变万化。

● 04·吁：嗟叹。

● 05·"缥帙"二句：谓书卷散开翻阅后，页面相互叠压的样子。缥帙（piāo zhì），古时包裹书卷的布帛。

● 06·瘴疴（zhàng kē）：湿热之病。灵府：心。

● 07·"临文"二句：谓读书时乍一看似乎非常清楚，但全部读完后又好像一无所知。了了，清晰明了。兀，枯寂空无貌。

● 08·竟夕：整夜。竹素：代指书籍，竹简与素帛皆古代书写之物。

幽沉谢世事，⁰¹ 俯默窥唐虞。⁰²

上下观古今，　起伏千万途。⁰³

遇欣或自笑，　感戚亦以吁。⁰⁴

缥帙各舒散，　前后互相逾。⁰⁵

瘴疴扰灵府，⁰⁶ 日与往昔殊。

临文乍了了，　彻卷兀若无。⁰⁷

竟夕谁与言，　但与竹素俱。⁰⁸

倦极更倒卧，　熟寐乃一苏。

欠伸展肢体，　吟咏心自愉。

得意适其适，　非愿为世儒。

● 09·萧散：清静闲散，不复与外事相关。捐：抛弃。囚拘：尘世的束缚。

● 10·巧者、智者：皆指投机取巧、追逐名利的世儒。为：谓。

● 11·劬（qú）：劳苦。

道尽即闭口，　萧散捐囚拘。[09]

巧者为我拙，　智者为我愚。[10]

书史足自悦，　安用勤与劬？[11]

贵尔六尺躯，　勿为名所驱。

品·评

韩愈曾在《柳子厚墓志铭》中称赞柳宗元"俊杰廉悍，议论证据今古，出入经史百子"。宋人晏殊也说："韩退之扶导圣教，铲除异端，是其所长；若其祖述坟典，宪章骚雅，上传三古，下笾百氏，横行阔视于缀述之场者，子厚一人而已。"（《扪虱新话》卷三）柳宗元的博学、睿智实与他在谪居永州后深钻百家著作、探索治乱之本密切相关。他在《与李翰林建书》中说："仆近求得经史诸子数百卷，常候战悸稍定，时即伏读。"《与杨京兆凭书》亦云："自贬官来无事，读百家书，上下驰骋。"博览群书不仅使其思想更趋于成熟、观察问题更为敏锐深刻，亦能如出游山水、饮酒参禅一样，让其心灵获得暂时的平静和满足。

诗中展示了一个憨态十足的书痴形象：时而自笑，时而悲戚；倦极了便倒头睡下，醒来后伸展一下肢体，吟诵几句诗文，其境若此，如何不乐？所以诗人不由地感慨说："书史足自悦，安用勤与劬？贵尔六尺躯，勿为名所驱。"由读书之悦悟到虚名之无益，并以旷达之语作结。若与《饮酒》中"尽醉无复辞，偃卧有芳荪。彼哉晋楚富，此道未必存"之句并读，可以看到柳宗元在谪居生涯中也不乏足于其心、自得自乐的一面，由此形成的古澹诗风确与渊明诗风相近。江森《韩柳诗选》云："观此亦可见古人读书苦志，然乐境亦只在此。"曾季狸《艇斋诗话》云："柳子厚《觉衰》《读书》二诗，萧散简逸，秋纤合度，置之渊明集中，不复可辨。"说的就是这种情况。

觉衰

注·释

- 01·见侵：来临。
- 02·稍：业已、已经。
- 03·发就种：意谓发短。
- 04·咄：谓。此：人之变老。可奈何：有什么办法呢？亦即无可奈何。
- 05·彭聃：彭祖、老聃，古代长寿之人。周孔：即古代圣贤周公和孔子。
- 06·《商颂》：《诗经》中《颂》的一部分。《庄子·让王》："曾子居卫，缊袍无表，颜色肿哙，手足胼胝。三日不举火，十年不制衣……曳縰而歌商颂，声满天地，若出金石。天子不得臣，诸侯不得友。故养志者忘形，养形者忘利，致道者忘心矣。"

久知老会至，　不谓便见侵。⁰¹

今年宜未衰，　稍已来相寻。⁰²

齿疏发就种，⁰³　奔走力不任。

咄此可奈何，⁰⁴　未必伤我心。

彭聃安在哉？　周孔亦已沉。⁰⁵

古称寿圣人　曾不留至今。

但愿得美酒，　朋友常共斟。

是时春向暮，　桃李生繁阴。

日照天正绿，　杳杳归鸿吟。

出门呼所亲，　扶杖登西林。

高歌足自快，　《商颂》有遗音。⁰⁶

从思想情感来看，此诗亦表现出诗人被贬后少有的超脱旷达的精神风貌，应与《饮酒》《读书》作于同时。但由于是因衰老至而行乐自慰，故又内含一层伤感意味。

首六句写衰老至的早期感受。虽然早知道衰老的到来不可避免，但在“今年宜未衰”的情况下，衰已“见侵”，内心亦觉颓然。这正写出了人们在衰老不期而至时的普遍心理，故孙月峰《评点柳柳州集》卷四十三云：“起四句佳甚，道情真切，以叹惋意出之，尤觉有味。”考其生平，柳宗元被贬永州是在三十三岁到四十三岁之间，这正是风华正茂的人生壮年，可诗人已齿疏发稀、奔走无力、未老先衰了。在《与杨京兆凭书》中，柳宗元详细描述了自己被贬后的状况：“五年之间，四为天火所迫。徒跣走出，坏墙穴牖，仅免燔灼”，“一二年来，痞气尤甚，加以众疾，动作不常”，“荒乱耗竭，又常积忧恐，神志少矣……每闻人大言，则蹶气震怖，抚心按胆，不能自止”。身心如此，宗元安得不衰？

次六句写衰后强作宽解之语。人之变老，是无可奈何的自然规律，而且即使寿同彭、聃，圣同周、孔，也不曾存留至今，所以衰虽至却“未必伤我心”。既已宽解，末十句更放开一步，力作超拔：“但愿得美酒，朋友常共斟”，趁此桃李繁盛、景物明丽的暮春时节，与友人共登西林，像曾子处困境而咏唱《商颂》那样，高歌自快，养志忘形。

全诗的情感从颓然至宽解再至乐观，步步推进。贺裳《载酒园诗话又编》认为此诗极有转折变化之妙：“起曰‘久知老会至，不谓便见侵。今年宜未衰，稍已来相寻’，一句一转，每转中下字俱有层折。‘齿疏发就种，奔走力不任’二语，正见‘见侵’处，若一直说去，便是俗笔。遽曰‘咄此可奈何，未必伤我心。……高歌足自快，《商颂》有遗音’，中间转笔处，如良御回辕，长年捩舵。至文情之美，则如疾风卷云，忽吐华月，危峰才度，便入锦城也。”

忧中有乐，乐中有忧，这是柳诗的重要特点。贺裳曾将此作与柳宗元的《南涧中题》比较，说：“《南涧》诗从乐而说至忧，《觉衰》诗从忧而说至乐，其胸中郁结则一也。”（《载酒园诗话又编》）唐汝询谓：“其真乐天知命耶？”（《唐诗解》卷十）陆时雍亦云：“末数语写得兴浓，自谓适情，正是其愁绪种种。”（《唐诗选脉会通评林》引）都看到了柳宗元诗中达观和洒脱之后实有不可释然的抑郁和痛苦存在。这种忧乐杂糅的情感，其心理意义何在？我们可以借助朱光潜《悲剧心理学》关于痛感与快感的分析来理解，他认为，通过变痛苦为快乐的这种微妙办法，人的心理总在努力恢复由于外力阻碍而失去的平衡。而在这种转移过程中，快感和痛感可互相掺杂，就像搔痒时的感觉，痛苦常常包含着快乐的萌芽，快乐也可能包含着痛苦的萌芽。无论是《觉衰》的因忧求乐，还是《南涧中题》的因乐而忧，都是诗人无辜受贬后情感释放及寻求自我平衡的一种需求或表现。

入黄溪闻猿 *01*

注·释

● *01·黄溪*：在永州州治东七十里处。元和八年（813），柳宗元作《游黄溪记》，诗亦当作于同年。

● *02·断肠声*：谓猿声凄厉，闻之令人断肠。

溪路千里曲，哀猿何处鸣。

孤臣泪已尽，虚作断肠声。*02*

品·评

在中国古代文学史上，关于猿声的描写早已有之，但将之与悲挂起钩来，形成创作中的定向联想，却是在六朝时期。吴人陆玑《毛诗草木鸟兽虫鱼疏》谓："猱，猕猴也。……其鸣嗷嗷而悲。"北魏郦道元在《水经注·江水》中进一步说道："自三峡七百里中，两岸连山，略无阙处……每至晴初霜旦，林寒涧肃，常有高猿长啸，属引凄异。空谷传响，哀转久绝。故渔者歌曰：'巴东三峡巫峡长，猿鸣三声泪沾裳。'"猿声凄厉悠长，每易使无愁者添愁，有愁者更愁。所以众多作者在写愁情时总是习惯性地引入猿声，以增加作品的悲凄程度。

柳宗元这首诗也不例外。时间是元和八年（813），亦即他被贬永州的第九个年头；地点是黄溪，此溪回环弯曲，石皆巉然。"溪路千里曲，哀猿何处鸣"，这是实写景物，也是借所闻表现悲情。猿前着一"哀"字，已见出诗人心态；"鸣"而不知"何处"，说明哀猿的鸣叫在山林间有回声。也许是很多猿在叫，也许只是一声孤鸣，这叫声在"侧立千尺"（《游黄溪记》）的石壁间久久回荡，不能不让谪居已久的"孤臣"闻之心动神凄。然而，诗的后两句却并未按习惯思维写猿声如何使人断肠，而是笔锋陡转，翻进一层："孤臣泪已尽，虚作断肠声。"在闻猿鸣之前泪已滴尽，可见其悲本不待猿声催发，也见出此断肠之声为"虚作"。唐汝询说："猿声虽哀而我无泪可滴，此于古词中翻一新意，更悲。"（《唐诗解》卷二十三）吴逸一说："只就猿声播弄，不添意而意自深。"（《唐诗正声》）都十分精到地揭示了此诗的特点。

再上湘江

注·释　●01·好在：安好，多用于问候。也有依旧、如故的意思。

好在湘江水，⁰¹ 今朝又上来。

不知从此去，　更遣几时回？

品·评　元和十年（815）二月，柳宗元满怀希望返回长安，但席未暖暖，即于三月十三日被迁为柳州刺史，官虽进而地益远，遭受到又一次沉重打击。带着难以言说的悲愤和忧伤，他与同时被迁为连州刺史的刘禹锡相伴，长辞国门，再次踏上了遥远的迁谪路途。这首《再上湘江》，便是行至湖南境内写下的。

对于湘江，柳宗元是再熟悉不过的了，早在少年时代，他就随父南行，拜识过湘江；十一年前他初贬南荒时，再次与之相遇；在谪居永州的十年中，更是与之朝夕相处；就在两个月前的返京途中，也还受过它的惠泽；然而，没料到仅过了几十天，竟又与之相逢了！"好在湘江水，今朝又上来。"诗起首二句就以存问之辞拈出湘江，交代行程，意思是说：湘江水呵，你可还安好？今天我又由北南来了！表面看来，两句话似平平道出，无甚深意，但如果了解了前述背景，便能体会出诗句蕴含的丰富感情。一个"好在"，如老友相见，不无温存、亲切之感；一个"又上来"，则于温存、亲切中增加了几多伤感和悲凉！诗人甫得返京，即被外迁，倘若湘江你这位老友有知，也会为之深感不平吧？"不知从此去，更遣几时回？"后二句将诗意进一步推进：此番前往的地方已不是永州了，而是更为遥远、荒僻的柳州，真不知离开你这一去，又要几多年才能回来？诗以疑问语作结，内中充满惆怅、迷茫和无尽的感伤。如果细细地、反复地将全诗读上几遍，这种感受将会更为深刻，故蒋之翘《柳集辑注》卷四十二评曰："凄绝，一言肠断矣。"

长沙驿前南楼感旧 01

注·释

● 01·此诗为元和十年（815）再迁柳州途中所作，诗前原有作者自注："昔与德公别于此。"德公：未详其人。长沙：今湖南长沙，唐属江南西道潭州。驿：驿站，古时供传递文书、官员往来等中途暂时休息的处所。

● 02·海鹤：喻指德公。

● 03·存亡：指己存彼亡。三十秋：三十年。

海鹤一为别，02 存亡三十秋。03

今来数行泪，　独上驿南楼。

品·评

这是一首"感旧"之作。所感怀的对象为三十年前见到的"德公"，触发其感怀的媒介则是"长沙驿前南楼"。陈景云《柳集点勘》说："长沙驿在潭州……此诗赴柳州时作，年四十三。观诗中'三十秋'语，则驿前之别甫十余龄耳。盖随父在鄂时，亦尝渡湘而南。"据柳宗元《先侍御史府君神道表》，知其父柳镇曾任鄂岳沔都团练判官；而据此诗"三十秋"之语，由元和十年（815）上溯三十年，则为贞元元年（785），当时柳宗元十三岁。这就是说，柳宗元十三岁时曾随其父到过长沙驿，并在驿前南楼与德公相见；三十年后的今天，柳宗元再度过此，睹景怀人，故发为"感旧"吟唱。

"海鹤"自然是指德公，但称德公为"海鹤"，却自有其独特的蕴涵。这蕴涵的具体所指，今日虽已不可确知，却可以从中领略到一种潇洒、自由、无拘无束、来去自如的意味，并由此给全诗增添一种空灵的诗化的情调，所以陈梦龙赞道："好起句。"（《韩退之柳子厚集选》）海鹤"一为别"，就是"三十秋"，时间跨度何其漫长！三十秋前更着"存亡"二字，则一死一生、阴阳相隔可知。三十年前，宗元以十三之龄拜识德公，至今犹念念不忘，可见德公对其影响之深；而今故地重经，却物是人非，昔日的长者早已作古，自己又是远迁南荒一逐臣，人世的变幻，遭际的凄楚，一起堆压在作者心头，怎不令他发为"今来数行泪，独上驿南楼"的浩然悲叹。俞陛云评点此诗说："一死一生，乃见交情。况历三十年之久。重过南楼，历历前程，行行老泪，山阳闻笛之情，马策西州之恸，无以过之。知子厚笃于朋友之伦矣。"（《诗境浅说续编》）这话说得非常深刻；而就此诗的艺术特点论，虽仅四句二十字，却声情顿挫，沉郁悲凉，一读之后，便觉有满纸悲风吹来，更使人为之感慨无端。

湘口馆潇湘二水所会 01

九疑浚倾奔， 临源委萦回。 02

会合属空旷， 泓澄停风雷。 03

高馆轩霞表， 危楼临山隈。 04

兹辰始澄霁， 纤云尽褰开。 05

天秋日正中， 水碧无尘埃。

杳杳渔父吟， 06 叫叫羁鸿哀。

境胜岂不豫， 虑分固难裁。 07

升高欲自舒， 弥使远念来。 08

归流驶且广， 泛舟绝沿洄。 09

注·释

● 01 · 湘口馆：地名，位永州西北（今湖南永州芝山区城北十里），是潇、湘二水合流之处。旧时湘口馆为芝山至冷水滩水陆必经之地，人口密集。唐末五代时，节度使在此设县辖镇。诗当作于元和四年（809）秋。

● 02 · 九疑：山名，今湖南宁远南，潇水发源地。相传虞舜葬于此。倾奔：形容江水湍急。临源：岭名，今广西兴安海洋山，湘水源头。萦回：水流曲折貌。

● 03 · 泓澄：言江面澄静、深广。停风雷：谓波平涛息，水流转缓。风雷：形容涛声。

● 04 · 轩霞表：高耸于云霄之外。危楼：即高楼。隈：山或水弯曲的地方。

● 05 · 澄霁：云开日现，天色晴朗。褰（qiān）开：散开。

● 06 · 杳杳：幽远貌。

● 07 · 豫：安乐、快乐。虑分：忧虑之情。裁：抑制。

● 08 · 弥：更加。远念：即乡国之思。

● 09 · 沿洄：顺流而下曰沿，逆流而上曰洄。

此诗与谢灵运山水诗颇有神似处。首先是诗题。谢诗制题皆平实，精确交代诗人所游路线及所记山水的具体方位，如《于南山往北山经湖中瞻眺》《登永嘉绿嶂山》《游赤石进帆海》等。柳诗此题明显受其影响。故陈衍指出："柳州五言刻意陶、谢，兼学康乐制题，如《湘口馆潇湘二水所会》《登蒲洲石矶望横江口潭岛深迥斜对香零山》等题，皆极用意。"（《石遗室诗话》卷四）

其次，诗中对湘口馆山水景物客观、细致的描摹刻画，表现出与谢诗相似的精工之美。谢灵运山水诗在景物描写上不仅观察细致，在创作中亦精心雕琢，力求经过语言的经营安排而真实地再现山水的自然美，表现出"极貌以写物"的特点。柳诗则从潇湘二水发源、奔流的远景，写到湘口馆汇合的近景：江面辽阔，波平涛息，岸边高楼依山而建，耸立云霄。阳光灿烂，浮云舒卷，秋高气爽，水天一色。江上有渔父逍遥，山中有羁鸿鸣叫。其"闲旷之景，叙来如见，宛然一幅活画"（近藤元粹《柳柳州诗集》卷三）。这种对景物的着力刻画，正表现出和谢诗一样的精刻、工致之美。不同的是，此诗所写皆高远之景，如高楼、纤云、江天等，故显得境界开阔，气势博大。

再者，写景语言属对工整，表现出和谢诗一样经过锤炼之后凝练精丽的风格。谢灵运十分注重提炼对偶句，其《登石门最高顶》一诗几乎通篇对偶，故而严羽《沧浪诗话·诗评》云："灵运之诗，已是彻首尾成对句矣。"柳宗元此诗也同样表现出了对仗工稳、雅练整饬的一面，看其"九疑浚倾奔，临源委萦回"，"高馆轩霞表，危楼临山限"，"兹辰始澄霁，纤云尽褰开"，"杳杳渔父吟，叫叫羁鸿哀"等句，皆对仗工整。两相比较，如果说谢诗的对偶是以骈偶的句法入诗，那么柳诗的工整则是以律体写古诗。谢灵运时期，近体诗还处在孕育的阶段，作家诗歌中"辞必穷力而追新"的创作倾向主要接受了当时流行的骈文的影响，谢灵运既是"才高词盛"的诗人，也是"富艳难踪"的美文大家，其"文章之美，江左莫逮"（《宋书》卷六十七《谢灵运传》）。而至中唐柳宗元时，律体早已成熟，这一时期的诗人大都古、律兼擅，古诗的创作不可避免地受到来自格律诗的影响。当然，由于柳宗元兼学陶、谢之长，他诗中的对偶句不如谢诗那样密集，而又有陶诗自然疏淡的一面。汪森《韩柳诗选》点评此诗云："柳州于山水文字最有会心，幽细澹远，实兼陶谢之胜。"实为确论。

另外，在结构上，此诗前半幅写景，后半幅转入抒情，这也是谢灵运山水诗中常用的手法。"杳杳渔父吟，叫叫羁鸿哀"，既是写景，贬谪之情已寄寓其中。"境胜岂不豫，虑分固难裁。升高欲自舒，弥使远念来"，更是直抒胸臆，写出了自己"暂得一笑，已复不乐"的心情。这"虑分""远念"，正是诗人无辜被贬、有志难伸的愤懑和痛苦，只是自然界的宁静让其沉潜在了心底。故《唐风定》评云："悲凄宛曲，音旨哀绝，而无忿怼叫噪之气，所以得风人之正也。"

游石角过小岭至长乌村 01

志适不期贵，　　道存岂偷生？ 02
久忘上封事，　　复笑升天行。 03
窜逐宦湘浦，　　摇心剧悬旌。 04
始惊陷世议，　　终欲逃天刑。 05
岁月杀忧栗，　　慵疏寡将迎。 06
追游疑所爱，　　且复舒吾情。
石角恣幽步，　　长乌遂退征。 07
磴回茂树断， 08 景晏寒川明。 09
旷望少行人，　　时闻田鹳鸣。
风篁冒水远， 10 霜稻侵山平。 11

注·释

● 01·石角：即石角山，位于永州东北，其上石峰连起参差，奇峭如画。长乌村：永州村名，石角山过一小岭便至，村名至今犹存。此诗亦当作于元和四年（809）秋季。

● 02·不期贵：不求富贵，淡泊名利。

● 03·上封事：指代政事。封事：奏章。升天行：学仙之举。

● 04·"摇心"句：谓内心起伏不平、寝食难安。

● 05·世议：诽谤，诬陷。天刑：即杀身之祸。

● 06·忧栗：忧虑、恐惧。慵疏：慵懒、疏放。将迎：送迎。

● 07·恣：任意。退征：远行，从石角山至长乌村约十多里，故云。

● 08·磴（dèng）：山间小路。回：曲折。断：言山路被丛林遮蔽、阻断。

● 09·晏：谓景色平坦、视野广阔。

● 10·风篁：风吹竹林。篁（huáng）：竹丛、竹林。冒：露出。

● 11·霜稻：经霜的水稻。侵：侵占。

稍与人事间，　益知身世轻。[12]

为农信可乐，　居宠真虚荣。

乔木余故国，　愿言果丹诚。[13]

四支反田亩，　释志东皋耕。[14]

●12·身世：指荣辱得失等人生经历。轻：不重要。

●13·乔木：高大的树木。《孟子·梁惠王下》："所谓故国者，非谓有乔木之谓也，有世臣之谓也。"余：一作"望"。愿言：希望。言，语助词，无实义。

●14·四支：即四肢。东皋：代指隐居躬耕处。陶渊明《归去来兮辞》："登东皋以舒啸。"

品·评　全诗分三层，前十句为第一层，抒写自己的人生志趣及无辜骤贬后从忧惧不平到渐趋安宁的心路历程，而在风格上比谢灵运诗更刻露详尽。不求富贵，只期道存，其志向可以与谢灵运之"潜虬""飞鸿"比拟。"久忘上封事，复笑升天行"，正见"进德智所拙，退耕力不任"（谢灵运《池上楼》）之矛盾和苦闷。谢诗是"徇禄反穷海，卧疴对空林"（谢灵运《登池上楼》），即被调离京城，外放到边远穷僻的永嘉做地方官，并卧病在床，寂对空林。柳诗是"窜逐宦湘浦，摇心剧悬旌。始惊陷世议，终欲逃天刑"，对世态炎凉不胜恐惧，正如他在《与萧翰林俛书》中所说："贬黜甚薄，不能塞众人之怒，谤语转侈，嚣嚣嗷嗷，渐成怪民。饰智求仕者，更置仆以悦雠人之心，日为新奇，务相喜可，自以速援引之路。而仆辈坐益困辱，万罪横生，不知其端。"当然，这种"忧栗"随着岁月的流逝，逐渐被淡化了，逐渐沉埋到了心理底层，它带给诗人的一个结果，便是"慵疏寡将迎"。

随后十句，也即诗作的第二层写诗人从石角山游至长乌村的见闻。与谢的满园春色相比，此诗中描写的是一片幽静、荒寒之景。柳宗元在《永州龙兴寺东丘记》中曾把山水美的形态概括为两种："游之适，大率有二：旷如也，奥如也，如斯而已。其地之凌阻峭，出幽郁，寥廓悠长，则于旷宜；抵丘垤，伏灌莽，迫遽回合，则于奥宜。"那么，此诗中作者所游是历"奥如"而见"旷如"之景。先在林中"恣幽步"，茂密的树木遮住了上山的道路。穿过树林，"旷望"便可见寒川、遍野的霜稻等。而这些景物皆生动形象，传神如画。特别是其中的动词用得凝练精确，如"恣""断""冒""侵"等，自然贴切、神韵独具，表现出诗人非凡的语言功力。

末八句为第三层，抒写诗人出游后的感喟，表达了自己"释志东皋"、归隐躬耕的愿望。从"道存""窜逐""忧栗""慵疏""追游"到"皋耕"，诗人经历了一个复杂的心路历程。

与崔策登西山

⁰¹

鹤鸣楚山静，　　露白秋江晓。

连袂渡危桥，　　萦回出林杪。⁰²

西岑极远目，　　毫末皆可了。⁰³

重叠九疑高，　　微茫洞庭小。⁰⁴

迥穷两仪际，　　高出万象表。⁰⁵

驰景泛颓波，　　遥风递寒筱。⁰⁶

谪居安所习，　　稍厌从纷扰。

生同胥靡遗，　　寿等彭铿夭。⁰⁷

蹇连困颠踣，　　愚蒙怯幽眇。⁰⁸

非令亲爱疏，　　谁使心神悄？⁰⁹

偶兹遁山水，¹⁰　得以观鱼鸟。

吾子幸淹留，　　缓我愁肠绕。¹¹

注·释

● 01·崔策：字子符，柳宗元妹婿，崔简之弟。西山：即永州西山。元和四年（809），作者作有《始得西山宴游记》一文，此诗当为同期作。

● 02·"连袂"二句：写两人登上西山山顶的过程。连袂，手拉着手。危，高。萦回，沿山路盘旋而上。林杪（miǎo），丛林树梢。

● 03·毫末：指细小之物。了：明了。

● 04·九疑：九疑山，在今湖南宁远南。洞庭：即今洞庭湖。

● 05·"迥穷"二句：谓视线高远，可穷极天地之间任何物体。迥，远。穷，穷极，到达。两仪，指天地。际，间。万象，自然界的万事万物。表，外。

● 06·驰景：飞驰流动的光影。景：同"影"，光线。泛：浮动，闪烁。颓波：流波。递：吹动。筱（xiǎo）：竹条。

● 07·"生同"二句：谓谪居永州，形同刑徒，即使寿比彭祖，也如同夭折。胥靡，古代服劳役的刑徒。彭铿，彭祖，传说中的长寿老人，享年八百岁。

● 08·"蹇连"二句：因在官场受挫，打击沉重，故自叹愚昧，在深险难测的政局前感到畏惧和胆怯。蹇连、困颠，行路艰难，喻官场艰险。踣（bó），摔倒，喻仕途受挫。愚蒙，愚笨、蒙昧。幽眇（miǎo），深暗难测之处，此谓官场、政事。

● 09·悄：忧伤。

● 10·兹：这里。

● 11·子：指崔策。淹留：久留。缓：宽解。

柳宗元在《陪永州崔使君游宴南池序》中说:"余既委废于世,恒得与是山水为伍。"表现了他与永州山水间的亲密关系。此诗就是他携友游西山的描述和所感所思。

在一个秋天的清晨,鹤鸣露白,山野幽静,诗人与崔策连袂而行,历危桥、出林杪,登上西山之顶。语虽简洁,而情景俱现、意境幽美。写山,以动衬静,显其静寂。写水,重在色彩和视觉,见其明丽。一山一水,粗线条地勾勒出了秋晓清朗幽静之美。西山少人行,榛莽遍野,攀援不易,但诗中对上山的艰难过程,只以"渡危桥""出林杪"两个跨跃性极大的动作进行概括,这与诗人携友早游的快感和轻松心情十分吻合。而"连袂""萦回",巧妙地展现出两人在山间穿行的飘逸身姿。

接着作者浓墨重染,状写西山之高和观景之美:在山顶极目远望,毫末了然。不仅可见九疑高耸、洞庭微渺,天地间万物皆可穷极。加上眼前流光闪烁,寒风动竹,景色何其壮观!若拿《始得西山宴游记》中的一段描写与之并读,就更能体会作者对西山之景的喜爱和沉醉:"然后知是山之特立,不与培塿为类。悠悠乎与颢气俱,而莫得其涯;洋洋乎与造物者游,而不知其所穷。引觞满酌,颓然就醉,不知日之入。"山顶所见之高远神奇,使诗人仿佛觉得脚下的西山与元气混而为一,自己也仿佛消融在这邈远无垠的大自然中。

从记西山之行到状西山之景,以景物描写为主,但隐约可见诗人的愉悦心情流注其间。之后,作者便转入直接抒情,抒写谪居之况,并对崔策表示挽留之意,情感亦由乐转忧。"谪居安所习,稍厌从纷扰",明写对谪居地习俗的适应,暗中却已流露出独自品尝寂寞的痛苦。唐汝询谓:"我之谪居本非所习,纷扰颇亦厌从,此生既同胥靡,虽年齐彭祖,亦不为寿,岂有心于养生哉!但始以连蹇而遭颠沛,终以愚蒙而情幽微,每以亲人见疏为苦。今得与佳君遍山水而观鱼鸟,良足乐矣。子何不淹留于此,以缓我之愁肠乎?"(《唐诗解》卷十)可见,西山胜景如此,亦只能让诗人获得暂时的沉醉,谪居之痛、乡思之苦终不能释怀。故而《韩柳诗选》评介此诗云:"子厚山水诗极佳,然每篇之中必见羁宦迁谪之意,此是胸中所积,不可强者。"

全诗从叙出游,到写见闻,最后发感喟,行文结构极似南朝诗人谢灵运的山水诗。诗歌境界高远,情感跌宕,既有秀丽幽怨,又有壮阔雄壮。苏轼《东坡题跋》卷二评此诗及《登蒲洲石矶望横江口潭岛深迥斜对香零山》云:"远在灵运上。"

夏初雨后寻愚溪

注·释

● 01·悠悠：形容雨连绵不断。霁：雨后放晴。

● 02·"幸此"二句：谓庆幸于此可以解脱在官场四处奔走营求的生活，长啸高歌可以清除初夏的炎热。营营，往来奔走、努力营求。燠（yù），热。

悠悠雨初霁，⁰¹ 独绕清溪曲。

引杖试荒泉，　解带围新竹。

沉吟亦何事？　寂寞固所欲。

幸此息营营，　啸歌静炎燠。⁰²

品·评

这是一篇雨后独游愚溪之作。可以想见，因雨阻隔，诗人不得不滞留屋中。雨歇之后，即欣喜出门一游，一抒心中闷气。

首句以"悠悠"状雨，点出阴雨连绵的天气，也暗示了诗人的心境，为全诗的情感作了铺垫。因"雨初霁"而"独绕清溪"，既可见郁闷之气稍减，又复见落寞之情不除。一"曲"字，看似在写愚溪的形状及诗人的行踪，可读来却似听见叮咚溪水蜿蜒流动的鸣响。下面便围绕"独绕"时的所为所感来写。诗人"引杖试荒泉，解带围新竹"——看连绵阴雨后，溪水涨高了多少，新竹长粗了几许。这不仅十分符合其久雨初游的心理，显得情景真切，同时又呼应了诗题中的"寻"字。因为对雨后愚溪的变化有探寻、不确定之意，故而"引杖试""解带围"。一"引"、一"试"、一"解"、一"围"，语极连贯、自然，看似不经意下笔，却极有分寸，达到了一字妥帖、全篇生色的艺术效果。诗的后四句以一问一答的形式和自我宽解的笔触，既写心中寂寞，亦写环境寂寞，更写出对此寂寞的追求——尽管从根本上讲，这种追求只能是一种无奈，但作者的心绪因这无奈而得到了暂时的安顿，又因强作旷达的"啸歌"而变得轻松起来。读完全诗，只觉信手写来，平淡自然，神韵十足。

雨后晓行独至愚溪北池 [01]

注·释

● 01·北池：即作者在《愚溪诗序》中所说溪北之愚池。

● 02·宿云：昨夜残留之云。洲、渚：皆水中陆地。

● 03·明：照亮。坞（wū）：四处高中间低的地方，此指村落。

● 04·"风惊"句：谓风将昨夜留存于树上的雨水摇落下来。

● 05·适：正好，恰巧。偶此：与此相对、相合。

宿云散洲渚，[02] 晓日明村坞。[03]

高树临清池， 风惊夜来雨。[04]

予心适无事， 偶此成宾主。[05]

品·评

一场雨后，世间的一切都显得那样的清新，夜间残留在洲渚上的浓云已无踪影，早晨的阳光把村落照得一片明净。清澈的池水边耸立着高大的树木，阵风吹来，将树上留存的雨水点点滴滴洒向池中，荡起一圈圈的涟漪。作者独自一人，静默地站在池边，看自然造化如何播弄万物，如何变幻自身的形态。他呼吸着雨后晨曦中清爽的气息，心里一无杂念，甚至将自己也融进了景物之中，与之互为宾主，如同友朋，静静地对视着、交流着。

诗仅六句，似是顺手写来，兴尽即止，没有丝毫人工安排的痕迹，但细细品味，其中每个词语都运用得恰到好处：云是"宿云"，已暗点昨夜之"雨"；云散日出，晨曦初照，却不用照而用"明"，就将客观的描写变为主观的视觉感受；树是"高树"，则其枝叶茂密易于储存雨水可知；高树又"临"清池，则风吹雨落尽入池中便属无疑；而落于池中的雨点及其激起的涟漪却不去写，全留给读者去想象，这就扩展了诗歌的蕴涵和空间；至于一个"惊"字，用得尤其超妙。由于有了"惊"，自然带出"夜来雨"，于是呼应题面，补足"宿云"，使诗意更为密合。最后两句，虽平平写来，却极具哲理，具体视之，是作者"雨后晓行独至愚溪北池"的意境，大而言之，又何尝不是人与自然关系之深层内涵的诗意表述？寂寞的诗人，在静默中发现了大自然的美，也使自己忧怨的心绪得到了暂时的消解，从而趋于一种平和。高步瀛说：子厚南迁后咏愚溪诸诗"皆神情高远，词旨幽隽，可与永州山水诸记并传"（《唐宋诗举要》卷一），诚然。

旦携谢山人至愚池 01

注·释

● 01·谢山人：作者友人。愚池：即作者在《愚溪诗序》中所说溪北之愚池。

● 02·新沐：刚洗过头发。沐：洗发。帻（zé）：包发巾。

● 03·谐：惬意、与之相合。尘外意：超脱世俗之心。幽人：幽居之人，此指谢山人。

● 04·迥：远。

● 05·"机心"二句：谓把机巧之心交给那些在朝当政的人，自己要享用这山间清静无忧的生活。当路，在朝权要、当政者。羲皇，传说中的伏羲氏。古人认为伏羲氏时人们都过着无忧无虑的生活。

新沐换轻帻，02 晓池风露清。

自谐尘外意，　况与幽人行。03

霞散众山迥，04 天高数雁鸣。

机心付当路，　聊适羲皇情。05

品·评

柳宗元被贬永州后，多与僧人、道人和隐士交往，如此诗中的谢山人，还有其他作品中出现的重巽、贾山人、浩初上人及江华长老等即是。佛、道的出世思想，对柳宗元痛苦的心灵，确曾产生过慰藉、安顿的作用，使他得以暂时忘却人生的恩怨得失、是非荣辱，达到与自然山水合一的闲散悠然的境界。其不少山水之作，也因此而呈现出一种"乐山水而嗜闲安"（《送僧浩初序》）的宁静、淡远意境。

这篇作品表现的就是这种情形和境界。因同是晓游愚溪，故可将之与前篇《雨后晓行独至愚溪北池》并读。两篇皆"发清夷淡泊之音"（沈德潜《说诗晬语》语），所不同者在于：一为雨后独游，一为与友同游；一者表现了自然山水渊然而静的境界，一者更著"幽人"的色彩。

我们看此诗的具体描绘：在一个露白风清的早上，诗人洗过头发，换上轻薄的头巾，俨然一副超尘出世的山客模样。他与谢山人一同来到愚溪，置身幽静的山水之中，似已忘怀得失、超脱尘世。眼前的景色一片清朗高远：朝霞散去，众山显得更加辽阔；高朗的天空，有几只大雁放声长鸣，飞翔而过。面对这样清空高远的景致，诗人超越了名利，也超越了自我，他宁愿在这清幽的山林无忧无虑地生活。结末二句，"发付机心"（黄周星《唐诗快》卷九），"意兴洒然"（孙月峰《评点柳柳州集》卷四十三），情感畅然流走，颇具冲淡之美。

渔翁

注
释

● 01 · 西岩：指西山，在永州西、湘江近旁。
● 02 · 湘：指湘江之水。楚：指永州。
● 03 · 欸（ǎi）乃：摇橹声。
● 04 · 无心：无意，自然而然。

渔翁夜傍西岩宿，[01]

晓汲清湘燃楚竹。[02]

烟销日出不见人，

欸乃一声山水绿。[03]

回看天际下中流，

岩上无心云相逐。[04]

品
评

这是一首颇受后人称道的诗作。妙处主要在前四句，而在前四句中，又以后二句最为精彩。前二句写渔翁夜宿西岩，晨起炊饭，本是极平常之事，却借助"汲清湘""燃楚竹"一下雅化了，由此产生一种超越凡俗的感觉。"烟销日出"却"不见人"，则与渔翁相伴者只有青山绿水了；但作者却不将这原本即有的青山绿水客观写出，而是借"欸乃一声"逗引出来，好像山水之"绿"是因一声"欸乃"才被召唤出来的，这就有了一种出人意料的奇趣。进一步看，"欸乃"本是行船摇橹之声，但使山水变"绿"的除了声音，还在于摇橹动作产生的效果。试想，清晨的湘水深碧而平静，船桨插入水中用力一摇，马上就打破了这种平静，使深碧的水面荡起层层涟漪，而日光的照射，则使这涟漪变得深浅不一，倒映在水中的山林也随之变幻着色泽，轻微地晃动起来。这种情形，易使人的视觉感受变得敏锐，对绿色的体验变得真切。于是，随着"欸乃一声"，渔翁面前的山水（更准确地说，应是眼前的水和水中的山）就"绿"了。

不管这种分析有无道理，有一点却是可以肯定的，那就是作者写此诗时绝不会想得如此复杂，他除了花些必要的炼字炼意功夫而又使之浑然无迹，更多的只是凭其生活体验和艺术才情，但岂不知这一放笔，就使得摇橹的声响转换成了空间的色彩，使得寻常生活的描写变成了一首"无色无相，潇然自得"（郝敬

《批选唐诗》）的"古今绝唱"（桂天祥《批点唐诗正声》）。

细品此诗，便是一首清新纤徐、淡远入妙的佳作。这种风格，与作者谪居永州后一些颇具孤直冷峭格调的作品不同，它更多遵循了陶渊明、韦应物的风格。所以古今论者便多将柳诗与陶、韦等人的诗风联系在一起，认为"柳子厚诗在陶渊明下，韦苏州上……所贵乎枯澹者，谓其外枯而中膏，似澹而实美，渊明、子厚之流是也"（《东坡题跋》卷二"评韩柳诗"条）。"中唐韦苏州、柳柳州，一则雅澹幽静，一则恬适安闲。汉魏六朝诸人而后，能嗣响古诗正音者，韦、柳也"（田雯《古欢堂集》卷十七《杂著》）。从风格之淡泊、古朴一点上看，部分柳诗与陶、韦确有近似之处，亦即都能以其接近自然、不事藻绘的风貌给人以清新闲雅之感。然而，若细加体会玩味，他们的诗风又是颇有差异的：陶诗淡泊而近自然，最能反映心境的平和旷远；韦诗淡泊而近清丽，令人读后怡悦自得；而柳诗则于淡泊中寓忧怨，见峭厉。尽管诗人曾有意识地将此忧怨淡化，但痕迹未能全然抹去，加上诗人在遣词造意上多所经营，致使很多诗作仍于隐显明暗之间传达出冷峭的信息。对这一情况，前人亦曾屡加指明："柳子厚诗，雄深简淡，迥拔流俗，至味自高，直揖陶、谢；然似" 入武库，但觉森严。"（《苕溪渔隐丛话》后集卷三十三引蔡绦语）"宋人又多以韦、柳并称，余细观其诗，亦甚相悬。韦无造作之烦，柳极锻炼之力；韦真有旷达之怀，柳终带排遣之意。诗为心声，自不可强"（贺裳《载酒园诗话又编》）。"世称韦、柳，其不及柳州者，少一峭耳"（陈衍《石遗室诗话》）。将这里的"森严""锻炼""排遣""峭"综合起来看，便足可看出柳与韦、陶的区别，看出柳之为柳的关键所在了。

南涧中题

01

秋气集南涧，　　独游亭午时。*02*

回风一萧瑟，　　林影久参差。*03*

始至若有得，　　稍深遂忘疲。

羁禽响幽谷，*04*　寒藻舞沦漪。*05*

去国魂已游，*06*　怀人泪空垂。

孤生易为感，　　失路少所宜。*07*

索寞竟何事，　　徘徊只自知。

谁为后来者，　　当与此心期。*08*

注·释

●*01*·南涧：即石涧，在永州朝阳岩东南。诗与《石涧记》约作于同时，即元和七年（812）秋。

●*02*·亭午：正午。

●*03*·"回风"二句：谓回风一起，林木即瑟瑟作响，随风摇动，树影亦忽长忽短地晃动着。回风，即旋风。萧瑟，树木被风吹拂发出的声音。参差，高下不齐貌。

●*04*·羁禽：在外漂泊的鸟儿。

●*05*·藻（zǎo）：生长在水中的绿色植物。沦漪（yī）：水受震动而形成的圆形波纹。

●*06*·去国：谓被贬而离开京都长安。游：一作"远"。

●*07*·失路：喻不得志、身在困境。扬雄《解嘲》："当途者入青云，失路者委沟渠。"

●*08*·"谁为"二句：谓日后贬谪至此的人，当可与我的这种心情契合。期，约定。引申为理解、领会、契合。

品·评

"独游"是全诗主线。时当正午，地在南涧，秋气毕集，回风萧瑟，林影参差晃动，气氛幽寂凄冷。由"始至若有得"四句看，诗人耳闻幽谷禽鸣，目观清流寒藻，入深探奇，竟忘记了疲劳，心境是愉悦的。诚如他在同期所作游同一南涧的《石涧记》中所说："交络之流，触激之音，皆在床下；翠羽之木，龙鳞之石，均荫其上。古之人其有乐乎此耶？后之来者有能追予之践履耶？得意之日，与石渠同。"可是，诗人这种"得意"却是有条件的：得意之前，便先已存有沉重的失意之感；得意之中，失意之感虽暂时下沉到潜意识层次，却并未消失；而在得意之后，这种失意之感便益发浓烈地涌上心头。何况他所游之南涧是那样寂寥清冷！所当之秋气是那样凛冽萧杀！而所闻之声响又是羁禽的幽谷哀鸣！所有这些，作为触发他内心深层悲感的媒介，使他得意未终便忧从中来，在对"孤生""失路"的习惯性联想中，生发出"去国魂已游，怀人泪空垂"的深沉至极的凄怆感受。

整体上看，此诗清劲纡徐，境幽神远，看似质朴平淡而实则古雅冷峭，极具情感的包蕴力和深厚度，苏轼极力称道此诗"忧中有乐，乐中有忧，盖妙绝古今矣"（胡仔《苕溪渔隐丛话》前集卷十九引），是有道理的。

江雪

千山鸟飞绝，万径人踪灭。

孤舟蓑笠翁，独钓寒江雪。

品·评 这首曾被宋人范晞文誉为唐人五言绝句最佳者的小诗，可以说是柳宗元诗文冷峭风格和悲剧精神的集中反映。

一个"绝"，一个"灭"，见出环境极度的清冷寂寥；一个"寒"，一个"雪"，更给这清冷寂寥之境添加了浓郁的严寒肃杀之气；而渔翁竟丝毫不为此严冷肃杀所惧，仍执意垂钓，则其意志之顽强、坚韧，其精神之孤傲、劲拔，便都在不言之中了。一方面，这里有冷，也有峭，是峭中有冷，冷以见峭，二者的高度结合，形成了迥拔流俗一尘不染的冷峭格调；另一方面，冷峭的格调反映了诗人精神的卓绝。从诗意看，孤舟垂钓的渔翁象征着贬谪诗人是不言而喻的，而渔翁不畏严寒坚执垂钓的精神也不啻是贬谪诗人不屈不挠之悲剧精神的典型写照。联系柳宗元笔下的渔翁，以及他山水记中那突怒偃蹇的怪石、颓委势峻的激流、雷鸣骤雨般的瀑布，不是也可以看出在屈辱、苦难的境遇中，贬谪诗人不肯降心辱志而努力挣扎的痕迹么？

从写法上看，作者采用层层排除和步步收缩的方法，用"鸟飞绝""人踪灭"将多余的物和人剔出画面；视线则由远而近，范围由大而小，从"千山""万径"到"孤舟"，最后集聚到独自垂钓的"蓑笠翁"身上。表面上看，视野中的景物是越来越小了，但在读者的感觉中，独自垂钓的老翁形象却越发高大起来。宛如电影中的特写镜头，最后的一点被加工放大，以致占据了整个画面，从而有效地突出了主题。至于所用字词、韵脚用字，都经过了精心的选择，"绝""灭""雪"三字均属"屑"部入声，短促斩截，读来有劲峭之感，而其意义也都通向峭拔寒冷一路，从而有力地烘托了诗的肃杀气氛。

秋晓行南谷经荒村 01

注·释
● 01·南谷：永州城郊的山谷。
● 02·杪秋：晚秋，深秋。杪（miǎo），树梢，引申为时间的末尾。
● 03·疏：疏落，稀少。寂历：寂寞。
● 04·机心：出自《庄子·天地》："有机械者必有机事，有机事者必有机心。"指人机巧权变之心计。惊麋鹿：使麋鹿受惊。

杪秋霜露重，02 晨起行幽谷。

黄叶覆溪桥， 荒村唯古木。

寒花疏寂历，03 幽泉微断续。

机心久已忘， 何事惊麋鹿？ 04

品·评

后人常将柳宗元与王维、孟浩然、韦应物并提，原因之一，大概就是柳诗常呈现出一种清幽之境。这首五言律诗即颇具代表性。

诗写作者在一个深秋的清晨，出游山谷、经过荒村的所见、所闻、所感。首联点明出游的季节——"杪秋"，气候——"霜露重"，时间——"晨"及地点——"幽谷"，简明利落，无一赘语。中二联写山行见闻：覆盖在溪桥上的黄叶，耸立在荒村中的古木，散布在山野里的寒花，微细而时断时续的泉水声。在这样幽深静寂的氛围中，诗人禁不住想起传说中伯夷、叔齐因生机心而惊麋鹿之事，喟然而叹：若忘却了机心，怎么会使麋鹿受惊呢？言外之意，我早已超然物外，忘却了机巧之心，与整个大自然融为一体了。

此诗选词用字极自然，又颇具匠心。诸如"霜露""幽谷""寒花""幽泉"，都呈现出"清""幽""寒"的色彩，它们组合在一起，构成了一个清冷幽寂的境界。这种境界，与诗人寂寞、凄清、孤郁的心境融为一体，最能表现柳诗的特点。

首春逢耕者

注·释

● 01· 诗作于永州。首春：早春，即正月。

● 02· 南楚：指永州。永州地处南方，古代属楚地，故称"南楚"。

● 03· "土膏"二句：谓大地回春，郊野的泥土开始散发膏泽，冬眠的动物也都已苏醒活动。土膏，土地的膏泽、肥力。百蛰（zhé），土中越冬的各种虫豸。营，营求，谋生。

● 04· "缀景"二句：谓时当初春，春景尚未及郊外，但已有农夫在田间耕作了。缀，装饰、点缀。稚人，农夫。耦耕，二人并耕，此泛指耕种。

● 05· 啭：鸣声婉转。

● 06· "农事"二句：谓我本来曾务农事，但因贬官荒远而阻碍了平生心愿。素务，以往事务。羁囚，羁困荒远之地，行若囚徒。

● 07· 故池、遗亩：皆指家乡田园。榛荆：皆为矮小灌木，谓无人耕作，灌木荒草丛生。

● 08· "慕隐"二句：谓心慕归隐又有所牵挂，想要建立功业又无所成就。系，牵系、牵挂。

● 09· 款曲：殷勤婉曲。陈：陈诉。

● 10· 卷（juàn）然：喜爱、依恋之貌。耒耜（sì）：耕作的农具。

南楚春候早，⁰² 余寒已滋荣。

土膏释原野，　百蛰竞所营。⁰³

缀景未及郊　稚人先耦耕。⁰⁴

园林幽鸟啭，⁰⁵ 渚泽新泉清。

农事诚素务，　羁囚阻平生。⁰⁶

故池想芜没，　遗亩当榛荆。⁰⁷

慕隐既有系，　图功遂无成。⁰⁸

聊从田父言，　款曲陈此情。⁰⁹

眷然抚耒耜，¹⁰ 回首烟云横。

柳宗元创作了大量山水诗，而描写农村田园生活的作品不多。其中《田家三首》以反映稼穑艰难、农民疾苦为主，态度客观，笔调沉痛；相比之下，这首《首春逢耕者》重在借所见农事抒主观之情，其中充满作者自身的感伤和惆怅。

首八句以质朴自然的笔墨赞咏永州田园大地回春、欣欣向荣的景象：冬寒未尽，而万物滋荣，土释膏泽，百蛰苏醒，林中鸟声婉转，渚泽清泉涌流。在这生机萌动的早春，淳朴勤劳的农人已开始忙碌着春耕了。面对初春之景和宁静的田园，想到自己的身世和处境，诗人不禁悲从中来，发为"农事诚素务，羁囚阻平生"的慨叹。他由眼前之景，联想到家乡的田园，自己离家已久，那些田地大概已经荒芜了吧。清人沈德潜《唐诗别裁》卷四体会此句云："因逢耕者而念及田园之芜，羁人心事，不胜黯然。"可谓知言。因神思黯然，自身遭际的不平与不遇自然浮现，所以内心的矛盾及痛苦也就随笔涌来：心慕田园、欲求归隐又有所牵挂，想要建立功业又无所成就，这种种心事又能向谁诉说呢？"聊从田父言"一句，让我们想起陶渊明《归园田居》中的诗句："时复墟曲中，披草共来往。相见无杂言，但道桑麻长。"陶渊明归隐之后全身心地融入了农耕生活，故而与农夫交谈的自然是"桑麻"之事；而柳宗元与"田父"所言，仍是自己的不平心事和矛盾心情。那么，对诗人所陈心事，田父能理解吗？诗人的苦闷最终能得到宽慰吗？"眷然抚耒耜，回首烟云横"，诗中没有明确交代，而是留下了一个想象的空间。但"眷然"句呼应"慕隐"，"回首"句又承接"思乡"，情感显得含蓄而深沉。

因诗中对田园生活的描写质朴自然，加上诗人对田园生活的向往之情贯穿其间，所以有人认为此诗有渊明风味，如孙月峰《评点柳柳州集》即认为此诗"近陶"。这当然只是看到了诗中与陶渊明田园诗相似的一面，而其中的不平和矛盾也是我们在阅读此诗时所应关注的。

雨晴至江渡

注·释

● 01 · 水落：江水因雨而涨，雨停则水渐退去。村径：村间通向渡口的小路。成：显现，露出。
● 02 · 撩乱：纷乱。浮槎（chá）：水中浮木。

江雨初晴思远步，

日西独向愚溪渡。

渡头水落村径成，⁰¹

撩乱浮槎在高树。⁰²

品·评

此作先写诗人雨中不得出门，放晴后想到远处散步的迫切心情；后写日暮时分在渡头所见水退去后的景象：水落而村间通向渡口的小路显露出来，水中浮木来不及漂走，仍纷乱挂在高树之上。

韦应物有一首《滁州西涧》，也是写雨后渡头的景色：

　　独怜幽草涧边生，上有黄鹂深树鸣。春潮带雨晚来急，野渡无人舟自横。

诗以涧边幽草、深树黄鹂和野渡横舟这些极简洁的景物描写，传神地写出了闲适生活的宁静野逸之趣。若将柳、韦二诗相比，可以发现：二者同写傍晚的渡头，但柳诗写水落，意在表现洪水冲击、退走后的空落和残景，故而村路突现，浮槎乱挂，一片萧条和残败；而韦诗写水涨，意在表现一种自然变化的野趣，春潮上涨，春雨急骤，西涧水势顿见湍急，郊野渡口，人踪难觅，只有空舟悠然自得地随波纵横。其间虽有荒凉、冷落、寂寞之感，但更多呈现的是一种疏野、闲逸气象。据此而言，两诗虽皆写雨后渡头，但其中的情思则一落寞，一闲淡。贺裳《载酒园诗话》谓："韦真有旷达之怀，柳终带排遣之意。诗为心声，自不可强。"正可拿来比较和评价韦、柳这两篇作品。

界围岩水帘

01

注·释

界围汇湘曲，*02* 青壁环澄流。

悬泉粲成帘，*03* 罗注无时休。

韵磬叩凝碧，*04* 锵锵彻岩幽。

丹霞冠其巅　　想像凌虚游。

灵境不可状　　鬼工谅难求。

忽如朝玉皇　　天冕垂前旒 *05*

楚臣昔南逐　　有意仍丹丘 *06*

今我始北旋　　新诏释缧囚 *07*

采真诚眷恋，*08* 许国无淹留。

再来寄幽梦　　遗贮催行舟 *09*

●01·界围岩：据首句"界围汇湘曲"可知，岩当在湘江附近。水帘：水流宽而下泻，如帘幕状。诗作于元和十年（815）北返途中。

●02·汇：水流回旋。湘曲：湘水曲折处。

●03·粲：鲜艳、灿烂。

●04·韵磬：飞瀑之声如磬。磬，古代乐器，用石或玉雕成，悬挂于架上，击之而鸣，其声激越。凝碧：指青色岩石。

●05·"忽如"二句：比喻水帘宛如玉皇所戴冠冕上下垂的玉串。天冕，玉皇所戴冠冕。旒，冕前悬垂的玉串。

●06·"楚臣"二句：谓屈原当年曾被放逐到湘水流域，写下"仍羽人于丹丘兮，留不死之旧乡"（《远游》）的诗句。仍，趋。

●07·缧囚：囚犯。

●08·采真：谓逍遥养生。《庄子·天运》："古之至人，假道于仁，托宿于义，以游逍遥之墟，食于苟简之田，立于不贷之圃。逍遥，无为也；苟简，易养也；不贷，无出也。古者谓是采真之游。"

●09·"遗贮"句：谓不再伫立，催行舟出发。遗，弃也。贮，同"伫"。或谓"遗贮"通"延伫"，久久站立的意思。

许多评家多将目光投向"忽如朝玉皇，天冕垂前旒"二句，谓其比喻贴切，简洁而形象。仔细想来，作者在此之前已作了若干铺垫，先写水帘之整体形貌，继写其成帘罗注之状，次写其叩石如磬般的声响，终写水帘上方云霞环绕之景观，而后才以"忽如"二字，于灵光一闪间将之与玉皇所戴冠冕前下垂的玉串联系起来，于是产生惊警动人的艺术效果。实际上，这首诗的妙处不只在此两句。即以"韵磬叩凝碧"而言，"碧"而谓之"凝"，"凝碧"又冠以"叩"，而叩击碧玉般青石之声乃为"磬"音，则此磬之"韵"该是何等的清远激越！这是多种力量的聚合，其中又极力突出了一个"叩"字，从而令人于听觉感受中去领略那瀑布与岩石撞击发出的音响。此外，诗人在选词设色上也颇费经营，如"青壁""澄流""粲成帘""彻岩幽""凝碧""丹霞"，可以说是五色杂陈，而读来不觉繁乱，盖因其整体色调倾向于清寒一路，由此形成了气氛肃穆、境界幽寂的诗境。进一步看，全诗避免偶句，以单句直行，从而产生一种劲气直达的力感。孙月峰评论说："写景如谢，然多用单语，觉骨力更胜。"(《评点柳柳集》卷四十二) 讲的就是这种情况。

诗作于元和十年 (815) 柳宗元接到诏书北返长安的途中，故诗人心情是愉悦的，这从诗末"采真诚眷恋，许国无淹留。再来寄幽梦，遗贮催行舟"数句可以看出。然而，诗人没有想到，他的"许国"理想并未实现，"再来"的托词竟然成真。数月之后，柳宗元又踏上了远迁柳州的路途，并再次来到界围岩下。于是，便有了《再至界围岩水帘遂宿岩下》一诗：

> 发春念长违，中夏欣有睹。是时植物秀，杳若临玄圃。欹阳讶垂冰，白日惊雷雨。笙簧潭际起，鹳鹤云间舞。古苔凝青枝，阴草湿翠羽。蔽空素彩列，激浪寒光聚。的皪沉珠渊，锵鸣捐珮浦。幽岩画屏倚，新月玉钩吐。夜凉星满川，忽疑眠洞府。

此诗为前作的姊妹篇，二诗对读，可以对柳诗的写景艺术获得更深刻的印象。

汨罗遇风 *01*

注·释

- *01*·汨罗：即汨罗江，发源于江西，流入湖南。当年屈原曾投江殉身。
- *02*·楚臣：指屈原，因其曾为楚国三闾大夫，故称。
- *03*·修门：《楚辞·招魂》："魂兮归来，入修门兮。"王逸注："修门，即郢城门。"这里借指长安。
- *04*·"莫将"句：谓不要再兴起波浪，误我行程，辜负了这清明时代。枉，徒然，引申为辜负。

南来不作楚臣悲，*02*

重入修门自有期。*03*

为报春风汨罗道，

莫将波浪枉明时。*04*

品·评

返京途中，舟行经汨罗江遇风而作此诗。

十年前柳宗元初贬永州路经此地，曾作《吊屈原文》（见文选部分），抒发了哀悼前贤、复悲自己的沉痛心情。然而，时移世异，十年之后，诗人由贬所得返京城，心中是极度兴奋的，充满着回朝再展大志的热切期望，此时此地，十年前的悲痛已被当下的愉悦冲淡，情感的激流在短期内抹去了历史的记忆。所以，诗开篇就说：当初我南贬永州，并未像楚臣屈原那样悲痛欲绝，那是因为我相信：现在虽然被贬南荒，但自己终会有再返长安的那一天。这里，作者用"自有期"三字，既表示自己始终怀有重返京城的信念，未曾绝望，也暗含因对比而生的庆幸，也就是说，屈原当年"信而见疑，忠而被谤"，放流南荒，终至葬身汨罗，未能"重入修门"；而自己的遭际与屈原相类，却"重入修门自有期"，相比之下，不是较屈原为幸么？这种"幸"的获得，并不是自己比屈原有能耐，而是因为当年楚国君昏臣佞，屈原生不逢时；而今则政治清明，自己遇到了"明时"。既然如此，那么，为我告知沉埋着屈原忠魂的汨罗江水，就不要在我"重入修门"之际有所不满、兴风作浪了，那不仅会耽误我的行程，也辜负了这清明的时代。后二句承上作转，回应题面，巧结全诗。

诗仅四句，却蕴涵深远，又简洁明快。然而，真诚的诗人却未料到，他所称道的"明时"并未给他带来预期的结果，就在一两个月后，刚返京城的他和友人，便匆匆踏上了"再上湘江"的远迁旅途。

诏追赴都二月至灞亭上 01

注·释

● 01·诏：皇帝的诏令。追：召还。灞亭：亭名，在长安东郊灞水之畔。

● 02·十一年：作者于永贞元年（805）九月被贬永州，至元和十年（815）一月诏返长安，连头带尾十一年。

● 03·四千里：《旧唐书·地理志三》："永州……在京师南三千二百七十四里。"这里说"四千"，是举其成数。

● 04·阳和：暖和的春天。

● 05·驿路：大道，官道，古时供传车、驿马通行，沿途设有驿站。

十一年前南渡客， 02

四千里外北归人。 03

诏书许逐阳和至， 04

驿路开花处处新。 05

品·评

从永州一路行来，过汉阳，走襄、邓，过商山，终于在二月花开之时来到了灞河之畔，京城长安已是近在咫尺了。诗人内心是无比激动的，但回首往事，激动中又充满无限的感慨。十一年前，自己被贬出京，就是从这里踏上了万死投荒的路途；十一年后，自己历经苦难，终于又从四千里外回到了这方熟悉的故土；在一昔一今、一往一来中，人生、世事发生了多大的变迁呵！想到这些，已经四十二岁的诗人能不感慨么？但他的高明之处在于，能将万般的感慨尽数涵纳于两句诗中，"十一年"和"四千里"，"南渡客"和"北归人"，两两相对，又两两比照，便传肺腑之情于笔端，含不尽之意于言外了。

感慨归感慨，激动还是主要的。"诏书许逐阳和至，驿路开花处处新。"朝廷诏返京城，又是在这阳春季节，驿路上花开簇簇，既清新又温暖，此面面对此景，再有一步就可迈入长安东城门的诗人不能不深感激动、喜悦，激动、喜悦而不明说，仅用"处处新"三字来见意，便胜过了万语千言。这是写花，更是写人，是将人的情意寄托于花，又由花来表人之情意，含蓄蕴藉而不失自然流转，堪称得体。

岭南江行

01

瘴江南去入云烟，02

望尽黄茆是海边。03

山腹雨晴添象迹，04

潭心日暖长蛟涎。05

射工巧伺游人影，06

飓母偏惊旅客船。07

从此忧来非一事，

岂容华发待流年。08

注·释

● 01·岭南：又称岭表、岭外，指五岭以南即今广东、广西地区，这里指广西境内。江：指漓江和桂江。诗作于元和十年（815）六月赴柳州途中。
● 02·瘴江：岭南一带江河多有瘴气，故名。
● 03·黄茆（máo）：即黄茅，茅草名，秋开花成穗，其端有黄毛。海：南海。
● 04·山腹：山腰。象迹：如大象一样的云气。或谓指大象的足迹。
● 05·潭心：潭水的中央。蛟：传说中的一种龙，常居深渊，能发洪水。涎（xián）：口水、唾液。
● 06·射工：传说中的毒虫名，能含沙射人或人影。伺：窥伺。
● 07·飓母：飓风到来前天空出现的一种彩云。
● 08·华发：白发。待：等待享用的意思。流年：流水般逝去的岁月。此句意谓：因可忧者非止一端，而今发已斑白，则不能等待、享用流年可知。

品·评

元和十年（815），柳宗元再迁柳州。与刘禹锡在衡阳别后，向西南进发，约于当年六月初进入广西，正式踏上了岭南的土地。乘船沿江而行，异地风物扑面而来，令他感到新奇，更令他感到惊恐和忧虑，这首作于旅途之中的《岭南江行》，便细致地记述了江行所见及其感受。

诗以"瘴江"领起，即使人联想到岭南一带瘴气遍布的情形，由之生出恐畏之感。诗人站立船头，眺望远方，映入他眼帘的，是弥漫于前方江面上的蒙蒙烟雾，是长满两岸的黄色茅草。在他想来，这黄茅的尽头大概就是南海了吧！既然已经靠近了被人称为天之涯的海边，则此地之荒远、险恶不言可知。

中间两联承上而来，极写当地风土之恶：雨后的山腰飘浮着形如大象的白云，阳光下的溪潭中有恶蛟喷吐的唾液，灵巧的射工窥伺着游人的身影，狂猛的飓风摇撼着旅客的船只。这是何等光怪陆离的一幅画面！象迹、恶蛟、射工、飓母接踵而至，而"添""长""巧伺""偏惊"等词语更重见迭出，反复渲染，直令人为之魄动心惊。至于前人认为此二联"亦夹内意""兼寓人事"，即具有政治象征色彩、忧谗畏讥之意，恐不必坐实，姑备一说可矣。

由以上景物之异、之恶的层层铺垫，自然逼出尾联二句："从此忧来非一事，岂容华发待流年。"因环境之险恶而生恐畏忧虑，本是题中应有之意；然而，作者所忧者并"非一事"，则迁谪流离之感、时不我待之念，均尽数包容其中。在这种情况下，早在谪居永州时即"行则膝颤，坐则髀痹"（《与李翰林建书》）的作者，此时当已是白发满头了，他真担心自己在这样的环境中难以永年呵！

吴武陵 初秋夜坐赠 01

稍稍雨侵竹，02 翻翻鹊惊丛。03

美人隔湘浦，04 一夕生秋风。

积雾杳难极，05 沧波浩无穷。

相思岂云远，　即席莫与同。

若人抱奇音，06 朱弦緪枯桐。07

清商激西颢，08 泛滟凌长空。09

自得本无作，　天成谅非功。10

希声闷大朴，11 聋俗何由聪。12

注·释

● 01·吴武陵：信州人，元和二年（807）登进士第，三年（808）初，坐事流放永州，与柳宗元过往甚密。

● 02·稍稍：渐渐的意思。

● 03·翻翻：翻转飞旋貌。

● 04·美人：指所怀念的人。《诗·邶风·简兮》："云谁之思，西方美人。"

● 05·杳（yǎo）：深远。极：尽。

● 06·若人：那个人，指吴武陵。

● 07·緪（gēng）：绷紧、急促。《楚辞·九歌·东君》："緪瑟兮交鼓。"枯桐：指琴，据说古时最好的琴是由高百尺而无枝的龙门之桐制成的。

● 08·清商：商调，古时五音之一。激西颢：谓琴曲在秋气中激响。

● 09·泛滟：声响悠远升腾状。

● 10·天成：自然生成，无矫揉造作。功：人工。

● 11·希声：极细微的声音。闷（bì）：同"闭"。大朴：浑朴之至。

● 12·聋俗：指蒙昧无知的流俗之辈。

品·评

这首诗被沈德潜誉为"千古文章神境"（《唐诗别裁》卷四）。

诗以写景起，借潇潇暮雨、鸟雀惊飞而动怀人之念；"美人隔湘浦，一夕生秋风。"语祖《诗》《骚》而"风神淡远，意象超妙"（高步瀛《唐宋诗举要》卷一），在自然典雅的造语中寄寓着一股浓郁的情思。秋天的夜晚，浓雾密布，沧波浩渺，一切都来得那么静谧，那么朦胧，那么遥远。作者设想对方正手持枯桐制成的古琴，弹奏出清丽美妙的音响，那音响与秋气相激相荡，渐渐升腾到长空之中。读至此处，若凝神壹志，闭目暇思，会感受到一种渺远而空灵的意境。在这里，作者写弹奏者的琴技和琴音，真正的用意在于以此象喻对方自然清妙的文思和才华，并由此反跌出最后二句："希声阂大朴，聋俗何由聪。"——如此美妙少有的"奇音"，纷纷世俗之辈怎么听得到，又怎么能听得懂呢？

柳宗元谪居永州后，因是戴"罪"之身，所以与长安的亲友已很少来往；又因永州地处荒远，文化落后，所以在当地也极少能有谈到一起的朋友。然而，吴武陵的到来，确给他的生活增加了一些暖色调。吴武陵为元和初年进士，颇有文化修养，元和三年（808）因坐事流放永州，与柳宗元的身世遭际相类，所以二人可以算作困境中的同道。这首以赠吴武陵为题的诗作，便展示了作者将之引为知己、感慨世少知音的情怀。

酬娄秀才寓居开元寺早秋月夜病中见寄 01

客有故园思，02 潇湘生夜愁。03
病依居士室，04 梦绕羽人丘。05
味道怜知止，06 遗名得自求。07
壁空残月曙， 门掩候虫秋。
谬委双金重，08 难征杂佩酬。09
碧霄无枉路，10 徒此助离忧。

注·释

●01·秀才：唐初有秀才科，后来逐渐废去，秀才便成为对一般读书人的通称。娄秀才：即娄图南，唐初侍中娄师德曾孙，时寓居永州，后赴淮南入道。据柳宗元《送娄图南秀才游淮将入道序》，知娄图南少好道言，善诗能文，柳宗元未冠求进士时已知其文名，而至永州与之相见时，娄图南犹为白衣，"居无室宇，出无幢御……因为予留三年"。然据宗元元和四年（809）所作《序饮》，知娄图南尚在，则此诗创作的准确时间颇难确定，疑在元和五、六年秋。开元寺：在永州。据《唐会要》卷四十八《议释教下》："天授元年十月二十九日，两京及天下诸州，各置大云寺一所。至开元二十六年六月一日，并改为开元寺。"

●02·客：指娄图南。

●03·潇湘：潇水和湘水在零陵北合流，谓之潇湘。

●04·"病依"句：用维摩诘事。《维摩诘所说经》卷中载维摩居士病，"即以神力空其室内，除去所有及诸侍者，唯置一床，以疾而卧"。居士，佛教名词，意译"家主"，后多指在家修道的佛教徒。

●05·羽人：神话中的飞仙，旧称追求飞升的道士。《楚辞·远游》："仍羽人于丹丘兮，留不死之旧乡。"

●06·味道：体会道家学说或经典的义理。知止：《老子》："知足不辱，知止不殆。"

●07·遗名：流传后世的声名。

●08·双金：喻指贵重之物。张载《拟四愁诗》："佳人遗我绿绮琴，何以赠之双南金。"

●09·杂佩：古代的玉佩，用各种佩玉构成，故称。《诗·郑风·女曰鸡鸣》："知子之来之，杂佩以赠之。"这两句用委金酬佩表示唱和赠答之意。

●10·枉路：孙汝听注："枉路，犹言径路也。"（《柳宗元集》卷四十二）枉，一作"往"。

此诗是写给娄图南的答赠之作。娄的赠诗今已不存，但从本诗"谬委双金重"的表述来看，其赠诗是深得柳宗元赞赏的，以至于作者在写答诗时感到"难征杂佩酬"。这既是客气话，也暗示了娄图南是位有才华的诗人。然而，尽管图南有才华，尽管柳宗元在少年时即已知其文名，但到头来却只落得个"秀才"的名分，而且漂泊永州，"居无室宇，出无僮御"，卧病于开元寺中。这种遭遇，不能不使同样处于困境中的柳宗元与之惺惺相惜，并为整个答诗笼罩了一层悲凉的气氛。

不过，诗情虽悲凉，诗的意境却幽雅深远，令人回味不尽。如开篇"客有故园思，潇湘生夜愁"二句，写愁思而不限于愁思，借助"故园""潇湘"两个方位词骤然将空间距离拉大，而一个"夜"字，在点明时间的同时，又给诗句增添了朦胧幽远的意趣。这是潇湘的夜，又是夜中的潇湘，此时此地，只有孤独之"客"在翘首夜空，遥念"故园"。这其中固然渗透着悲情，但悲情中却透出荒寥古淡甚至有些超忽的美来，从而给人一种难以言说的悲美感受。

与开篇相比，篇中"壁空残月曙，门掩候虫秋"二句更是得到了后人众口一词的称赞。细味此二句，可以发现，除了精确地选字、造词，使得近曙的月色与秋虫的鸣叫交织在一起，以致具有"声光俱见"的特点外，还在于诗人仅用寥寥十字，就创造了一个清新幽雅而又不无荒冷寂寥的意境，并将此意境与描写对象的处境、心境非常贴切地关合起来。"壁空"，见出家徒四壁、一贫如洗；"门掩"，见出独居空室、寂寞无聊。月"残"且已近曙，暗示居者彻夜难眠；候虫鸣叫表明秋气萧瑟，越发触动了客子的乡愁。进一步看，两句诗，一写高空之月，一写旷野虫鸣，一写夜即将曙，一写时已至秋，一写视觉感受，一写听觉感受，而在整体上，二者又交融在一起，组合成了一幅有声有色的秋夜客思图。这样的情境，一般作手是不易创造出来的。

赠江华 长老 01

注·释

● 01·江华：县名，唐代属江南西道的道州，在今湖南江华瑶族自治县西北。长老：用以尊称寺庙住持或德高年长的僧人。
● 02·道机熟：精熟禅机佛理。默语：静默和言语。寂：静寂、空寂。佛家主张以空静为本。
● 03·舂（chōng）陵：道州古名。此：指永州。投迹：止而不行，即落脚。自道州沿潇水可至永州，故云。
● 04·巾屦（jù）：僧帽和僧鞋。
● 05·跏趺（jiā fū）：僧徒静坐之姿，将两足分置于左右股下。
● 06·偶地：遇地，随地。

老僧道机熟，　　默语心皆寂。02

去岁别舂陵，　　沿流此投迹。03

室空无侍者，　　巾屦唯挂壁。04

一饭不愿余，　　跏趺便终夕。05

风窗疏竹响，　　露井寒松滴。

偶地即安居，06 满庭芳草积。

品·评

柳宗元"自幼好佛，求其道积三十年"（《送巽上人赴中丞叔父召序》），遭遇挫折和风波后，为超越痛苦、寻求内心平静和解脱，学佛更成为他的一种自觉行为。所以到永州后，他对佛学精蕴有更深的体会，说："世之言者罕能通其说，于零陵，吾独有得焉。"（《送巽上人赴中丞叔父召序》）这种体悟和领会，决定了柳宗元在与佛教僧人交往的过程中始终抱着一种理解、欣赏和真诚的态度。他说："且凡为其道者，不爱官，不争能，乐山水而嗜闲安者为多。吾病世之逐逐然唯印组为务以相轧也，则舍是其焉从？吾之好与浮图游以此。"（《送僧浩初序》）正因为有了这种认同、理解和欣赏，柳宗元在写给僧友的诗作中，常流露出一种真挚的和纯净的情感。

此诗读后就是这样的感觉。诗作分三层，四句一层。首四句赞誉僧友的修行境界并介绍其行踪。"老僧道机熟，默语心皆寂"，一"熟"、一"寂"，准确道出了长老对佛学的贯注和对其精义的深刻领会。"去岁别舂陵，沿流此投迹"，既呼应题面，又借轻快笔调侧面表现出长老飘逸的神采。中四句突出描写长老清贫、节俭的生活和修禅的执着：居室空荡，生活节俭，不余饭菜，全心修禅，跏趺终夕。由此见出长老修行境界之高。末四句将视点从室内转向室外，描写庭院环境，以写景衬托僧人的高洁和内心的涵养。庭院里风吹竹响，寒松滴露，芳草郁积。这里既没有尘世的车马喧闹，又远离人事的格斗纷争，这种清静的自然环境，同佛教追求的禅定境界，同高僧研读佛典所需的清静心境，达成天然的和谐。长老正是在这样清幽的环境里随地安居，修读禅义，其高洁、脱俗的人格气质形象可感。特别是"风窗疏竹响，露井寒松滴"一句，不仅绘景如画，更与僧人的气质相映成趣。全诗流畅自然，一派清新、纯净之境。

朗州窦常员外寄刘二十八诗见促行骑走笔酬赠 [01]

投荒垂一纪，[02] 新诏下荆扉。[03]
疑比庄周梦，[04] 情如苏武归。[05]
赐环留逸响，[06] 五马助征骓。[07]
不羡衡阳雁，　春来前后飞。[08]

品·评

诗作于元和十年（815）正月。去年年底，诗人接到朝廷命其返京的诏令，即治备行装，拟上归途，但时任朗州刺史的友人窦常仍嫌其速度太慢，写诗给刘禹锡兼寄作者，促其行骑，于是作者作此诗酬答，通篇洋溢着抑制不住的兴奋和喜悦。

"投荒垂一纪，新诏下荆扉。"从永贞元年（805）被贬永州，到元和十年（815）诏返京都，历时十一个年头，已将近"一纪"了。在这漫长的谪居生涯中，诗人历尽苦难，饱受折磨，熬白了双鬓等老了心，终于盼到了"新诏"，盼到了回京的一天，他能不高兴么？将信将疑中，他感到有似庄周梦中化蝶般的恍惚；兴奋的心情，简直就像汉朝那位被匈奴囚禁十九年的苏武终得归返长安一样。这里，作者连用"庄周梦""苏武归"两个典故，写其初闻返京诏令时的情感变化，形象贴切，内涵丰厚。颔联写完自己，颈联转写朝廷和对方。古时帝王诏赦有罪放流的士大夫，往往赐一玉环，以示他们可以回还，那么今日诏返之事正可与昔日的"赐环"相比；古时诸侯出行驾五马，而今窦常身为刺史，也就是可驾五马的级别了，现又特意寄来诗篇"见促行骑"，以"助征骖"。既然如此，盼归殷切的诗人还怎敢在路途停留呢？"不羡衡阳雁，春来前后飞。"尾联巧借雁至衡阳即止、春至则北返的典故，既点明时、地，又直写情怀，意思是说：如今我已不羡慕北飞之雁了，因为自己在春天到来时也可以从衡阳归返北国了。诗以此作结，语意双关，耐人涵咏。

这是柳宗元谪居十年来第一首真正的愉悦之作，字里行间充满发自内心的兴奋。之后诗人在返京途中又作了《汨罗遇风》《诏追赴都二月至灞亭上》（均见前录）诸篇作品，展示的基本是同一感情走向。

善谑驿和刘梦得 酹淳于先生 [01]

水上鹄已去，　亭中鸟又鸣。[02]
辞因使楚重，[03]　名为救齐成。[04]

注·释

● 01·善谑驿：襄阳宜城县北，淳于髡放鹰处。刘梦得：刘禹锡，字梦得。酹：以酒洒地，表示祭奠。淳于先生：淳于髡，战国时齐人。

● 02·"水上"二句：皆化用关于淳于髡的典故。《史记·滑稽列传》载："齐王使淳于髡献鹄于楚。出邑门，道飞其鹄，徒揭空笼，造诈成辞，往见楚王曰：'齐王使臣来献鹄，过于水上，不忍鹄之渴，出而饮之，去也飞亡。吾欲刺腹绞颈而死，恐人之议吾王以鸟兽之故令士自伤杀也。鹄，毛物，多相类者，吾欲买而代之，是不信而欺吾王也。欲赴佗国奔亡，痛吾两主使不通。故来服过，叩头受罪大王。'楚王曰：'善，齐王有信士若此哉！'厚赐之，财倍鹄在也。"又载："齐威王之时喜隐，好为淫乐长夜之饮，沉缅不治，委政卿大夫。百官荒乱，诸侯并侵，国且危亡，在于旦暮，左右莫敢谏。淳于髡说之以隐曰：'国中有大鸟，止王之庭，三年不蜚又不鸣，王知此鸟何也？'王曰：'此鸟不飞则已，一飞冲天，不鸣则已，一鸣惊人。'于是乃朝诸县令长七十二人，赏一人，诛一人，奋兵而出。诸侯震惊，皆还齐侵地，威行三十六年。"

● 03·"辞因"句：谓其因出使楚国、巧用言辞而被看重。

● 04·"名为"句：亦用典。《史记·滑稽列传》载："威王八年，楚大发兵加齐。齐王使淳于髡之赵请救兵，赍金百斤，车马十驷。淳于髡仰天大笑，冠缨索绝。王曰：'先生少之乎？'髡曰：'何敢！'王曰：'笑岂有说乎？'髡曰：'今者臣从东方来，见道旁有禳田者，操一豚蹄，酒一盂，祝曰：瓯窭满篝，污邪满车，五谷蕃熟，穰穰满家。臣见其所持者狭而所欲者奢，故笑之。'于是齐威王乃益赍黄金千溢，白璧十双，车马百驷。髡辞而行，至赵。赵王与之精兵十万，革车千乘。楚闻之，夜引兵而去。"

050

● 05 • "荒垄" 二句：谓淳于髡久已作古，不能再饮酒了。荒垄，坟墓。羽觞，酒杯。

● 06 • "刘伶" 二句：谓昔日的淳于髡敢言善谏，忠心为国，今日的刘禹锡亦是满怀尽忠报国之热诚，在其墓前祭奠及题诗，意在引淳于髡为同调而自伤。刘伶，西晋"竹林七贤"之一，因不满司马氏政权的屠杀异己和恐怖统治，嗜饮酒，放浪形骸，著《酒德颂》。此以刘伶比刘禹锡，亦应和刘禹锡《题淳于髡墓》诗末两句："我有一石酒，置君坟树前。"同声，志趣相投。

荒垄邈千古，　羽觞难再倾。⁰⁵

刘伶今日意，　异代是同声。⁰⁶

品·评　元和十年（815）正月，柳宗元与刘禹锡两人一起应诏赴京，途经襄阳，过淳于髡墓，刘禹锡作《题淳于髡墓》诗："生为齐赘婿，死作楚先贤。应以客卿葬，故临官道边。寓言本多兴，放意能合权。我有一石酒，置君坟树前。"柳宗元于是作此诗，既与友人唱和，又借咏史自抒情怀。

开篇以"鹊已去""鸟又鸣"相连缀，勾勒出淳于髡的典型事迹，同时，暗合自己前贬今还的身世遭遇。颔、颈二联一方面联系史实，高度概括淳于髡因善言说而成大名的特点，一方面回到当下，写诗人吊古的感受。言下之意是说：淳于髡的所作所为皆是为国而谋，出于一片赤诚之心。如此忠贞之士，早已作古，千载而下，面对其荒草萋萋的坟墓，不能不令人感慨无端。尾联既与刘禹锡《题淳于髡墓》相和而紧扣题面，又借"异代是同声"一笔双写，将柳、刘二人引淳于髡为知己的情怀展露无遗。这种借先贤以自明心曲的写法，大大拓展了诗作的内涵，引发人们多方面的联想，可谓点睛之笔。

衡阳与梦得分路赠别

01

十年憔悴到秦京，

谁料翻为岭外行。*02*

伏波故道风烟在，*03*

翁仲遗墟草树平。*04*

直以慵疏招物议，*05*

休将文字占时名。*06*

今朝不用临河别，

垂泪千行便濯缨。*07*

注·释

●*01*·元和十年（815）三月，柳宗元与刘禹锡分别再度远任柳州刺史、连州刺史，南行至衡州衡阳县（今湖南衡阳）分手，作此诗。梦得：刘禹锡字。

●*02*·"十年"二句：谓经过十年谪居生涯终于被召还京，没料到又被远迁到五岭之外去。秦京，指京都长安。翻，反。岭外，五岭之外，即岭南。

●*03*·伏波：汉代有两个伏波将军，一为武帝时的路博德，曾率军征讨南越相吕嘉之乱；一为光武帝时的马援，曾南征交趾。二人南征时均行经湖南。故道：伏波将军南征时走过的路。

●*04*·翁仲：谓墓前石人。据传秦始皇时有巨人阮翁仲，曾出征匈奴，死后为之铸铜像一尊，生气凛然。又据《三国志·明帝纪》，明帝景初元年亦曾铸铜人二，号曰翁仲。后人因称铜像、石像为翁仲。此"翁仲"疑指伏波将军庙前石人。遗墟：遗址，废墟。

●*05*·直以：只因。慵疏：懒散粗疏。物议：世人的非议。

●*06*·"休将"句：承上句来，谓不要用文学来博取当时的名声。文字，指诗文等文学作品。占，占据、博取。

●*07*·"今朝"二句：谓今日不必像古人那样作临河之别了，因为所流千行之泪即可濯缨。

品·评　柳宗元作诗多五古，少七律，但他一旦作七律，便极精整工稳，沉郁悲凉。此诗作于贬迁柳州途中，与刘禹锡分路之时。

首联纪实，写其历尽十年憔悴回到长安，不意又被远迁，反为岭外之行，语中饱含无限凄怆。颔联写分路，而以伏波故道和翁仲遗树略作点染，顿有满目风烟、俯仰今古之慨。颈联宕开一笔，叙其得罪之由和人生感触，谓只因慵疏而招致无穷非议，其罪名实为莫须有；而诗文之类表达个人意见的东西最易被人抓住把柄（似指刘禹锡《元和十年自朗州承召至京戏赠看花诸君子》诗），日后切莫再以文字来博取时名。这是劝诫对方，也是借以自警。尾联总合全诗，写分路别情，而以"不用"二字领起，将古人"临河濯长缨"之意翻进一层，使诗情更趋沉痛苍凉。

读了柳宗元的赠诗，刘禹锡遂作诗酬答，题名《再授连州至衡州酬柳柳州赠别》：

去国十年同赴召，渡湘千里又分歧。重临事异黄丞相，三黜名惭柳士
　　师。归目并随回雁尽，愁肠正遇断猿时。桂江东过连山下，相望长吟有
　　所思。

刘诗重在当下的惜别和日后的相思，并以"名惭柳士师"托古喻今，表达了对
柳宗元志节品格的敬慕。宗元读过答诗，作《重别梦得》，申发前诗未尽之情：

　　二十年来万事同，今朝歧路忽西东。皇恩若许归田去，晚岁当为邻舍翁。

首句以寥寥七字而将二人数十年来的进退出处一笔囊括：贞元九年（793），柳、
刘二人同榜进士，其后皆登博学宏辞科；十九年（803）同入御史台为监察御史
（柳为监察御史里行）；二十一年亦即永贞元年（805），又一同参与王叔文革新
运动，同贬远州司马；元和十年（815）二月，同被诏返进京；而至三月，又同
被外迁远州刺史。从时间上看，跨度已是二十三年；从行迹来看，则无一不同。
以如此之长的时间和如此一致的行迹，二人实在可谓志同道合的典范，其交谊
之深亦可想而知。然而，"今朝歧路忽西东"，在残酷政治的无情打压下，二人
今日不得不分道扬镳，各自西东，这是何等难堪的一件事呵！既然不得不分离，
那就寄希望于将来吧。将来若蒙"皇恩"得以归田，那么，"晚岁当为邻舍翁"。
诗从"今朝"写到"晚岁"，不只是"笔法相生之妙"（汪森《韩柳诗选》），而
且在作者的殷殷期盼中，流露出生死至交那种荡气回肠、绵绵不绝的情谊，读
来令人为之动容。

写完此诗，柳宗元意犹未尽，于是再作《三赠刘员外》：

　　信书成自误，经事渐知非。今日临歧别，何年待汝归？

年轻时以为书上说的都是对的，经历了艰难世事才逐渐懂得，书上的一些道理
在实际中未必行得通。宗元曾多次这样说道："仆少尝学问，不根师说，心信古
书，以为凡事皆易，不折之以当世急务，徒知开口而言，闭目而息，挺而行，
踬而伏，不穷喜怒，不究曲直，冲罗陷阱，不知颠踣"（《答问》），"年少气锐，
不识几微，不知当否，但欲一心直遂，果陷刑法"（《寄许京兆孟容书》）。在这
些反视内省的话中，作者以深入骨髓的人生体验，真正领悟到了政治斗争的险
恶、人际关系的复杂，也真正意识到了自己在此复杂关系和险恶斗争中，确实
显得太幼稚了，因而总结经验教训，在此与友人别离之际郑重指出："信书成自
误，经事渐知非。"

马上就要分别了，往事就不再去提它，还是道一声珍重，等待我们重聚的那一
天吧。"今日临歧别，何年待汝归？"这里，"今日"与"何年"，"别"与"归"，
两两相对，一为确知的、正在发生之事，一为不可预知的、将来可能发生但充满
变数的期望，所以作者以问句作结，既寄以殷切期望，又在这期望中糅进了浓浓
的怅惘、感伤的意绪。

这是柳宗元与刘禹锡的最后一次离别，此番分手之后，两位"二十年来万事同"
的友人再未谋面。四年之后，年仅四十七岁的柳宗元在柳州任所走完了他短促
而又艰辛的人生历程，他那"何年待汝归"的期望也终于落空。

登柳州城楼寄漳汀封连四州 01

城上高楼接大荒，02
海天愁思正茫茫。
惊风乱飐芙蓉水，03
密雨斜侵薜荔墙。04
岭树重遮千里目，
江流曲似九回肠。05
共来百越文身地，06
犹自音书滞一乡。07

注·释

● 01·柳州：唐岭南道柳州治马平县，在今广西柳州西。漳、汀、封、连四州：代指与自己同时被远迁的漳州（今福建龙溪）刺史韩泰、汀州（今福建长汀）刺史韩晔、封州（今广东封川）刺史陈谏、连州（今广东连县）刺史刘禹锡。

● 02·大荒：辽阔荒远的天空、原野。

● 03·惊风：狂风。飐（zhǎn）：风吹物使之颤动摇曳。芙蓉水：长着荷花的水面。

● 04·薜荔（bì lì）：又称木莲，蔓生香草，常依附在树上或墙上生长。

● 05·"岭树"二句：谓远望，视线被岭上的树木遮挡；下瞰，曲折的江流如多次回环的愁肠。重遮，层层遮挡。九回肠，形容愁肠盘绕、愁思深重。司马迁《报任安书》："肠一日而九回。"

● 06·百越：即百粤，泛指南方少数民族及其居住之地。文身：在身上刺花纹，这是古代南方少数民族的习俗。

● 07·犹自：尚且，仍然。滞：阻隔，滞留。

品·评 元和十年（815）六月下旬，柳宗元经过三个多月的长途跋涉，终于抵达柳州任所，此诗就是他到任不久登上柳州城楼所作。

首二句起势突兀，场景阔大，诗境苍凉。楼是"高楼"，又在"城上"，则愈显其高。因楼之高，故登楼远望可以目接大荒；而"海天"相连，茫茫一片，远望竟无所见，则"愁思"顿起，不仅海天茫茫，愁思亦茫茫矣。茫茫前着一"正"字，说明茫茫愁思正当此时，则其再经迁谪初至柳州的怅惘失落之情毕现无隐。

次二句意象密集，用字狠重，喻托深远。芙蓉、薜荔皆美好之物，屈原《离骚》有"制芰荷以为衣兮，集芙蓉以为裳。不吾知其亦已兮，苟余情其信芳"的咏唱，其《九歌·云中君》也有"采薜荔兮水中，搴芙蓉兮木末"的描写，从中可以见出诗人情怀的善美和品格的高洁；然而，眼下芙蓉被狂风刮倒，薜荔为暴雨摧残，美好之物受到恶势力的无情打击和破坏，面对此种景象，不能不令人为之忧恐、愤懑。这里，风是"惊风"，雨是"密雨"，"飐"前着一"乱"，"侵"前着一"斜"，极度凸显了其来势的凶猛、迅急及其对芙蓉、薜荔之摧残的暴烈程度。这既是望中所见，也是意中所感，有明显的比喻象征色彩。

五、六两句承上宕开，一笔双写，俯仰分观，由望中所见之高处"岭树"和眼底"江流"，兴起睹物感怀的悲思。诗人登楼本欲远望同时被贬、分散各处的友人，但山岭重重，江流迂曲，其"千里目"先被岭上繁密之树所遮挡，复被脚下弯曲环绕之柳江所隔断，在望不见友人而忧心忡忡的作者看来，这江流不正像其一日而九回的愁肠吗？细味此二句，因欲有所见而远望，又因视线被遮而增愁，复因愁思环绕而生出江流似肠之联想，诗意步步作转，层层递进，而读来又极为畅达，由此见出诗人工于运思造句的本领。

最后二句照应题面，归到寄诸友本意，以音书不达怅然作结：本是千里同来，今却异地分散；已是蛮乡异域，犹自音书阻隔。当此之际，愁思满怀的诗人不是愈加忧愁了么？这里，"百越文身地"遥接首句"大荒"，"音书滞一乡"呼应次句"愁思"，从地到人，从景到情，首尾密合，从不同角度一再渲染浓郁的谪宦之悲。

别舍弟宗
一

⁰¹

零落残魂倍黯然，

双垂别泪越江边。⁰²

一身去国六千里，⁰³

万死投荒十二年。⁰⁴

桂岭瘴来云似墨，⁰⁵

洞庭春尽水如天。⁰⁶

欲知此后相思梦，

长在荆门郢树烟。⁰⁷

注·释

● 01 · 舍：谦辞，对别人称说比自己小的家人或亲属。宗一：柳宗元从弟，事迹不详。据诗中"万死投荒十二年"语，知此诗作于元和十一年（816）。

● 02 · 越江：指柳江。

● 03 · 去国：离开京都。六千里：《通典》卷一八四《州郡十四·龙城郡》谓柳州"去西京五千四百七十里"。这里的"六千"是举其成数。

● 04 · 投荒：被贬到荒远之地。十二年：从初次被贬的永贞元年（805）算起，至元和十一年（816）与柳宗一相别，恰为十二个年头。

● 05 · 桂岭：山名，这里泛指柳州一带的山岭。瘴：瘴气。

● 06 · 洞庭：洞庭湖，在湖南省北部，柳宗一赴荆门的必经之地。

● 07 · 荆门：山名，在今湖北宜都西北。又，荆门即江陵府（隶属荆州），唐贞元时曾一度置荆门县。郢：春秋时楚国的都城，故址在今湖北荆州。郢树烟：郢地树上缭绕的烟雾。宗元用"烟"，正传达出梦境观物之迷离情态，亦使诗境得渺远神奇之致。

品·评

柳宗元无胞弟，从其诗文提到者看，有从弟三人，即柳宗一、柳宗直和柳宗玄。柳宗元谪居永州时，曾携宗玄同游小丘西小石潭；再徙柳州时，柳宗直、柳宗一随同前往。柳宗直不久病逝，柳宗元为撰《志从父弟宗直殡》及《祭弟宗直文》（见文选部分）。柳宗一则在柳州住了一段时间后，于元和十一年（816）春前往荆州一带，柳宗元遂作此诗送别。

"零落残魂倍黯然，双垂别泪越江边。"诗一起即来势迅急，悲情无限，宛如一个特写镜头，将兄弟二人在柳江边流着眼泪执手作别的情景骤然放大到读者面前。"魂"是"残魂"，残魂而又"零落"，暗示一身被斥，万里迁谪，从弟柳宗直病逝等事端。"黯然"，感伤沮丧貌，江淹《别赋》有"黯然销魂者，惟别而已矣"之句，即此处所本。这里使用此词，点明此前预知从弟将别，即已黯然销魂者多日，而今别离就在眼前，则心中如被掏空，故"倍"感黯然。首句寥寥七字，字字狠重见血，直逼出次句"双垂别泪"的画面。

次联承上，叙写"倍黯然"之因，兼抒迁谪之悲。"六千里"，空间距离，极言其远；"十二年"，时间概念，极言其久；"去国"前冠以"一身"，已见其孤独无助；"投荒"前着一"万死"，愈见其劫难深重。进一步看，"去国"不独指空间，"投荒"也不独指时间，"十二年""六千里"本是可以互换的。这种互文见意，拓展了诗歌的包容量，也深化了诗意。

颈联、尾联分写别情和别后相思，而脉络仍与首联紧相贯穿。"桂岭"，代指柳州，是居者送行之地；"洞庭"，代指荆门，是行者将往之乡；"云似墨"是因为瘴气充塞，显见自己所居之地的险恶；"水如天"则是因了春来，想象从弟所至之处的美好。此一为别，不知何时再能聚首，日后相思，也只能靠在梦中看看郢地的烟树了。诗以"相思梦"和"郢树烟"殿尾，结得很空灵，却也很感伤。

柳州寄丈人周韶州 01

越绝孤城千万峰，02

空斋不语坐高舂。03

印文生绿经旬合，

砚匣留尘尽日封。04

梅岭寒烟藏翡翠，05

桂江秋水露鱷鱅。06

丈人本自忘机事，07

为想年来憔悴容。

注·释

● 01·丈人：对年长者的敬称。周韶州：《同治韶州府志》卷三《职官志》载："周君巢，太原人，元和初韶州刺史。"郁贤皓《唐刺史考》据此疑为周君巢。柳宗元有《答周君巢饵药久寿书》（见文选部分）。韶州：唐代州名，隶属岭南道，州治曲江县（今广东韶关）。细详诗意，此诗当作于柳宗元至柳之次年，即元和十一年（816）。

● 02·越绝：指柳州，极言其僻远。千万峰：言柳州多山。亦可理解为自柳望韶，因千山阻隔而不可得见。

● 03·高舂（chōng）：日落，傍晚时分。

● 04·"印文"二句：言官况寂寞，穷极无聊，以致笔墨生尘。

● 05·梅岭：即大庾岭，在今广东、江西交界处。因岭上多梅，故又称梅岭。翡翠：翠鸟名。

● 06·桂江：即漓水。源于广西北部的猫儿山，向南流经桂林一带。鱷鱅（yú yōng）：动物名，短狐类。

● 07·机事：机巧之事。

品·评　柳宗元召而复贬，被任命柳州刺史一职。一方面，"官虽进而地益远"，这次由司马而刺史的远迁不啻是一种变相的流放，因为"过洞庭，上湘江，非有罪左迁者罕至。又况逾临源岭，下漓水，出荔浦，名不在刑部而来吏者，其加少也固宜"（《送李渭赴京师序》）。但另一方面，比起在永州时被"员外"安置的司马闲官来，刺史毕竟是一州的最高长官，如果勤于职守，还是可以做出一些改良地方、有利民众的事情的。所以据史料、诗文记载，柳宗元到柳州后，为地方老百姓办了很多实事。不仅全力治理盗贼频发、缚壮杀老的事件，还心系民瘼，于庶政多所鼎革，兴办学校，释放奴婢，挖井开荒，发展生产，取得了卓越的政绩，他也因此赢得了当地百姓的爱戴。但此诗极写其官况寂寞、孤独憔悴的情境，应作于他初到柳州后的一段时间里。

首句点出贬地之远，正符合诗人初到柳州的心境。本以为在永州十年等待而来的诏返，可以让自己再展宏图，未想到反被迁往更加远离中原的南荒之地，所以"越绝""孤城""千万峰"，组合成叠相交的荒远、隔离的空间意象，反映了他最直觉最敏锐的心理感受。处于这样的荒山远岭中，即使身为地方刺史，也如同被抛弃，于是，其寂寞之情随笔涌来："空斋不语坐高春"，一"空"、一"不语"，直陈孤独之况。接下来写官事冷清、环境险恶，进一步铺叙其寂寞、忧恐之情。在荒州为官，穷极无聊，印久不用而生绿、砚长不磨而生尘，已见萧寂难耐。而环顾山水，又常有异鸟、怪物出没在视野里，其忧惧之情可以想见。最后两句寄希望于对方，希望得到关心理解。诗人意谓：丈人您是个清心寡欲的高士，可我不像您那样机事尽忘，优游自适，您大概会想到我这个远谪绝域之人一年来憔悴成什么样子了吧。言外多少孤独，多少苍凉！

柳宗元七律大多作于柳州，虽不多，但情感皆哀而酸楚，艺术亦精绝工致。此诗起句引出寂寞之情，中间展开具体景况铺写，结句画龙点睛，以"憔悴容"回照全篇，结构可谓浑然。

得卢衡州书因以诗寄 [01]

临蒸且莫叹炎方，[02]

为报秋来雁几行。

林邑东回山似戟，[03]

牂牁南下水如汤。[04]

蒹葭淅沥含秋雾，

橘柚玲珑透夕阳。[05]

非是白蘋洲畔客，[06]

还将远意问潇湘。[07]

注释

● 01 • 卢衡州：事迹不详，当为出守衡州刺史的卢姓友人。

● 02 • 临蒸：衡阳旧名，县城东傍湘江，北背蒸水。炎方：南方炎热之地。

● 03 • 林邑：古地名，治所北临驩州，在今越南境内。

● 04 • 牂牁（zāng kē）：古郡名，辖境约当今贵州大部、云南东部、广西西北部。又，水名，即牂牁江，流经广西，至广州入海。汤：热水。

● 05 • "蒹葭"（jiān jiā）二句：写柳州秋景。蒹葭，一名荻，即芦苇。淅沥（xī lì），风吹芦苇的声响。柚，橘类果木，即柚子。

● 06 • 白蘋洲客：指南朝诗人柳恽。柳恽字文畅，河东人，工诗善琴，后贬吴兴太守，作《江南曲》云："汀洲采白蘋，日暖江南春。洞庭有归客，潇湘逢故人。"

● 07 • 潇湘：湖南境内的两条水名，这里代指在湖南为官的卢衡州。

品评

这是写给友人的一首答诗。友人姓卢，时任衡州刺史，写信抱怨衡州地处南国，十分炎热；柳宗元在答诗中劝他说：你暂且不要报怨、感叹，你不知道柳州气候的炎热和环境的恶劣还要过之：这里东近林邑，南接牂牁，山峰陡峭尖利有似剑戟，江流温度高得如同热水，哪能与你所在的衡州相比呢？衡州的秋季，满野的芦苇在薄雾轻风中沙沙作响，傍晚时分，串串橘柚在夕阳照射下玲珑夺目，那该是多美妙的景致呵！古时有位叫柳恽的诗人被贬到江南，写过"汀洲采白蘋""潇湘逢故人"的诗句，我虽然不是柳恽那样的"白蘋洲畔客"，不能到潇湘与你相会，但还是愿借这封答诗，把我思念你的情意带到远方的潇湘去。

此诗内含悲情而意悠境远，首联的"为报秋来雁几行"和尾联的"还将远意问潇湘"，均有高朗舒畅、风情摇曳之致；中间两联写景俱佳，而"蒹葭"二句尤为传神之笔。但这两句究竟是实写柳州之貌，还是虚写衡州之景？前人说法不一。笔者以为：作者的本意是说柳州环境的恶劣，而蒹葭秋雾、橘柚夕阳这样美妙的景致似不应属于他厌恶的对象，因而自当将之视为对衡州的悬想之词。也就是说，前四句是接来书后对柳州居地的"报"，后四句是因思念友人而对衡州一地的"问"，一"报"一"问"，一首一尾，正好将全诗绾合起来，最能见出作者的作意及其在句法、结构安排上的工巧。

寄韦珩

01

初拜柳州出东郊，**02**

道旁相送皆贤豪。

注·释

● *01*· 韦珩（héng）：即韦群玉，少好学，通古今史事，曾向韩愈、柳宗元求学，宗元作《答韦珩示韩愈相推以文墨事书》，推奖其人。《册府元龟》卷九二五《总录部·谴累》载："苏表元和中以《讨淮西策》干宰相武元衡，元衡不见，以监察御史宇文籍旧从事，使召表而讯之。因与表狎，后捕驸马王承系，并穷按其门客，而表在焉。表被鞫，因言籍与往来。故籍坐贬江陵府士曹参军。又被（当为"贬"）左卫骑曹参军杨敬之为吉州司户参军，右神武仓曹韦衍为温州司仓参军，……并坐与表交游故也。"按："韦衍"为"韦珩"之误。元和十年六月，宰相武元衡被刺，朝廷即诏中外所在搜捕，查得刺客张晏等为成德军节度使王承宗所使。七月，朝廷诏数王承宗罪恶，并下诏讨伐，诏捕其弟驸马都尉王承系，家族株连者甚众，韦珩即坐与王承系门客苏表交游贬温州司仓参军。据此诗"君今矻矻又窜逐"语，知韦珩仍在谪籍。关于此诗的作时，从诗中"今年噬毒得霍疾"一语看，其叙事与前相衔接，似当为至柳后的第二年，即元和十一年；但据诗中"神兵庙略频破虏，四溟不日清风涛"二句看，则与元和十二年秋朝廷专力对付淮西叛军，派裴度前往且频频告捷的战事相符。据《旧唐书》之《宪宗纪》《裴度传》等，知元和十二年七月，唐宪宗任命裴度"持节蔡州诸军事、蔡州刺史，充彰义军节度、申光蔡观察处置等使"（《旧唐书》卷十五）。八月，裴度亲赴偃城，巡抚诸军，出战皆捷；至十月，唐军入蔡州，淮西平。据此，则诗当作于元和十二年（817）秋。

● *02*· 初拜柳州：谓初授柳州刺史，时在元和十年（815）三月。东郊：指京城长安的东郊。

回眸炫晃别群玉，03

独赴异域穿蓬蒿。04

炎烟六月咽口鼻，

胸鸣肩举不可逃。05

桂州西南又千里，06

漓水斗石麻兰高。07

阴森野葛交蔽日，

悬蛇结虺如蒲萄。08

到官数宿贼满野，

缚壮杀老啼且号。09

饥行夜坐设方略，

笼铜枹鼓手所操。10

奇疮钉骨状如箭，

鬼手脱命争纤毫。11

●03·回眸：回望。炫晃：即炫煌，闪耀、
有光彩的意思。群玉：一语双关，既指韦
群玉，亦指送行者皆贤能之人。

●04·异域：与中原有别的边远之地。蓬
蒿：蓬草和蒿草，泛指草丛和荒野偏僻
之处。

●05·"炎烟"二句：极写气候的炎热。炎
烟，热浪、热气。胸鸣肩举，形容盛夏赶
路时胸闷气促、肩头随之起伏的样子。柳
宗元于元和十年（815）六月二十七日抵
柳，这里说"六月"，其时当已过岭。

●06·桂州：治所在今广西桂林。千里：
极写距柳州之远。

●07·漓水：即漓江，一名桂江，流经桂
州。斗石：江水与乱石冲撞、搏斗。麻
兰：指岭南山区常见的倚山而建的两层木
楼，又名干栏、葛栏、高栏。

●08·虺（huǐ）：毒蛇。蒲萄：葡萄。

●09·"到官"二句：谓柳州一地盗贼横
行，滋扰民生。缚壮杀老，把壮年人绑起
来带走，将老年人杀掉。

●10·"饥行"二句：谓自己白天忍饥巡查，
夜晚谋划擒贼方略，并亲自擂鼓助战。笼
铜，亦作"笼僮"，鼓声。枹（fú），鼓槌。

●11·"奇疮"二句：谓身患疔疮，痛苦难
忍，差点把命送掉。奇疮，指疔疮。鬼手
脱命，从死神手下逃得性命。

今年噬毒得霍疾，

支心搅腹戟与刀。¹²

迩来气少筋骨露，

苍白瀄汩盈颠毛。¹³

君今矻矻又窜逐，¹⁴

辞赋已复穷诗骚。

神兵庙略频破虏，

四溟不日清风涛。¹⁵

圣恩倘忽念行苇，

十年践踏久已劳。¹⁶

幸因解网入鸟兽，

毕命江海终游遨。

愿言未果身益老，

起望东北心滔滔。¹⁷

● 12 · "今年" 二句：谓今年又染上霍乱，痛苦益甚。噬毒，指吃了有毒之物或吸入毒气。噬（shì），咬。霍疾，霍乱。支心搅腹戟与刀，形容腹中如戈矛刀剑支撑搅动般的痛苦。

● 13 · "迩来" 二句：谓近来力衰体瘦，头发斑白。迩来，近来。瀄汩（zhì gǔ），水流迅疾貌，这里形容头发急速变白。颠毛，头发。

● 14 · 矻矻（kū）：勤劳不懈貌。窜逐：指贬官。

● 15 · "神兵" 二句，谓唐军出征捷报频传，淮西叛军指日可平。神兵，指唐军。庙略，朝廷制定的方略。虏，指淮西叛军。四溟，四海、天下。

● 16 · "圣恩" 二句：谓自己被贬十余年已身心憔悴，希望能得到朝廷恩赦。倘，假如。行苇，路旁的芦苇。《诗·大雅·行苇》："敦彼行苇，牛羊勿践履。"作者以芦苇自比，希望不再被践踏。

● 17 · 东北：指韦珩贬谪处。

品·评 这首约作于元和十二年（817）秋、以"寄韦珩"为题的长诗，详细记述了柳宗元再迁柳州的种种经历和感受，既沉重悲凉，又真切感人，是了解诗人后期行迹和思想的重要史料。

诗大致可分三个层次。前十句为第一层，写离开长安后、抵达柳州前的情形。从诗中描述可知，诗人初离京城，即有众多友朋在东郊相送，韦珩即在其中。与友人作别之后，从三月中旬到六月前的行程，诗中仅以"独赴异域穿蓬蒿"

一笔带过，而将描写重点放在六月初进入岭南后的艰苦跋涉上。岭南的六月，上有烈日暴晒，下有热气蒸腾，口鼻冒烟，胸鸣肩举，令人难以忍受。到了桂州，距柳州还有"千里"之遥，一路身行，但见激流险滩，水石相击；两岸麻兰，鳞次栉比；葛藤缠绕，遮天蔽日；毒蛇盘踞，形如葡萄。所有这些奇异、险恶的物候和景象，是作者以前不曾见过的，把它们一一写出来，既是记风物之异，也是写迁谪之苦和内心之忧，可与前录《岭南江行》所谓"从此忧来非一事"相互参看。

第二层从"到官"至"穷诗骚"共十二句，写其抵达柳州之后的所见所闻、地方治理和重病缠身等情况。作者抵达柳州任所是六月二十七日，仍是炎炎盛暑。长途奔波，舟车劳顿，本应好好休息，但还未喘过气来，即遇盗贼满野，缚壮杀老，哭号声声，一片混乱。为了尽快改变这种局面，身为一州长官的作者白天忍饥巡查各地，夜晚谋划擒贼方略，并亲自擂鼓助战，缉拿群盗。这段文字，烘染出当时的紧张气氛，手操枹鼓一句更是写得声色毕现。由于过度劳累，也由于炎热的气候和瘴气的侵袭，作者不久便病倒了。先是疔疮剌骨，差点丢了性命；一年后又染上霍乱，痛苦不堪。这里，作者连用"奇疮钉骨状如箭""支心搅腹戟与刀"来形容病痛，造语甚奇，而"钉""箭""戟""刀"这些尖利之物，在准确表现病痛的同时，也给诗歌添加了峭硬的力度。两场大病之后，作者虽然挺过来了，却也大伤了元气，"气少筋骨露""苍白盈颠毛"，活画出当时作者虚弱羸瘦、白发苍然的形貌。"君今"二句转写对方又遭贬谪，与自己同病相怜，借此既照应诗题，深化诗意，又为下文"圣恩"句预作铺垫，针脚非常细密。

第三层从"神兵"至结束，借国家军事形势的转变，写其渴盼早日脱此困境的心情。元和十二年八、九月间，唐军征讨吴元济捷报频传，作者亦深受鼓舞，认为淮西叛军指日可平，天下将可复归于安定，朝廷届时也许要大赦天下。假若真能如此，希望得蒙"圣恩"，解脱罗网，"毕命江海终游遨"。因为自己就像那路边的茅草，十余年来屡屡被人践踏，已经疲弱不堪，实在经不起再折磨了！"愿言未果身益老，起望东北心滔滔。"全诗以此作结，充满悲凉之气，令人读后为之动容。

柳宗元极少作七言古体长篇，作即元气淋漓，沉郁顿挫，极具感染力。此诗以叙事为主，顺序写来，脉络井然；篇末抒发情怀，造语沉重老到，颇见骨力。其韵脚字的选用，全为十三豪韵部中的平声字，一韵到底，虽少起伏，却强化了特定的声情。汪森《韩柳诗选》将之与韩愈七古作比，说此诗"奇崛之气亦略与昌黎同，然韩诗高爽，柳诗沉郁"，不为无见。

浩初上人见贻绝句欲登仙人山因以酬之 01

珠树玲珑隔翠微，

病来方外事多违。 02

仙山不属分符客， 03

一任凌空锡杖飞。 04

注·释

●01·浩初：僧人法名，据刘禹锡《海阳湖别浩初师并引》、柳宗元《龙安海禅师碑》，知浩初为长沙人，龙安海禅师的弟子。能诗，曾与柳宗元、刘禹锡等人有诗文往还。上人：佛教称有德者为上人，后用为对僧人的尊称。仙人山：又称仙弈山、天马山、马鞍山，地处今柳州市南部。传说有仙人弈棋其上，又形似马鞍，故名。柳宗元后曾登览，并在所作《柳州山水近治可游者记》中描绘其景色。此诗约作于元和十二年（817）。当时浩初上人曾赠诗柳宗元，有相约同游仙人山之意，宗元故作此诗相酬。

●02·方外：世俗之外。

●03·分符客：柳宗元自谓。符，古代朝廷传达命令或征调兵马的凭证。分符，这里指接受朝命为柳州刺史事。柳宗元《答刘连州邦字》："连璧本难双，分符刺小邦。"

●04·凌空锡杖飞：本指佛教中人执锡杖而游于虚空境界，此化用其意，想像浩初上人云游山间、超凡脱俗的自在生活。锡杖，又称智杖、德杖，佛门僧侣用具。

品·评

读这首酬答之作，突出的感觉是委婉而得体。诗既贴切地表达了作者的处境和心情，又非常切合友人的身份和特征，从中可见出作者构思的工巧细密。

首句"珠树玲珑隔翠微"，既描写仙人山的美丽景色，又点出诗人只能望山兴叹的心情：仙人山上虽有绿树葱茏之美，但我只能隔着青翠的山色遥看。一个"隔"字，可以说定下了全诗的基调。为何而"隔"？因"病来方外事多违""仙山不属分符客"，再贬来柳，不仅身体多病，佛事多违，而且受宦情羁绊，所以不能应邀同登。末句"凌空锡杖飞"五字，形象生动地展示了浩初上人游览山水的飘逸行姿，内中寓有作者赞赏、艳美之情，以此作结，足可振起全篇。

此诗一路写来，气韵流走，意深词足。既表达了作者不能同游的遗憾心情，又体现出作者对超凡脱俗的僧人生活的美慕。

殷贤戏批书后寄刘连州并示孟仑二童 01

注·释

● 01·刘连州：刘禹锡，时为连州刺史。
● 02·庾安西：即庾翼，东晋大臣，曾任安西将军，故称。庾翼善草、隶，柳诗自注云："家有右军书，每纸背庾翼题云：王会稽六纸，二月三十日尝观。"此以庾安西借指刘禹锡，赞其书法。
● 03·"闻道"二句：言刘家子弟已不喜家传之法而重宗元之书。临池，刻苦练习书法。语出《晋书·卫恒传》："弘农张伯英者，因而转精甚巧。凡家之衣帛，必书而后练之。临池学书，池水尽墨。"家鸡，指刘氏家传书法。

书成欲寄庾安西，02

纸背应劳手自题。

闻道近来诸子弟，

临池寻已厌家鸡。03

品·评

柳宗元和刘禹锡早年曾一起师从皇甫阅学习书法，后柳氏书善，为时人仿效。据《因话录》卷三载："元和中，柳柳州书，后生多师效，就中尤长于章草，为时所宝。湖湘以南，童稚悉学其书，颇有能者。"其影响之大，以致刘氏子弟也放弃家传而转学柳氏书法。此事引起了柳宗元的兴趣，于是与刘禹锡戏笔往复，赠答绝句诸篇，讨论书法问题，此诗即为其中的开篇之作。诗人以调侃、戏谑的笔调向好友"示胜"：你刘家子弟今已放弃家传之法，转学我书啦！论题既开，于是后来柳宗元又有《重赠二首》《叠前》《叠后》，刘禹锡则有《答柳宗元重赠二首》，往来唱和，极具情趣。

学习书法在古人生活中无疑是庄雅之事，但柳诗以戏笔起题，使之幽默而风趣。诗以七绝为体，但在风格上一反绝句追求意在言外、含蓄深远的传统路子，写得明白自然、言简意足，读之虽无多少深意，却饶有生趣。而在这些戏语里，作者与友人坦率高雅的胸襟气度及二人之间的亲密友谊，都得到了活泼而生动的体现。故孙月峰评刘赠答八绝云："虽非庄调，然借事发意，含讥带谑，兴趣固有余，可想见二公风流雅致。足为墨池故实，亦自可喜。"（《评点柳柳州集》卷四十二）

酬曹侍御过象县见寄 01

注·释

● 01·酬:酬答,回赠。侍御:唐代以侍御史、殿中侍御史、监察御史总为御史台的成员,三者职责范围略同而权限大小稍异,故均可简称侍御。曹侍御事迹不详,当为作者旧友。象县:唐时柳州属县,在今柳州市东北一带。见寄:寄赠给我(的诗)。

● 02·破额山:唐置象县柳江边的一座山(在今柳江县白沙乡境内),中有石缝直破至底,如刀破额,故称。碧玉:形容柳江之水碧绿清澈。

● 03·骚人:指曹侍御。屈原作有《离骚》,后世遂指善作诗赋的文人为骚人。木兰舟:用木兰造的船,因木兰是一种贵重的香木,多用以造船,故后世遂以木兰舟作为船的美称。

● 04·潇湘:潇水和湘水,湖南境内的两条河流,这里既指曹侍御所来之地,亦兼含柳恽《江南曲》"潇湘逢故人"之意。参见前录《得卢衡州书因以诗寄》注。

● 05·蘋(píng)花:水中蘋草开的白色小花。

破额山前碧玉流, 02

骚人遥驻木兰舟。 03

春风无限潇湘意, 04

欲采蘋花不自由。 05

品·评
这是柳集中写得最为含蓄委婉,也最得后人称赏的一首七言绝句。总观此诗,突出的感觉是意象清新秀美,声情婉转谐畅:水是"碧玉流",船是"木兰舟",情是"潇湘意",事是"采蘋花",将这些意象串联起来,一气读下,已是风情万种、余香满口了,何况在这些意象之间,作者又分别嵌入了一些辅助背景和关键词语,使诗意转折跌宕,既层进层深,又含而不露,令人于若隐若显的意会中,获得一种心灵的超升和美的享受。

首句以"破额山前碧玉流"领起，为下句曹侍御的停舟于此创造了一个明净、幽雅的环境，也为全诗烘托出一个以"水"为活动中心的背景。曹侍御之被称为"骚人"，明示他是能诗之人；"骚人"来到象县，距柳州近在咫尺而不过访，却只"遥驻"，这就使诗产生了一种空间上的距离感，也为诗题中的"曹侍御过象县见寄"作了必要的铺垫。曹侍御何以至象县而不过访柳州，仅作诗相赠？作者没有点明，于是就给后人留下了很多猜测的余地，较有代表性的一种意见是：曹身为侍御，肩负着朝廷赋予的按察州县的使命，作为监察官，他不能不照章办事；而作为京城旧友，他对柳宗元又不能不有所表示。

"春风无限潇湘意"，上承骚人驻舟而遥赠诗篇，下启欲采蘋花而不得自由，其位置、作用均极为重要。潇湘既可能指对方来时的方位，也包含有南朝柳恽《江南曲》怀念故人之意。《江南曲》云："汀洲采白蘋，日暖江南春。洞庭有归客，潇湘逢故人。故人何不返？春花复应晚。不道新知乐，只言行路远。"通篇所言都是以潇湘为背景、与故人不期而遇又匆匆作别的怀恋情思；而这种情状，恰与作者和曹侍御的情形有相似处。所不同者，唯柳、曹二人本可相逢却终于无缘相逢，只能以诗为柬传递相思之意而已。这样说来，此句的"无限潇湘意"，既可指柳对曹的怀思，也可指曹对柳的渴念。

潇湘之意"无限"，说明情意极浓，如此浓郁的怀思，本应像柳恽"汀洲采白蘋"那样，在与故人相逢时采蘋相赠、自由自在地倾诉，然而，如今的现实却是"欲采蘋花不自由"！末句突转，将前句的春风骀荡、情思万种尽数扑热，诗情为之一变。然而，仔细想来，早在第二句的"遥驻"一词中即已暗含了末句之意，只是作者手法高明，先草蛇灰线地预埋伏笔，继以第三句故作高潮，最后再形成末句的反跌。这样一种写法，最易表现诗情的联贯和起伏，也最易抓住读者的情感。

至于作者为何不得自由，诗中未加明言，也许是因其"拘于官守"而未能前往，也许是对方负有监察之责而不便俯临，所有这些，对于理解、欣赏此诗已不甚重要，重要的是，作者以含蓄、委婉的笔法作结，使全诗情含景中，意在言外，这就足够了。

笼鹰词

01

● 01·笼鹰：被人豢养的猎鹰。
● 02·凄风：凄冷的秋风。淅沥：风声。
● 03·"云披"二句：谓鹰穿云破雾，冲断虹霓，如雷似电般地掠过平冈。披，分开。
● 04·砉（huā）然：象声词，指鹰的羽翮劈剪荆棘的声响。

凄风淅沥飞严霜，ᴼ²
苍鹰上击翻曙光。
云披雾裂虹霓断，
霹雳掣电捎平冈。ᴼ³
砉然劲翮剪荆棘，ᴼ⁴
下攫狐兔腾苍茫。
爪毛吻血百鸟逝，
独立四顾时激昂。

炎风涨暑忽然至，

羽翼脱落自摧藏。 *05*

草中狸鼠足为患，

一夕十顾惊且伤。

但愿清商复为假， *06*

拔去万累云间翔。

品·评　这是一首咏物诗，当作于柳宗元初至永州时。革新失败，被贬荒远，诗人如受伤的猎鹰，感到巨大的痛楚和惊惧，同时又满怀对自由的向往和期盼，故以笼鹰为喻，写情言志。

诗一开篇，就展现了一个宏阔迅急的场景：凄风渐沥，严霜密布，苍鹰腾空直上，在晨曦中上下翻飞。它忽而穿云破雾，划断虹霓，忽而如雷似电，掠过平冈。向下俯冲时，其羽翮劈剪荆棘而发出恚然的响声；抓到狐兔后又迅速升腾，冲向苍茫的太空。其尖利的脚爪上挂着兽毛，坚硬的鹰嘴边留着兽血，百鸟在它的威慑下，纷纷四散逃窜。此时此际的苍鹰，以一种得胜者的情态独立于天地之间，傲然四顾，在激昂的神情中透出勇武的气概。

在这段描写中，作者先为苍鹰的出场设置了一个严寒肃杀的背景，借以烘托鹰的勇武劲健，接着用"上击""云披雾裂""虹霓斯""霹雳掣电""剪""攫""腾"等冲击性极强的动词、形容词，力状苍鹰的迅猛、矫捷、勇武、善战。把这些动作连接在一起，宛如经过精密剪裁的电影镜头，一个画面紧接着一个画面，干净利落地展示了一幅苍鹰出猎图的全景。

与前八句相比，"炎风"四句笔势突转，诗情由激烈高昂一变而为低沉悲伤。

“炎风溽暑忽然至，羽翼脱落自摧藏。”自然气候的突变，使苍鹰受到严酷的打击。据《酉阳杂俎》卷二十《肉攫部》载：“鹰四月一日停放，五月上旬拔毛入笼。拔毛先从头起，必于平旦过顶，至伏鹑则止。从颈下过飏毛，至尾则止。尾根下毛名飏毛。其背毛并两翅大翎覆翮及尾毛十二根等并拔之，两翅大毛合四十四枝，覆翮翎亦四十四枝。八月中旬出笼。”据此可知，被豢养的猎鹰自八月出笼至四五月拔毛，经历了一个由自由翱翔到被拘囚、摧残的大起大落。这既是自然气候使然，也是人为的迫害。在这双重力量的挤压下，昔日无比凌厉矫健的雄鹰顷刻之间便羽翼脱落，变得面目全非，不惟不能称雄于百鸟群兽，而且还要遭到“草中狸鼠”的欺凌，以致“一夕十顾惊且伤”。这是多么大的落差！又是何等的屈辱！其中有悲怨，有惊惧，还有愤怒。这是写鹰，又何尝不是写人？想当初，柳宗元积极参加革新运动，大呼猛进，所向披靡，不正像这苍鹰搏击长空么？然而，接踵而来的事变却使得整个革新中途夭折，二王八司马在专制政治的无情打压下，被贬荒远，而且“纵逢恩赦，不在量移之限”(《旧唐书》卷十五《宪宗纪上》)。在这种情况下，其现实遭遇用柳宗元在《答问》中的话说，就是“独被罪辜，废斥伏匿。交游解散，羞与为戚，生平向慕，毁书灭迹。他人有恶，指诱增益；身居下流，为谤薮泽”。用他在诗中的话说，就是“沉埋全死地，流落半生涯。入郡腰恒折，逢人手尽叉”(《同刘二十八院长禹锡述旧言怀感时书事奉寄澧州张员外使君五十二韵之作因其韵增至八十通赠二君子》)。这种虎落平阳遭犬欺的情形，又与苍鹰羽翼脱落后受欺于草中狸鼠的遭遇何其相像！

在高明的诗人那里，咏物即是写人，即是比照、象征人的精神情志。只是这种比照、象征来得更为隐晦曲折，全不说破，让人读来，亦物亦人，内涵丰富，具有广阔的想象空间。当然，全诗写到这里即戛然收束，也未为不可，但毕竟显得过于沉重，与开篇所写苍鹰的迅猛气势失去了应有的关合、照应，更为重要的是，这样结尾难以表现出苍鹰亦即诗人“猛志固常在”的精神意向。所以，最后两句“但愿清商复为假，拔去万累云间翔”就显得非常关键了。虽然身处困境，遍体鳞伤，但仍然心系浩渺寒秋和万里长空，期盼有振翅而起、云间翱翔的那一天。悲怨而不消沉，失望中深寓着希望，由此振起全篇诗意，形成由高而低复由低至高的情感发展曲线，可以说这正是这首咏物之作的特点所在。

巽公院五咏·禅堂

01

发地结菁茅，⁰² 团团抱虚白。⁰³

山花落幽户， 中有忘机客。⁰⁴

涉有本非取， 照空不待析。⁰⁵

万籁俱缘生，⁰⁶ 窅然喧中寂。⁰⁷

心境本同如，⁰⁸ 鸟飞无遗迹。

注·释

● 01·巽公：即重巽，永州龙兴寺僧人。柳宗元初到永州时寄居龙兴寺，与其过从甚密。巽公院：即龙兴寺东偏之净土院。五咏：包括《净土堂》《曲讲堂》《禅堂》《芙蓉亭》《苦竹桥》五首。禅堂：佛教僧人修行之处。诗当为柳宗元初至永州一二年内所作。

● 02·结菁茅：谓禅堂用茅草盖成。菁茅，茅草名，上有毛刺。

● 03·虚白：指禅堂。《庄子·人间世》云："虚室生白。"

● 04·忘机客：指重巽。忘机，指空静淡泊，忘却尘世一切干扰。

● 05·"涉有"二句：用禅语叙写重巽修行境界之高，虽涉及有，并非有意取得；观照于空，也不用解析。

● 06·万籁：自然界的各种声音。俱缘生：佛教认为自然万象都是由缘而生的。

● 07·窅（yǎo）然：深远貌。

● 08·同如：谓以心观物，干境观心，等无差别。

品·评

柳宗元的好佛学佛，对他的诗歌创作不无影响。这一方面表现在其诗常因此而呈露出平淡幽远的意趣，另一方面表现为他还创作了一些吟咏佛迹、描写禅境的诗作，借以淡化、超越其苦闷的心情。《巽公院五咏》即其代表，孙月峰云："五作俱就禅理发挥，最精妙。"（《评点柳柳州集》卷四十三）此为第三首。

首四句实写禅堂的幽寂之境：禅堂用青茅盖成，堂外青山环抱，山花飘落无声，堂内有忘机的禅客端坐修经。整个画面恬静、幽寂，将读者带入一片空寂氛围，为后文预作铺垫。后六句由实入虚，转用禅语叙写此中所蕴涵的佛学精义。佛教主张"一切法皆空"，对世间万物只能用"心"观照，不滞于物象，有即是空。所以诗人写道："涉有本非取，照空不待析。"接着又云："万籁俱缘生，窅然喧中寂。"客观世界、天地万物皆由缘、由心而生，只要内心禅定，即使是喧闹当中也有深远的安宁和寂静。结尾云："心境本同如，鸟飞无遗迹。"以众鸟高飞远逝、杳无遗迹的形象来比喻这种心境如一、浑然一空的禅境。飞鸟度空意象是天台宗经论的一个比喻，《摩诃止观》云："如鸟飞空，终不住空。虽不住空，迹不可寻。"柳宗元将此妙手拈出，借以揭示佛禅的至高境界，既赞巽公，亦表心迹。这一佛经意象还时常出现在柳宗元其他的诗作中，如著名的《江雪》诗："千山鸟飞绝，万径人踪灭。孤舟蓑笠翁，独钓寒江雪。"所呈现的就是与禅境相通的寂静高远、绝世而独立的化境。

从艺术上看，诗中先写景，后说理，但全诗读来情景相谐，浑然一体。而从思想境界来看，诗歌不仅表现了作者对佛学"于零陵，吾独有得焉"之"得"的具体内容，也表现了其对佛家超越尘世而无所滞累、空灵淡泊境界的追求，与前录《晨诣超师院读禅经》之"澹然离言说，悟悦心自足"可谓异曲同工。

早梅

注·释

- 01·迥映：远映。楚天：永州古属楚地，故云。
- 02·朔吹：北风吹。
- 03·繁霜：浓霜。滋：增添。
- 04·杳杳（yǎo）：幽远。
- 05·寒英：指梅花。坐：很快，将要。销落：凋谢、零落。

早梅发高树，　迥映楚天碧。 ⁰¹

朔吹飘夜香，⁰² 繁霜滋晓白。⁰³

欲为万里赠，　杳杳山水隔。⁰⁴

寒英坐销落，⁰⁵ 何用慰远客？

品·评

这是一首咏梅的佳作。自古以来，梅花先春绽放的脱俗、傲霜斗雪的坚贞、冰清玉洁的高洁，一向被文人墨客视为理想人格的象征，所以借咏梅以自况的诗篇不计其数。柳宗元此诗亦不例外，但仍有其独到之处。

首二句写早梅凌寒独开的孤傲，却描绘出一幅开阔、疏朗、明丽的画面。早梅先春而开，已是不俗，"高树""迥映""楚天"更是烘托出了它的高洁、傲骨和挺立。而"碧"字下得好，不仅在色彩上与梅花的洁白形成对比，给人以明朗之感，而且易令人产生错觉，似乎楚天是因梅映而"碧"的，动作转换为空间与色彩。这种跳脱的句法，柳宗元独有会心，经常使用，如"长歌楚天碧""欸乃一声山水绿"等，看似自然，而实有奇趣。次二句写梅之特点。"梅须逊雪三分白，雪却输梅一段香"（卢梅坡《雪梅》），梅之清香，梅之洁白，向为人所注目，但作者在写法上避实就虚，侧面烘托，借风递幽香，繁霜滋白，展现"清香无以敌寒梅"（吴融《旅馆梅花》）、"一树寒梅白玉条"（戎昱《梅》）之景观。如果说前四句主要是咏梅，赞其挺立天地、经寒风、历严霜的风姿，而在此中隐喻了诗人的高洁品质，那么，后四句则在折梅和惜梅中暗含了自身的遭遇，流露出孤独无慰和忧伤的情感。"欲为万里赠"，以表对亲友的思念，但却因"杳杳山水隔"而无从实现。一"欲"，一"隔"，传达出诗人内心的渺茫和无望。既然如此，只能孤芳自赏，坐看梅花凋落了。南朝陆凯有《赠范晔诗》："折花逢驿使，寄与陇头人。江南无所有，聊赠一枝春。"柳诗后半幅明显受其影响，但在写法上更翻进一层，情感亦由希望到失望。读至终篇，扑面而来的不仅仅是梅花的清香及其"馨香虽尚尔，飘荡复谁知"（张九龄《庭梅咏》）的孤荣，更是诗人内心那难以排遣的怅惘和感伤了。

戏题阶前芍药

01

注·释

● *01*·芍药：花与牡丹极似，并称"花中二绝"。细详诗意，当作于谪居永州时。

● *02*·凡卉：普通的花。与时谢：随时令变迁而凋谢，芳华短暂。

● *03*·窈窕：美好貌。留余春：因芍药花发于春末，故云。

● *04*·暄风：暖风。

● *05*·"夜窗"二句：谓蔼蔼香气越窗而入，与幽卧之人相亲。

● *06*·溱洧（zhēn wěi）赠：《诗·郑风·溱洧》有云："维士与女，伊其相谑，赠之以芍药。"南国人：柳宗元自谓。因永州地处江南，隶属唐时江南西道，故云。

凡卉与时谢， *02* 妍华丽兹晨。

欹红醉浓露， 窈窕留余春。 *03*

孤赏白日暮， 暄风动摇频。 *04*

夜窗蔼芳气， 幽卧知相亲。 *05*

愿致溱洧赠， 悠悠南国人。 *06*

品·评

此诗借题芍药以咏怀，既表达了诗人被贬后的幽独，也寄寓了诗人内心高洁不凡的志趣。

芍药最大的物性特点是在晚春才开放，故而又称婪尾春、殿春花。诗作首四句便写芍药不同凡花之处，可与宋代诗人陈师道"九十风光次第分，天怜独得殿残春"（《谢赵生惠芍药三首》其三）之句并读。陈诗谓：春季九十天中，各种花先后开放，但由于大自然的特别偏爱，芍药花得以最后分享春光。柳诗也是此意，而且通过对芍药的形象描绘，比陈诗更突出了它的绰约风姿和美貌。"歌红醉浓露，窈窕留余春"一句甚为精绝，其"醉"字、"留"字，采用拟人化手法，自然贴切、神韵独具，写出了芍药吸饮清露、点缀晚春的情韵。洒落在花上的露水十分密集，以至于红得格外鲜艳，好似浓酒沁人心脾，芍药都"醉"了。春天将逝，而芍药及时开放，又似在挽留春天行走的脚步。细细体会此句，真是觉得情趣横生。后来苏轼有"殷勤木芍药，独自殿余春"（《雨晴后步至四望亭下鱼池上遂自乾明寺前东冈上归二首》其一）之句，这里的"殿"与柳诗之"留"相比，似略欠一份独特的韵致。《漫斋语录》云："五字诗，以第三字为句眼……古人炼字，只于句眼上炼。"又云："凡炼句眼，只以寻常惯熟字使之，便似不觉者为胜也。"（《竹庄诗话》卷一引）用在这里解释柳宗元的炼字艺术非常恰当。宋人张戒在《岁寒堂诗话》中说："柳柳州诗，字字如珠玉。"也十分中肯地对柳诗的用字艺术给予了高度评价。

后四句接写芍药的风姿和芳香，兼诉诗人对此花之赏爱及幽独之情。由"暄风动摇频"，见出芍药之"窈窕"；而这样的芳容，只能"孤赏"，其中已含有一份寂寞；孤赏由"白日"至"暮"，更至"夜"晚之"幽卧"，可见钟情之深；不明说人喜花，反说花香夜来相就，既拟花于人，又移情于物，花与人、人与花，借"知相亲"三字而密不可分矣。末二句呼应题面"戏题"二字，借男女之情表达了诗人的志趣和心愿，但较为隐晦。古代男女交往，以芍药相赠，表达结情之约或惜别之情，故芍药又称"将离草"。那么此诗中的"溱洧赠"究竟何意？芍药赠与何人？有不同的说法。或以为表现了见名花而思美人之意，或以为"结句虽戏，亦《楚辞》以美人为君子之旨也"（何焯《义门读书记》)，或以为极巧妙而委婉地表达了急于用世、希求援引的愿望。

此诗虽为咏物之作，但情韵悠长，令人回味。

茅檐下始栽竹

注·释

- 01·瘴茅：南方瘴疠之地的茅草。瘴，瘴气。南方山林中的热空气，从前认为是疟疾等传染病的病源。葺（qì）：用茅草盖屋。
- 02·溽暑：湿热之气。恒：常，总是。
- 03·重腿（zhuì）：足肿。
- 04·蒸郁：湿热之气浓郁、蒸腾。
- 05·凉飔（sī）：凉风。
- 06·锸（chā）：铁锹，挖土用的工具。垂：山脚。
- 07·舁：抬、运。曳：拉。
- 08·旖旎（yǐ nǐ）：轻柔貌。墀（chí）：台阶前的空地。
- 09·贞根：即竹根。
- 10·贻：赠，送。滋：滋润，浇灌。
- 11·宁复：哪还。
- 12·簟（diàn）：竹席。凄：凉。

瘴茅葺为宇，⁰¹ 溽暑恒侵肌。⁰²

适有重腿疾，⁰³ 蒸郁宁所宜？⁰⁴

东邻幸导我， 树竹邀凉飔。⁰⁵

欣然惬吾志， 荷锸西岩垂。⁰⁶

楚壤多怪石， 垦凿力已疲。

江风忽云暮， 舁曳还相追。⁰⁷

萧瑟过极浦， 旖旎附幽墀。⁰⁸

贞根期永固，⁰⁹ 贻尔寒泉滋。¹⁰

夜窗遂不掩， 羽扇宁复持？¹¹

清泠集浓露， 枕簟凄已知。¹²

- *13 · 迥：远。*
- *14 · 伊：句中语气词。*
- *15 · 怡：和悦，愉快。*
- *16 · 嘉：美好。亭亭：耸立的样子。*
- *17 · 蓊（wěng）蔚：茂盛的样子。*

网虫依密叶， 晓禽栖迥枝。¹³

岂伊纷嚣间，¹⁴ 重以心虑怡。¹⁵

嘉尔亭亭质，¹⁶ 自远弃幽期。

不见野蔓草， 蓊蔚有华姿。¹⁷

谅无凌寒色， 岂与青山辞？

品·评

柳宗元在永州除了悠游山水，还植竹禾、艺花卉以自遣，正如他在《与杨诲之第二书》中所云："但当把锄荷锸，决溪泉为圃以给茹，其隙则浚沟池，艺树木，行歌坐钓，望青天白云，以此为适，亦足老死无戚戚者。"此诗以栽竹招凉为题材，写的就是这种清静淡泊、恬然自适的生活情趣。

诗歌内容大致可分三层。开始写种竹的起因。作者受瘴气侵袭，因湿热之气太重而患脚肿之疾，于是受东邻的开导，在屋檐边栽竹，以招凉气去暑热。接着写寻竹、移竹、栽竹的过程。诗人兴致勃勃地拿着工具到西岩去寻竹，并贯力移植到茅檐下，用泉水滋润，以期永固。最后写养竹、赏竹。竹已栽种，晚上遂不关窗，并抛掉羽扇，感受竹子所带来的阵阵凉意。在如此清凉、惬意的环境里，诗人的心境变得愉悦、平和，于是便欣然观赏起竹间的景物和竹子的芳姿，并对绿竹生发出由衷的赞叹。末六句先赞其亭亭劲质，继借荒野蔓草与之作比，将绿竹凌寒挺立之本质拈出，其中所隐含的自喻之意已跃跃欲现了。

全诗以栽竹为中心，将前后整个过程娓娓写来，融叙述、写景、抒情、议论为一体，读之情味盎然。而在情致上，淡然冲远，颇得陶渊明诗的韵味。正如孙月峰所评："就事实叙，自有一种真味，即炼法皆从质中出，盖学陶。"（《评点柳柳州集》卷四十三）当然，比起陶诗的自然描写，柳诗末数句借竹自喻、托竹言志的意味十分明显，故蒋之翘评云："情幽兴远，鲜净有规矩，但末路自况，感慨意太露。"（《柳集辑注》卷四十三）

078

咏史

注
·
释

● 01·黄金台：又称金台、燕台，故址在今河北易县易水南，相传为战国燕昭王筑，置千金于台上，延请天下贤士，故名。

● 02·望诸君：战国时燕将乐毅投奔赵国后，赵所赐予的封号。

● 03·嗛嗛（xián）：衔恨隐忍貌。

● 04·"三岁"句：谓乐毅破齐七十余城所立大功。《史记·乐毅列传》："乐毅于是并护赵、楚、韩、魏、燕之兵以伐齐……下齐七十余城，皆为郡县，以属燕。"

● 05·"宁知"二句：燕昭王死后，素不喜欢乐毅的燕惠王继位，他听信齐人田单的反间之计，命骑劫代乐毅将兵，乐毅畏诛，遂西奔赵。嘉谷，美好的禾谷，喻指乐毅。坐，因而、于是。燋，同"烤"。

● 06·委金石：谓乐毅弃燕奔赵事。

● 07·蠢蠕群：谓惠王、骑劫辈。

● 08·欻（xū）：忽然。

● 09·晏子：春秋时齐国大夫，字平仲。历仕灵公、庄公、景公三世。曾奉景公命令出使晋联姻，与晋大夫叔向议论齐政，预言齐国政权终将为田氏取代。有《晏子春秋》传世。

燕有黄金台，⁰¹ 远致望诸君。⁰²

嗛嗛事强怨，⁰³ 三岁有奇勋。⁰⁴

悠哉辟疆理， 东海漫浮云。

宁知世情异， 嘉谷坐燋焚。⁰⁵

致令委金石，⁰⁶ 谁顾蠢蠕群。⁰⁷

风波欻潜构，⁰⁸ 遗恨意纷纭。

岂不善图后， 交私非所闻。

为忠不内顾， 晏子亦垂文。⁰⁹

品
·
评

诗是心灵的窗口，真正震撼人心的诗作必定具备强烈的批判意识，真正深刻的历史观照也应反映人的现实精神。将强烈的孤愤融入对历史的观照、反思之中，既使得咏史具有浓郁的主观色彩，又赋予史事以丰富的现实内蕴和情感深度，这是柳宗元为数不多的咏史之作的一大特点。

《咏史》一诗以战国时期的名将乐毅为歌咏对象，而又暗自关合诗人及参与永贞革新诸人的身世遭际：乐毅先事燕昭王，颇受重用，为燕拔齐七十余城，立下卓越战功，这就像诗人与王叔文等人为顺宗信用，大刀阔斧地革除弊政那样，使得"市里欢呼""人情大悦"（《顺宗实录》卷一、卷二）；乐毅在燕昭王卒后，备受燕惠王猜忌排挤，不得已而降赵，流落异国，就如同诗人等革新派成员在顺宗刚退位后即遭宪宗打击，被贬荒远。历史的相似性是惊人的，而其中尤为可叹的是人的命运的相似。乐毅之被逼离燕，即因齐田单所行反间计成，无端被猜，流言纷纭；柳宗元被贬后，墙倒众人推，各种流言、诽谤更是纷纷而起，大有"世人皆欲杀"之势。在《寄许京兆孟容书》中，柳宗元自述道："素卑贱，暴起领事，人所不信。射利求进者，填门排户，百不一得。一旦快意，更造怨谤。以此大罪之外，诋诃万端，旁午构扇，尽为敌仇，协心同攻，外连强暴失职者以致其事。"相比之下，柳宗元、王叔文等人与乐毅的命运确有内在的相似性。而当这相似的命运在历史上一再出现，并由后人自觉观照前人同一命运的时候，又能不慨然有动于衷？"风波欻潜构，遗恨意纷纭"，这是何等深切的历史经验总结！又是何等沉痛的自我心声表露！联系到诗人在《吊乐毅文》中所说："谅遭时之不然兮，匪谋虑之不长。跽陈辞以陨涕兮，仰视天之茫茫。苟偷世之谓何兮，言余心之不臧！"不难看出，这既是对乐毅有功而不见知，因谗流亡之遭际的深深同情，又是对自身政治悲剧和忧怨心态的痛切陈辞。设若没有生命沉沦的苦难遭际，没有"怅望千秋一洒泪"的孤愤情怀，柳宗元绝不会反复在诗、文中致意于乐毅，也绝说不出这等沉痛的话来。

咏三良

⁰¹

束带值明后，⁰² 顾盼流辉光。

一心在陈力， 鼎列夸四方。⁰³

款款效忠信，⁰⁴ 恩义皎如霜。

生时亮同体， 死没宁分张？⁰⁵

壮躯闭幽隧，⁰⁶ 猛志填黄肠。⁰⁷

殉死礼所非， 况乃用其良。

霸基弊不振， 晋楚更张皇。⁰⁸

疾病命固乱， 魏氏言有章。⁰⁹

从邪陷厥父， 吾欲讨彼狂。¹⁰

注·释

● 01·三良：春秋时秦国三位被殉葬的贤士。《左传》文公六年："秦伯任好（按：即秦穆公）卒，以子车氏之三子奄息、仲行、针虎为殉，皆秦之良也。国人哀之，为之赋《黄鸟》。"从诗意看，柳宗元认为让三良殉葬的实为穆公之子康公。

● 02·束带：穿着整肃，借指为官于朝。《论语·公冶长》："束带立于朝，可使与宾客言也。"明后：明君，指秦穆公。

● 03·鼎列：使秦强盛，与列国鼎足而立。

● 04·款款：诚恳、忠实。

● 05·"生时"二句：谓君臣关系密切，生时如同一体，死亦不分离。亮，诚、实在。分张，分离。

● 06·幽隧：墓道。

● 07·黄肠：葬具。古代以黄心柏木密置于棺外，故称黄肠。

● 08·"霸基"二句：穆公卒后，秦国一度衰弱不振，楚庄王成为霸主。张皇，张大。

● 09·"疾病"二句：《左传》宣公十五年："魏武子有嬖妾，无子。武子疾，命颗（按：颗为武子之子）曰：'必嫁是。'疾病则曰：'必以为殉。'及卒，颗嫁之，曰：'疾病则乱，吾从其治也。'"章，章法、道理。

● 10·"从邪"二句：谓秦康公以三良为殉，陷其父于不义，故欲讨之。彼狂，指康公。

品·评

与《咏史》的情形相似，《咏三良》也是一篇借史抒愤的作品。

三良即春秋时代秦国子车氏之三子奄息、仲行、针虎。《左传》文公六年载有秦伯任好卒、三良皆被殉葬的事件，《咏三良》即取材于此。值得注意的是，历史故事本极简略，但到了柳宗元笔下却得到了情感上的渲染和丰富："束带值明后，顾盼流辉光。一心在陈力，鼎列夸四方。款款效忠信，恩义皎如霜。生时亮同体，死没宁分张？壮躯闭幽隧，猛志填黄肠。"诗的前半部分从具体参政到殉死身亡，写得有声有色，情感激腾澎湃，极具现实意味，若非有切身参政经验如柳氏者，很难写得出来。联系到柳宗元在《冉溪》中所谓"少时陈力希公侯，许国不复为身谋。风波一跌逝万里，壮心瓦解空缧囚"，则此"一心在陈力"数语岂不正是诗人对其理想追求和自我遭际的表白？如果再联系到革新派首领王叔文被赐死，成员王伾、凌准相继贬死的事件，那么，此处对三良殉死的咏叹，又何尝不可视作是对王叔文等惨死的悲悼？

更进一步，秦穆公以三良为殉一事在历史上是颇受非议的，但诗人在此却一反传统看法，移花接木，将穆公开脱出来。一方面，曰"明后"，曰"恩义皎如霜"，曰"生时亮同体，死没宁分张"，意在表现出君主之贤明与君臣关系之紧密；另一方面，又郑重指出："殉死礼所非，况乃用其良？"那么，这让三良殉死者究系何人？从下文来看，实非穆公，而是穆公之子康公。为了说明这一点，诗人进一步引用《左传》宣公十五年所载魏武子卒、遗命令嬖妾殉死、而其子颗改其命的故事，说道："疾病命固乱，魏氏言有章。"意思是说，魏武子之子之所以不从父命，以人为殉，是因为已认识到其父被疾病搞糊涂了，遗命不需要遵从；由此引申开来，秦穆公死以三良为殉又何尝不是这种情形的复现？既然秦穆公也是"疾病命固乱"，则其子康公即不应遵从父命，而应像魏武子之子颗那样去做；可是，康公不仅没有这样做，坚持了"礼所非"的殉葬制度，而且所殉之人竟是三良，这岂不是罪上加罪？因而，诗人对此行径不能不义愤填膺，以致公开宣称："从邪陷厥父，吾欲讨彼狂。"柳集孙注云："彼狂，谓穆公子康公也。"这话虽然不错，但还只是就史论史之言，实际上，柳宗元在此早已跳出了单纯的咏史层面，而将批判的矛头直接指向现实了。他欲讨伐康公，实乃鞭挞宪宗；他为穆公开脱，实欲为顺宗张目；他称赞三良与穆公的生时同体，死不分张，实指王叔文等与顺宗同归于尽，借以慰藉忠魂；他咏叹三良的被殉而死，实即痛悼王叔文等革新志士的悲剧命运，借以抒发孤愤。如果不是这样，那么，柳宗元为何一再选取历史上父子相悖的事件（如燕昭王父子、秦穆公父子、魏武子父子）为歌咏题材？他为什么会为一历史事件而大动肝火，竟至于去"讨彼狂"？为什么他不去声讨史家一再批评的令人从死的秦穆公（参见《史记·秦本纪》），而要去声讨那位几乎无人提及的秦康公？为什么他的咏叹对象又都是与自己身世遭际相类似的乐毅、三良之流？

在咏史诗中，历史往往即是现实，对史事的怀想即是对今事的思考，而为古人鸣冤也就是为今人叫屈。柳宗元上述作品即属此类。

咏荆轲

01

燕秦不两立，　太子已为虞。*02*

千金奉短计，*03*　匕首荆卿趋。*04*

穷年徇所欲，*05*　兵势且见屠。*06*

微言激幽愤，　怒目辞燕都。*07*

朔风动易水，　挥爵前长驱。*08*

函首致宿怨，　献田开版图。*09*

炯然耀电光，　掌握罔匹夫。*10*

● *01*·荆轲：战国末年刺客。先世为齐人，徙于卫，卫人称之为"庆卿"，后往燕国，燕人谓之荆卿。及秦灭韩、赵，祸将至燕，燕太子丹忧患，使其刺秦王，未遂被杀。事迹详见《史记·刺客列传》。

● *02*·"燕秦"二句：谓秦军攻势逼近燕国，太子丹为燕之存亡而忧虑。虞，忧心，忧虑。

● *03*·"千金"句：秦将樊於期得罪秦王，逃往燕国，被太子丹收留。秦欲得樊於期首级，以金千斤、邑万家换之。太子丹不忍，荆轲私见樊於期，以己将刺秦而求之。樊於期自杀。由是荆轲得樊於期首而入见秦王。短计，下策。

● *04*·"匕首"句：指荆轲行前，燕太子丹为之准备锋利的匕首并使工匠以药焠之作为行刺的武器。趋，行。

● *05*·"穷年"句：指燕太子丹欲派荆轲刺秦王，遂尊荆轲为上卿，舍上舍、车骑美女资荆轲所欲，以顺适其意。穷年，终年。徇，顺。

● *06*·"兵势"句：谓秦军攻势逼近，掠地至燕南界。见屠，进攻。

● *07*·"微言"二句：指燕太子丹疑荆轲反悔，故以巧言激之，荆轲怒愤，立即动身起行。微言，巧言。

● *08*·"朔风"二句：写荆轲壮别的场面。朔风，北风。易水，水名，在今河北西部，大清河上源支流，流经武阳（今河北易县）。爵，盛酒器。长驱，长驱入秦。

● *09*·"函首"二句：写荆轲面见秦王并向秦王进献樊於期首和燕国督亢的地图。函首，用盒子封装的人头。宿怨，秦王与樊於期之间的旧怨。献田，指为接近秦王，太子丹向秦国进献燕国督亢一带的土地。版图，地图。

● *10*·"炯然"二句：写秦王打开地图，露出匕首，荆轲左手把秦王之袖，右手刺秦王。炯然，明亮、耀眼。电光，匕首的光芒，言其锋利。掌握，抓住。罔，迷惑惊慌貌。匹夫，指秦王。匹，一作正。

- 11 • "造端"二句：言荆轲起初何其坚决、勇猛，而行事时却不果敢。造端，起初、开始。趑趄（zī jū），徘徊不进貌。
- 12 • "长虹"二句：谓燕太子丹厚遇荆轲，荆轲感其恩义，毅然入秦，此气概惊天动地，但结果行刺未遂，仓猝之间反而被杀。苍卒，即仓猝。
- 13 • "按剑"二句：谓事发后秦王大怒，兴兵伐燕。按剑，拔剑。赫，盛怒貌。风雷助号呼，号呼声似风雷贯耳，形容秦军攻伐燕国的猛烈声势。
- 14 • "慈父"二句：指秦兵破燕都、追燕王，燕王为解秦兵，斩下太子丹头颅以献，但秦仍然进兵攻之。狂走，仓惶逃窜。无容躯，无容身之处。
- 15 • "夷城"二句：写秦军攻下燕都后，斩杀荆轲七族，火焚楼台宫观。夷城，扫平燕都蓟城。芟（shān），剪除。七族，或谓自曾祖至曾孙的七代族亲，或谓包括父、母家族及妻父母在内的七族近亲。
- 16 • "始期"二句：意谓行刺秦王的目的是结束国家的忧患，结果适得其反，引致灾祸。弭，消除、结束。卒，结果。枢，机关。
- 17 • "秦皇"二句：谓秦王以变诈和武力为本，与齐桓公仍能重视信义不同。
- 18 • 曹子：即劫持齐桓公的鲁国人曹沫。
- 19 • 太史：司马迁。征：求得。无且：即秦始皇侍医夏无且。

造端何其锐，　临事竟趑趄。[11]

长虹吐白日，　苍卒反受诛。[12]

按剑赫凭怒，　风雷助号呼。[13]

慈父断子首，　狂走无容躯。[14]

夷城芟七族，　台观皆焚污。[15]

始期忧患弭，　卒动灾祸枢。[16]

秦皇本诈力，　事与桓公殊。[17]

奈何效曹子，　实谓勇且愚。[18]

世传故多谬，　太史征无且。[19]

品·评　荆轲刺秦是古代诗歌中的常见题材，其中较著名者，当推陶渊明的《咏荆轲》。为与柳诗比较，引陶诗如下：

燕丹善养士，志在报强嬴。招集百夫良，岁暮得荆卿。君子死知己，提剑出燕京。素骥鸣广陌，慷慨送我行。雄发指危冠，猛气充长缨。饮饯易水上，四座列群英。渐离击悲筑，宋意唱高声。萧萧哀风逝，淡淡寒波生。商音更流涕，羽奏壮士惊。心知去不归，且有后世名。登车何时顾，飞盖入秦庭。凌厉越万里，逶迤过千城。图穷事自至，豪主正怔营。惜哉剑术疏，奇功遂不成。其人虽已没，千载有余情。

诗写得慷慨悲壮，在以平淡著称的陶诗中另具特色。陶渊明以极大的热情歌咏了荆轲刺秦王的壮举，并对其奇功不建表示惋惜。显然，陶氏重在突出荆轲抗击强暴、英勇赴义的精神风貌，所以在其笔下，经过剪裁提炼和加工创造，荆轲刺秦前出京、饯别、登程等悲壮的场面皆浓墨重彩、隆重登场，而荆轲刺秦的情形只是以"图穷事自至，豪主正怔营"一笔带过，至于刺秦失败后又发生了什么，作者则略而不提。

读了陶诗，再来看柳宗元的《咏荆轲》，就可发现柳诗在抒写上有明显的不同。陶诗的重心在渲染荆轲行刺前的慷慨赴义，而柳诗则以高度概括性的语言描写了荆轲刺秦王的全过程。从行刺起因、行前准备、辞行入秦、刺杀秦王到行刺不遂的后果，作者都逐一叙写，将整个历史故事的前因后果和具体过程客观再现，针脚细密，对照鲜明。在此基础上，作者不时以议论穿插其中，借"造端何其锐，临事竟越趄"，"始期忧患弭，卒动灾祸枢"，"奈何效童子，实谓勇且愚"点明旨趣，言下之意是说：荆轲挺身而出、慷慨赴义，固然表现出勇敢、忠贞的节义而值得赞誉，但其铤而走险、勇而少谋且不识时势，又令人深深叹惋。"实谓勇且愚"，议论另创新意。在历史上，荆轲刺秦王这一行为历来被视为壮举，而被反复渲染的也是其"壮士一去今不复还"的英雄主题。以上所引陶诗即是如此。刘克庄云："咏荆轲者多矣，此篇'勇且愚'之评，与渊明'惜哉剑术疏'之语，同一意脉。"（《后村先生大全集新集》卷五）这还只是看到了陶柳二诗的联系，而没有指出两诗不同的侧重。陶诗虽有惋惜之情，但重在颂扬荆轲不畏强暴、生死不惧的侠义；柳诗虽有赞誉，但重在对荆轲有勇少谋且不识时势之愚狂的指摘和叹惜。

怀古即是喻今，咏史即是寄慨。陶渊明在诗中歌颂荆轲抗恶除暴的无畏精神，从而将自己对当时黑暗政治的愤慨之情，赫然托出。柳宗元的《咏荆轲》也不例外。特别是其中一"愚"字，十分明显地传递了这一意蕴和情感。柳宗元在贬后以"愚"者自居和解嘲，说道："今余遭有道，而违于理，悖于事，故凡为愚者莫我若也。"（《愚溪诗序》）故而将所遇到的溪、丘、泉、沟、池等都冠以"愚"名。如此看来，他叹惋荆轲的"勇且愚"，又何尝没有对自己早年在朝廷踔厉风发、不为身谋、不计后果之"愚"的反思？这种对忠贞之士的微讽，或也可视作其内心悲愤之情的变调。

由于诗中用了大量笔墨再现史实过程，所以有人认为，此诗"嫌实叙多，衬点少。起句用得恰好，以下亦有炼法，但都而不畅。看渊明诗，彼何等磊落"（孙月峰《评点柳柳州集》卷四十三）。扬陶抑柳，未为公允。若从柳诗表现的旨意来看，其客观实叙是不可少的，而这些叙述笔墨也保持了柳诗一贯的简练、准确、生动性，显示了作者深厚的语言功力。所以贺裳《载酒园诗话》称赞："子厚有良史之才，即以韵语出之，亦自须眉欲动。"

商山临路有孤松往来斫以为明好事者怜之编竹成援遂其生植感而赋诗 [01]

注·释

- ●01·商山：又名商阪、地肺山、楚山，在今陕西商洛东南。往来：指往来者。斫以为明：砍削其枝用来点燃照明。援：藩篱、篱笆。遂：顺应。
- ●02·停：耸立。翠盖：原指饰以翠羽的车盖，这里指形如翠盖的松树茎叶。
- ●03·托根：扎根。
- ●04·"不以"二句：谓松不生于深山险峻之处而难以自我保护，遂因其可被人用来照明而受到砍削。这里有自况之意。
- ●05·"幸逢"二句：谓幸而碰到有仁爱之心的人，在树的周围插上重重藩篱加以保护。
- ●06·半心存：半边树心还活着。

孤松停翠盖，[02] 托根临广路。[03]

不以险自防， 遂为明所误。[04]

幸逢仁惠意， 重此藩篱护。[05]

犹有半心存，[06] 时将承雨露。

品·评

这是一首借物自况的诗作，当作于元和十年（815）柳宗元由永州贬所返京途经商山之时（关于此诗的详细辨证，可参看尚永亮《柳宗元刘禹锡两被贬迁三度经行路途考》，载《唐代文学研究》第七辑）。

首二句交代背景，三、四两句的"不以险自防，遂为明所误"，显然是以孤松被斫自喻永贞元年因参加二王集团而遭贬斥的身世遭际；五、六两句说："幸逢仁惠意，重此藩篱护"，意思就非常明显了：被斫伤的孤松遇到了有仁爱之心的好人，被用藩篱保护起来，不正像今天自己遇到了支持者，而得以由贬所被诏返京城么？七、八两句进一步说："犹有半心存，时将承雨露。"这就是说，自己虽被废锢十年，饱经磨难，但生机仍在，就像这棵被人斫伤的孤松一样，半边树心还活着，正时刻准备承接雨露的滋润。这里，"时将承雨露"的"时"字很关键，既可理解为"（遇到）时机"，也可理解为"此时"，但无论哪种理解，都与作者此次返京的欣悦情怀相契合。

柳州城西北隅种甘树 01

手种黄甘二百株，

春来新叶遍城隅。

方同楚客怜皇树，02

不学荆州利木奴。03

几岁开花闻喷雪？

何人摘实见垂珠？

若教坐待成林日，

滋味还堪养老夫。

注·释

- 01·隅：角落。甘：通"柑"，即柑树，常绿灌木，开白色小花，果实球形稍扁，皮色生青熟黄，多汁味甜。
- 02·楚客：指屈原。皇树：指橘树。屈原《橘颂》有"后皇嘉树，橘来服兮；受命不迁，生南国兮"的句子。
- 03·荆州利木奴：用三国时荆州襄阳人李衡种橘之典。《襄阳记》载李衡："每欲治家，妻辄不听。后密遣客十人于武陵龙阳泛洲上作宅，种甘橘千株。临死，敕儿曰：'汝母恶我治家，故穷如是。然吾州里有千头木奴，不责汝衣食，岁上一匹绢，亦可足用耳。'……衡甘橘成，岁得绢数千匹，家道殷足。"（《三国志》卷四十八裴注引）

品·评

任柳州刺史期间，柳宗元写了多篇在春天种树的诗作，大都表现出一种和缓、平淡的情调，而在字里行间，仍可或隐或显体会出作者的悲凉之思。

这首诗以种柑树为题，起笔就说："手种黄甘二百株，春来新叶遍城隅。"黄柑是"亲手"栽种，且有"二百株"之多，见出作者的喜爱和重视；春来"新"叶长出，一片翠绿，布满城的西北隅，煞是可爱，由此见作者欣喜的心情。作者为何要种这些柑树呢？下面两句作答：我种柑树正像当年屈原怜爱橘树的心理，希望借其美好品质寄托理想，而不是像荆州人李衡那样，想靠种柑树来养家致富。两句话一正一反，鲜明地反映了作者的向背态度，而用典的贴切，更给诗句增添了丰富的历史蕴味。第三联掉转笔锋，以诘问语气写未来情状："几岁开花闻喷雪？何人摘实见垂珠？"写其开花，写其结果，是由种树引发的合理想象和自然期待；然而，前面着一"几岁""何人"，立即将诗意扭转，表达出届时自己不知是否还在此地甚至是否还在人世的含意，从而使作者的想象和期待蒙上一层怅惘、落寞乃至悲凉的色彩。最后两句承上再作转折，用假设语气说：如果到了那时，我还健在，那么，柑树成林，果实累累，其美味还是可以供我品尝享用的。何焯《义门读书记》说："结句正见北归无复望矣，悲咽以谐传之。"姚鼐《今体诗钞》说："结句自伤迁谪之久，恐见甘之成林也。而托词反平缓，故佳。"其理解应是准确的。

种柳戏题

注·释

● 01·柳江：西江支流，流经今柳州市。

● 02·"谈笑"二句：谓随着时间的推移，今天种柳将会成为日后人们谈笑的故事和史迹。

● 03·耸干：耸立的树干。会：将会、应当。

● 04·思人树：周代召公奭曾在甘棠树下听讼，是非赏罚分明，后人因思念他而爱其树，并作《甘棠》一诗，中云："蔽芾甘棠，勿剪勿伐，召伯所茇。"这里借此典故表达作者欲造福于民的愿望。

● 05·惠化：有惠于民的德政和教化。

柳州柳刺史，　种柳柳江边。⁰¹

谈笑为故事，　推移成昔年。⁰²

垂阴当覆地，　耸干会参天。⁰³

好作思人树，⁰⁴　惭无惠化传。⁰⁵

品·评

与上一篇相比，这首《种柳戏题》更多一些调侃、谐谑的意味，故以"戏题"出之。

"柳"是一篇诗眼。诗人姓柳，任官柳州，又种柳树，一个"柳"字，巧合出一篇有趣的文章。所以诗开篇连用四个"柳"字，在反复重叠中传达出一种特殊的声情效果，次联的"谈笑为故事，推移成昔年"也就有了着落。"谈笑"是今人的谈笑，"故事"则是后人追忆今日的事件；今日的谈笑成为后人追忆的故事，说明时间在推移；而因了时间的推移，今日之事对后人来说，自然便成了早已逝去的"昔年"。两句话十个字，简当之至，余味曲包。表面看语气轻松，态度诙谐，往深里看就会发现，其中是很有些感伤的。感伤什么呢？感伤这些柳树到了垂阴覆地、耸干参天的时候，自己早已不在人世了！不过，作者并没有让这种感伤情绪肆意蔓延，而是适时地、巧妙地扭转诗思，由这些将来会垂阴、参天并被后人笑谈的柳树，联想到与树有关的周代的召公。召公明廉公正，因曾在甘棠树下听讼而成为佳话，后人作《甘棠》之诗以怀念他，在作者看来，自己也会因这些柳树被后人谈起的，但与召公相比，自己却没有施惠于民的德政、教化流传，因而感到惭愧。诗以"惭无惠化传"作结，将作者的种柳与理政益民联系起来，成为一种有目的的行为，这便大大提升了诗的品位；而由"戏题"所产生的调侃、谐谑意味，也因其所包含的德政主旨而避免了流向浮薄浅露，令人读来，别具一种亲切活泼的情趣。

种木槲花 [01]

注·释

● 01·木槲（hú）：落叶乔木，花黄褐色。
● 02·上苑：皇家园林，这里借指京城中的园林。占：窥察，察看。物华：自然景物的精华。
● 03·龙城：柳州的别称。天宝元年（742），柳州改为龙城郡，至德元年（756）复称柳州。
● 04·剩：多、颇、尽。

上苑年年占物华，[02]

飘零今日在天涯。

只应长作龙城守，[03]

剩种庭前木槲花。[04]

品·评

种柑、种柳、复种花，可能是同一年春天发生的事，也可能发生在不同年份的春季，这里因无法考明，权且置于一处，以见作者在处理类似题材时的不同情思和表现特点。

与前两诗的种柑、种柳不同，此诗在写法上从对往事的回忆写起，借助今昔对比，表现心理落差。当年作者在京城，每至春季都曾到长安各处园林去观赏花木，那时仕途得意，人又年轻潇洒，观赏花木的心态自然轻松自得。然而，今日的情景就大不相同了，自己孤身一人飘零天涯，做这遥遥荒僻之地的龙城郡守（即柳州刺史），何等寂寞，何等无聊！如水的年华渐渐逝去，迁谪的苦楚盘踞心头，哪里还有昔日"占物华"的心情？既然心情不再，又寂寞无聊，那就只好在庭院前多种些木槲花吧，让这些无言的花木来陪伴自己，以打发这清冷的无有尽头的时日。

诗的情调是感伤的，而"飘零今日在天涯"一句更给这感伤增添了无比的苍凉；到了末句，则这些感伤、苍凉都已化作了难以排遣的苦闷和无奈。

柳州二月榕叶落尽偶题 01

注
释
● 01・榕：榕树。
● 02・宦情：为官的心情。羁思：谪居异乡的思绪。

宦情羁思共凄凄，02

春半如秋意转迷。

山城过雨百花尽，

榕叶满庭莺乱啼。

品
评
　　这是一首咏物抒怀、情思哀婉的小诗。诗人的心境是"凄凄"，而且是"宦情羁思共凄凄"。宦情是指为官的心情，这里特指在边远之地柳州做刺史的无聊心情；羁思是羁旅为客的思绪，这里特指谪居异地有家难归的悲凉思绪。二者有一于此，即令人心情不畅了，何况它们叠加在一起，共同向诗人袭来！所以首句"共凄凄"三字便来得格外沉重，并为全诗染上一层哀伤的色彩。

　　除了宦情羁思，使诗人"凄凄"的还有"春半如秋"的物候特征。在北方，早春二月正是万物萌生、新叶吐绿的季节；但在这岭外之地的柳州，二月之时却"榕叶落尽"，给人一种如同秋天的感觉。从人的心理常态和文化背景来看，绿叶初生易于使人兴奋，衰叶败落易于使人伤感；而中国文人又有着深厚、悠远的悲秋传统，所谓"悲哉秋之为气也，萧瑟兮草木摇落而变衰"的悲唱，影响了代复一代的文人心理，使他们形成一种逢秋而悲的思维定式。因此，作者见到榕叶落尽的景象，不能不使其原本即已"凄凄"的心理更增伤怀；同时，由此还产生一种"春半如秋"的错觉。时令明明是春季，而物象却与秋时相类，春耶？秋耶？恍惚迷离中，一种凄迷的意绪自然产生。

"山城过雨百花尽，榕叶满庭莺乱啼。"后二句既是原因的交代，又是景象的描写。看了这两句，读者才恍然而悟：柳州的二月之所以"榕叶落尽"，原来是昨夜下了一场雨，这场雨很大，也许还伴着强风，风雨交加之下，百花为之净尽，经历了一个冬天已经衰枯了的榕叶自然也就不能独存了。清晨时分，诗人从室内出来，独步庭院，但见榕叶散落堆积，群莺高下啼鸣，于是"凄凄"之心顿生，意绪迷离滋甚，便挥笔写下了这首凄切哀婉的诗作。

从诗的构思来看，不是先说"山城过雨"这一原因，而是先说"春半如秋"的主观意绪，这就使诗意多了层曲折；随着结构的展开，谜底渐渐揭晓，读者方恍然而悟，这就使诗作增添了远非平铺直叙所能获得的情趣。及至最后一句，全为眼前之景，再无一字涉情，但令人读来，已是情在景中，余意无穷了。

零陵早春
01

注·释
● 01·零陵：永州治所。
● 02·秦原：秦地平原，这里代指长安。

问春从此去，几日到秦原。*02*

凭寄还乡梦，殷勤入故园。

品·评　柳宗元谪居永州时写过多首思念故乡的诗作，每一首都情深意切，感人至深。这首《零陵早春》寄意于"春"，而着力写其"早"。因"零陵在南，春最早；秦原在北，春稍迟。故问春从此而去，几日而到秦原乎"（唐汝询《唐诗解》卷二十三）？在这里，春是自由的象征，它可以不受任何拘束地由南向北蔓延，而人则是不自由的，眼望春色，虽然屡兴思乡之梦，却有家难归，在这种情况下，只好将其"殷勤"之梦寄托于"早"到之"春"，凭借它将梦带回故园去。王尧衢指出："此意殷勤，惟思故园，故亦作殷勤之梦，身不能到而梦到，庶同春以入故园耳。"（《唐诗合解笺注》卷四）说的正是这个意思。

春怀故园

注·释

● 01·九扈（hù）：相传为少皞时主管农事的官名，后转指农桑时节的候鸟。

● 02·灌园：浇灌菜园。

九扈鸣已晚，⁰¹ 楚乡农事春。

悠悠故池水， 空待灌园人。⁰²

品·评

与《零陵早春》相比，这首思乡之作更多一些感伤的气息。

九扈是报春的候鸟，其鸣已晚，说明春色已浓，既然楚地春色已浓，而且开始了农事劳作，那么，远在北地的故园当此春来之际又由谁来照料呢？诗人因九扈鸟的鸣叫而联及春天，由春色已浓而联及楚地的农事，又由楚地农事而忆及故园田地的浇灌，顺序写来，思乡之情展露无遗。

不过，这种顺序只是情感发展的顺序，而不是写法上的顺序。在表现手法上，后两句打破常规，从对面写来，不说自己思念故园，而说故池之水等待自己，这就将思乡之意向深处推进了一层；"待"前着一"空"字，说明这种等待是徒然的，是没有结果的，自己是根本无法回去的，这就又给诗人的思乡之情增添了无限的感伤。"悠悠"是形容水的，但此词又有思念的含意，将"悠悠故池水"一句连读，就会感到内中含有一种悠长不尽的期盼意味，而这期盼因了"空待"二字，顷刻即告破灭，令人读来，其感伤中不是还有一种无法言说的辛酸么？

梅雨

01

注·释

- 01·梅雨：亦称黄梅雨，江南晚春梅子黄熟时，常阴雨连绵，故称梅雨。
- 02·梅实：梅子成熟。时雨：即梅雨。
- 03·苍茫：阴雨连绵不断貌。
- 04·楚猿、越鸡：皆指永州之猿和鸡。永州古属荆楚之地，故云。
- 05·"素衣"二句：陆机《为顾彦先赠妇》："京洛多风尘，素衣化为缁。"此反其意而用之，谓白衣变色，不是为帝京灰尘所染，而是因长久放逐南荒所致。素衣，白衣服。尽化，完全变色。

梅实迎时雨，⁰² 苍茫值晚春。⁰³

愁深楚猿夜， 梦断越鸡晨。⁰⁴

海雾连南极， 江云暗北津。

素衣今尽化， 非为帝京尘。⁰⁵

品·评

这是一首五言律诗，亦作于永州。作者感时伤怀，意绪极其悲凉。唐汝询云："南方多雨，梅时尤甚。子厚北人，因迁柳而感风气之殊故以记兴……所以念帝京、伤放逐之意不浅。"（《唐诗解》卷三十八）所言主旨大抵无误。

首联点出永州梅实迎雨的时令特点和晚春苍茫的环境气氛，为全诗定下了一个沉郁的情感基调，可谓工于发端。颔联抓住"楚猿""越鸡"两个特定景物来写，通过声音来传达作者心中的情感。哀哀猿声，添人愁绪；拂晓鸡鸣，断人梦境。由"夜"至"晨"，由"楚猿"而"越鸡"，由"愁深"而"梦断"，层深层进，步步紧逼；而所有这些，又都笼罩于苍茫晚春的梅雨之中，当此之际，景何以堪！情何以堪！颈联转写云雾沉沉的视觉感受，与首联"苍茫"二字呼应，情感寄寓更浓。连接"南极"的是无边的海雾，弥漫"北津"的是暗淡的江云，在江云与海雾之间，是置身荒远、孤独无助的诗人。这里，一个"连"，极写海雾的连绵不尽；一个"暗"，既写视觉，又传递出作者不胜黯然的心理情感。尾联以"素衣今尽化，非为帝京尘"绾合全篇，深化诗意，极具点化之妙。从诗歌情感来看，此句无疑是点睛之笔，同时又紧扣题面。

从整体上看，全诗意境浑成而悲凉。起句扣题渲染，落句点意而含蓄，中二联情景交融，对仗亦工整，读来有起承转合之美。后人对之评价甚高。《笔墨闲录》云："此诗不减老杜。"（《新刊增广百家详补注唐柳先生文集》引）周珽曰："前四句写岭外梅天情绪之凄楚，后四句写梅时景物变化之惨悲。苏东坡谓'子厚诗在陶渊明下，韦苏州上，韩退之豪放奇险则过之，而温丽精深不及也'。今读《梅雨》诗，乃知高古蕴秀，不独古体，而五律亦足范世。始信坡老之语不我欺也。"（《删补唐诗选脉笺释会通评林·中唐五律下》）蒋之翘云："此诗颇有气格，可驾中唐。"（《柳河东集》卷四十三）都从不同方面道出了此诗特点及其艺术价值。

闻黄鹂 01

注·释
- 01·黄鹂：黄鹂鸟。
- 02·子规：即杜鹃。鸣声哀怨，若啼血，至三月鸣，昼夜不止。
- 03·王畿：指京城周郊地区。本：指农桑等事。
- 04·昆明：池名。位于长安西南，方圆十里。
- 05·细柳：营名。位于京兆府咸阳县西南二十里。翥（zhù）：鸟飞。

倦闻子规朝暮声，02

不意忽有黄鹂鸣。

一声梦断楚江曲，

满眼故园春意生。

目极千里无山河，

麦芒际天摇青波。

王畿优本少赋役，03

务闲酒熟饶经过。

此时晴烟最深处，

舍南巷北遥相语。

翻日迥度昆明飞，04

凌风邪看细柳翥。05

我今误落千万山，

身同伧人不思还。 06

乡禽何事亦来此，

令我生心忆桑梓。 07

闭声回翅归务速，

西林紫椹行当熟。 08

品·评　《梅雨》一诗是作者逢南方特有的时令气候而起"念帝乡、伤放逐"之念，此诗则是因闻黄鹂之声而顿生去国怀乡之情，表现的也是诗人的迁谪之苦、思乡之愁。

诗在两种鸟声的对比中开篇。杜鹃啼血，其声悲凄，作者于今已"倦闻"，则其久居谪地的悲苦不言自明。在一片悲啼声中，"忽有"悦耳动听的黄鹂鸣叫，而又被作者"不意"听到，则其惊喜可以想见。然而，诗人心情刚由忧转乐，没想"一声梦断楚江曲"，又将其拉入令人揪心的思乡怀归之中，诗情遂乐而复忧，但在这忧伤中，又不无"满眼故园春意生"的温馨和慰藉，故忧中实含短暂的乐。短短四句，既忧乐交替，又忧乐兼容，层层转折，宛曲多变。

黄鹂早春而鸣，杜甫有"两个黄鹂鸣翠柳，一行白鹭上青天"之句，写的正是早春生机勃勃的景象。接下来八句，作者便展开想象，泼墨描写故园的盎然"春意"及黄鹂在一片生机、晏然和明媚之景中翩翩而飞的惬意和逍遥。然家乡的景色越是美好，黄鹂越是其乐融融，作者的怀念之情便越是强烈，由此引发的创痛也越深。于是，以下六句转写作者身困贬地和久不能归的锥心之痛，思绪又从想象回到了现实，空间也从遥远的故园回到了眼前的永州。身同"伧人"，不是"不思还"，而是时时在思、刻刻在想而竟不得还，满腹的怨气无处可泄，以至于竟撒向黄鹂这无情之物，抱怨道：你为何事也来此，惹得我心生怀乡之念？赶快收声速速归去，故园桑树的果实就要成熟了。末四句看似天真、无理，实是怨到深处之语，其中满含的是诗人的锥心泣血之痛。

总观全诗，从忽闻黄鹂、想象故园到抱怨黄鹂，其结构跳跃，情感起伏，最能表现柳诗细密而多变的诗思。孙月峰谓其"意态飞动"（《评点柳柳州集》卷四十三），汪森谓其"亦有生新之致，缘下笔时不走熟径故也"（《韩柳诗选》），说的就是这种情况。

登柳州峨山 01

注释

● 01 · 峨山：柳州境内一座不高的荒山。柳宗元《柳州山水近治可游者记》谓："峨山在野中，无麓。"
● 02 · 融州：在柳州北，治所在今融水苗族自治县。

荒山秋日午，独上意悠悠。

如何望乡处，西北是融州。 02

品评

这是一首风格自然、情意沉重的思乡之作。

山是"荒山"，时间是秋日的正午，沐浴着已不像夏日那样暴烈的和煦阳光，诗人满怀兴致，独自一人向上攀登。"独上意悠悠"一句写其心情，心情之所以"悠悠"，一是因为闲来无事亦复无聊，正好借登山观景来打发；二是这是登山的初始过程，而在初始过程中人们总是有兴致的。就像作者在永州时的多次出游，或是"始至若有得，稍深遂忘疲"（《南涧中题》），或是"步登最高寺，萧散任疏顽"（《构法华寺西亭》），都有一种按捺不住的情兴。然而，当这个过程结束或告一段落之后，其初始的兴致便会消减，新的思绪则乘虚而入。对于柳宗元来说，这新的思绪就是他始终挥之不去的迁谪之感，是他潜意识中无时不在的思乡之情。正是这种情感，使他的出游几乎无不以乐始而以忧终，并由此形成其诗作"忧中有乐，乐中有忧"的特点。这首诗仍是如此。登上山顶之后，自然要远望，而远望的核心内容便是眺望乡关。"如何望乡处，西北是融州。"向远在西北方向的长安眺望，自然是望不见的，但诗人不说望不见，却说视线被同在西北方向的融州遮挡，诗意便曲折加深了一层。进一步看，诗人的目力所及只能到融州（柳州距融州二三百里，实际上是望不见的），而融州不仅同样是岭外之地，并不能给他带来些许慰藉；而且较之柳州，融州距长安几乎是同样的遥远，他的思乡之情完全落不到实处，只能在空无落寞中飘荡，这就益发加剧了他的痛楚。心有痛楚而不明言，只以"西北是融州"一句描述性的话语将全诗戛然打住，便使诗情备增委婉含蓄之致。刘辰翁说此诗"渐近自然"（《柳集辑注》卷四十二引），吴昌祺说此诗"眼前妙语，何其神也"（《删订唐诗解》卷二十三），都指出了它的这一特点。

与此诗内容一致而表现手法不同的，是约作于元和十二年（817）秋的另一首七言绝句——《与浩初上人同看山寄京华亲故》。

与浩初上人同看山寄京华亲故 01

海畔尖山似剑铓， 02

秋来处处割愁肠。

若为化得身千亿， 03

散上峰头望故乡。

品·评

此诗与前诗的相同点是均为登山远望，不同点则在于用词深刻狠重，情感激烈浓郁，境界逼仄险急。

"海畔"，见出居地荒凉遥远；"愁肠"，说明思乡之情浓郁沉重；在远离故乡的海畔空有思乡之情而不可归去，已令人痛楚无比了，更何况那有如"剑铓"般的处处"尖山"，在不断地"割"着诗人的九转哀肠！这里，作者先用"剑铓"比喻柳州一地的尖山，颇收生新出奇之效；接着一"割"字，以狠重深透的笔墨，将客体对主体的外在刺激和压抑淋漓尽致地传达出来。

巉削陡峭、峰头林立是柳州一带山岭的显著特色，作者既可从其尖利一点作出"剑铓""割愁肠"的联想，自可进一步从其山峰众多一点想象出"散上峰头"的举动，而与他相伴登山的浩初上人本即佛教中人，这更可以成为触发他活用佛经"化身千百亿"典故的媒介。于是，一个超越常情的、惊世骇俗的新的想象便出现了——"若为化得身千亿，散上峰头望故乡。"——为了那一缕乡情，他竟要化一身为千亿，散上每一座峰头去向北遥望，这执着、这眷恋，不是深蕴着谪迁诗人心念故乡而不得归去的锥心泣血的悲伤么？

从写法上看，此诗亦与前诗的顺序描写不同，而是入笔擒题，直抒胸臆。如果再与作者在永州时所作《江雪》一诗作比，其差别就更大了：在《江雪》中，作者采用层层排除和步步收缩的方法，视线由远而近，范围由大而小，数量由多而少，从"千山""万径"到"孤舟"，再到"蓑笠翁"，形成最后的聚焦点；而在此诗中，作者则采用扩张、发散式思维，将自己一身分为千百亿身，散向各处峰头，其范围由小到大，数量由少到多，视线由近到远，最终形成此身的弥漫扩散，无所不在。作者的这种手法，在宋人陆游那里得到了很好的继承。陆游七十八岁时作有一首《梅花绝句》，这样写道：

闻道梅花坼晓风，雪堆遍满四山中。何方可化身千亿？一树梅花一放翁。

诗的后两句显然出自柳诗"若为化得身千亿，散上峰头望故乡"，只是略有变化而已。所不同者，柳诗冷峭峻刻，陆诗平缓悠远；柳诗愁肠百转，陆诗逸兴遄飞；由此形成各自的独特面目。当然，如果进一步分析，还可看出：二诗虽同用发散式思维，但陆诗是散而不返，柳诗则散而又聚：陆诗中每枝梅花上都有一个放翁在笑——这是其终极目的；柳诗中则每座山头上都有一个子厚在望——其终极目的是故乡。这就是说，柳诗不同于陆诗的另一个显著特点，在于其分散的千亿化身又在"故乡"一点上合拢起来，形成了新的聚集点。这样一种先发散后凝聚的方式，既增加了诗的曲折感、层次感，也更为深入地表现了作者对故乡的眷恋之情，因而，读后能给人留下不易磨灭的印象。

柳州寄京中亲故

注·释

● 01·林邑、牂牁：见前录《得卢衡州书因以诗寄》注。

● 02·"劳君"二句：写京师之遥远，北至锦州已有三千里，则长安之远可知也。龙城，柳州的别称。详见前录《种木槲花》诗注。锦州，唐州名。故治在今湖南麻阳苗族自治县西。

林邑山联瘴海秋，

牂牁水向郡前流。[01]

劳君远问龙城地，

正北三千到锦州。[02]

品·评　这是一首写给京城亲友的寄赠诗，虽只有四句，却集中地体现了柳宗元居柳时的心态。

首二句描写柳州的险恶环境，与《得卢衡州书因以诗寄》中"林邑东回山似戟，牂牁南下水如汤"句意同，但更添几分茫茫不尽之感，表现出作者对柳州陌生环境的恐慌。由此恐慌，更加强化了诗人对故乡无尽的思念。后两句便紧接着写作者的思乡怀归之情。但在写法上，作者不像前诗"若为化得身千亿，散上峰头望故乡"那样直接发抒，而是通过写遥远的距离之感从侧面道来，就此而言，与《登柳州峨山》之"如何望乡处，西北是融州"同一机杼。进一步看，写距京城之遥远、归乡之无望，却不直接写柳州与京城间的距离，而是拈出锦州，在中间转换一笔，进行衬托，可谓独创和精妙。

对险恶环境的忧恐，对远方家乡的思念，这是柳宗元贬居柳州时的主要情感。比起在永州时，诗人少了对希望的索取，多了对失望的咀嚼；少了一种初遭贬谪的愤激，多了一份久经磨难后的苍凉。所以他在柳州时期的诗歌创作，在某种程度上，缺少了永州时期的那种山水梦幻，而承袭、深化了其骚怨情怀。

韦道安 ⁰¹

注·释

● 01·韦道安：贞元年间人，少时读儒书而有勇力，行侠仗义。后入徐州张建封幕府。贞元十六年（800）张建封卒，其子张愔为兵马留后，纵兵作乱。韦道安劝说不成，愤而自杀。

● 02·"颇擅"句：谓道安颇以擅长弓剑而闻名。

● 03·太行：山名，绵延于今河南、山西境内。

● 04·华缨：华丽的冠带。

● 05·西京：指唐代都城长安。

● 06·毫缕：丝毫。余赢：多余的钱物。

● 07·娉婷（pīng tíng）：姿态娇好貌。

● 08·苍黄：同"仓惶"。见：被。

● 09·眦（zì）：眼眶。

● 10·趫（qiáo）捷：行动迅捷。峥嵘：山势高峻貌。

● 11·酋帅：强盗首领。

道安本儒士，　颇擅弓剑名。⁰²

二十游太行，⁰³　暮闻号哭声。

疾驱前致问，　有叟垂华缨。⁰⁴

言我故刺史，　失职还西京。⁰⁵

偶为群盗得，　毫缕无余赢。⁰⁶

货财足非吝，　二女皆娉婷。⁰⁷

苍黄见驱逐，⁰⁸　谁识死与生。

便当此殒命，　休复事晨征。"

一闻激高义，　眦裂肝胆横。⁰⁹

挂弓问所往，　趫捷超峥嵘。¹⁰

见盗寒涧阴，　罗列方忿争。

一矢毙酋帅，¹¹　余党号且惊。

麾令递束缚，[12] 缧索相拄撑。[13]

彼姝久褫魄，[14] 刃下俟诛刑。[15]

却立不亲授，[16] 谕以从父行。

捃收自担肩，[17] 转道趋前程。

夜发敲石火，[18] 山林如昼明。

父子更抱持，[19] 涕血纷交零。

顿首愿归货， 纳女称舅甥。[20]

道安奋衣去， 义重利固轻。

师婚古所病，[21] 合姓非用兵。[22]

朅来事儒术，[23] 十载所能逞。[24]

慷慨张徐州，[25] 朱邸扬前旌。[26]

投躯获所愿， 前马出王城。[27]

● 12 · 麾（huī）：指挥命令。递：依次，一个接一个。

● 13 · 缧（mò）索：绳索。拄撑：将盗贼连环捆缚，使之互相牵制。

● 14 · 彼姝（shū）：指老者的两个女儿。姝，美女。褫（chǐ）魄：丧魂落魄。褫，剥去。

● 15 · 俟诛刑：等待杀头。

● 16 · 却立：后退站立。不亲授：不亲手授受东西。《孟子·离娄上》："男女授受不亲，礼也。"

● 17 · 捃（jùn）收：收拾。

● 18 · 敲石火：敲石点火。

● 19 · 父子：父女，因古时女子也称子，故云。

● 20 · 纳：交纳、奉送。称舅甥：以翁婿相称。《孟子·万章》赵岐注："礼谓妻父曰外舅。谓我舅者，吾谓之甥。"

● 21 · 师婚：因出力救助别人而成为人家的女婿。

● 22 · 合姓：谓成婚。《礼记·昏义》："昏礼者，将合二姓之好。"

● 23 · 朅（qiè）来：那时以来，迄今。朅，发语词。

● 24 · 所能：指其娴熟弓剑的本领，与前"颇擅弓剑名"相关合。

● 25 · 张徐州：指徐州节度使张建封。

● 26 · 朱邸：古时诸侯有功者赐朱户（大门漆成红色以示尊异），故称王侯或达官的第宅为朱邸。前旌：官吏出行仪仗中在前开路的旗帜。据《旧唐书·张建封传》，建封于贞元十三年（797）冬因入觐而滞留长安，十四年（798）春东归，则韦道安入建封幕或在此时。

● 27 · 前马：在马前为先驱。出王城：谓离开长安，前往徐州。

辕门立奇士，²⁸ 淮水秋风生。

君侯既即世，²⁹ 麾下相敬倾。³⁰

立孤抗王命，³¹ 钟鼓四野鸣。

横溃非所壅，³² 逆节非所婴。³³

举头自引刃， 顾义谁顾形。

烈士不忘死， 所死在忠贞。

咄嗟徇权子，³⁴ 翕习犹趋荣。³⁵

我歌非悼死， 所悼时世情。

品·评　柳宗元前期存留诗作不多，大致可以确定的，有这首《韦道安》和《省试观庆云图诗》《龟背戏》《浑鸿胪宅闻歌效白纻》四首。这些诗有一个共同特点，就是大都描写外在人事，而极少像他的后期作品那样，集中抒发内心感受。其一重客体，一重主体，一重外在的表现，一重内向的聚敛，一重叙述描绘，一重情感抒发，由此形成柳宗元前后期创作的一个很大不同。

　　《韦道安》就是这样一首专力写人的作品。诗以太行救女和死难徐州二事为主要关节，顺序写来，有声有色地表现了主人公的侠义精神和忠贞志节。"道安本儒士，颇擅弓剑名。"开篇两句总摄全诗之魂：因是儒士，故深明义理；又擅弓剑，故极具勇力。仅明义理而无勇力，便不可能有救人之举；仅有勇力而不明义理，也不可能有死难的行为。正由于义理、勇力兼备，所以，当韦道安在太行山中听了"故刺史"亦即被抢劫的老人的哭诉之后，便"一闻激高义，眦裂肝胆横"，顾不得天黑路险，便独自向群盗追去。追赶的路程很长，但作者仅用"趫捷超峥嵘"一句将之带过；降服群盗的过程很艰难，作者也仅用"一矢毙酋帅，余党号且惊。麾令递束缚，缧索相拄撑"四句来表现，十分简洁，也十分精当。

上文主要写人物的勇力和侠行，下文则重点展示人物的道义和精神。所以作者写韦道安解救二女及其大义辞婚的行为就详细多了。韦道安初见二女的情形是："彼姝久褵魄，刃下俟诛刑"，但他受儒家男女有别思想的影响，并不亲自动手解缚挽扶，而是"却立不亲授，谕以从父行。捃收自担肩，转道趋前程"。当老人赶上前去，"顿首愿归赀，纳女称舅甥"，要将"娉婷"之女许配给他时，"道安奋衣去，义重利固轻"。在他看来，不能因为救了别人而去占人家的便宜，更不能因利忘义、见色忘义。"掲来事儒术，十载所能逞"。这就是说，读儒书明白的义理，习弓剑练就的功夫，都在眼下用上了，这就足够了，还有什么必要多所求取呢？这两句诗，正与开篇两句相呼应，并引领下文死难之事，由此可见作者结构篇章使之繁而不乱、一气贯通的本领。诚如清人贺裳所说："子厚有良史之才，即以韵语出之，亦自须眉欲动。如叙韦道安鹜盗辞婚事，生气凛然。"(《载酒园诗话又编》)

从"慷慨张徐州"始，转写韦道安入张建封幕及建封死后兵士作乱事。唐代幕府兵乱很多，往往变起仓猝，相互殴杀，继而拥立新帅，不听朝廷号令。这次徐州兵乱即是如此，不仅"麾下相欹倾"，而且"立孤抗王命"，形势十分危急。在这种情况下，韦道安既不愿随波逐流，又无力阻止叛军，只好决绝地"举头自引刃"，杀身成仁了。诗的最后，作者以议论作结，高度赞扬了韦道安这种"忠贞"气节，并通过比较，表达了对"徇权""趋荣"之浇薄世俗的强烈批判。而就全诗来看，"叙致详赡，篇法高古，可当韦生小传"(乔亿《剑溪说诗又编》)。

同刘二十八哭吕衡州兼寄江陵李元二侍御 [01]

衡岳新摧天柱峰，[02]
士林憔悴泣相逢。
只令文字传青简，[03]
不使功名上景钟。[04]
三亩空留悬磬室，[05]
九原犹寄若堂封。[06]
遥想荆州人物论，
几回中夜惜元龙。[07]

注·释

● 01·刘二十八：刘禹锡。详见前录《朗州窦常员外寄刘二十八诗见促行骑走笔酬赠》诗注。吕衡州：吕温，字和叔，一字化光，河中府河东县（今山西永济）人。从陆质学《春秋》，留心当世之务，讲求王霸富国之术。与王叔文、柳宗元、刘禹锡交好。元和三年（808）被贬道州刺史，五年（810）转衡州刺史，六年（811）八月卒于任上。江陵：即今湖北江陵。李、元二侍御：谓李景俭、元稹。二人皆由御史贬官江陵，且同与吕温交好。

● 02·衡岳：南岳衡山，在今湖南南部。天柱峰：衡山五大主峰之一。

● 03·青简：竹简，因古代书籍用竹简编成，故后来泛指典籍。

● 04·景钟：又称景公钟，《国语·晋语七》："昔克潞之役，秦来图败晋功，魏颗以其身却退秦师于辅氏，亲止杜回，其勋铭于景钟。"韦注："景钟，景公钟。"后因以景钟为褒功的典故。

● 05·三亩：言其所居狭小。悬磬（qìng）室：形容室内空无一物，因贫困见其廉洁。

● 06·九原：春秋时晋国卿大夫的墓地，后泛指墓地。寄：吕温葬于江陵，未迁故土安葬，故言"寄"。堂封：指坟冢。

● 07·"遥想"二句：活用陈登英年早卒而为时人所惜的历史典故，兼指远在江陵（古属荆州）的李、元二人也在为吕温的逝世而痛惜。中夜，夜中，深夜。《三国志》卷七《魏书·陈登传》："陈登者，字元龙，在广陵有威名。又掎角吕布有功，加伏波将军，年三十九卒。后许汜与刘备并在荆州牧刘表坐，表与备共论天下人，汜曰：'陈元龙湖海之士，豪气不除。'……备因言曰：'若元龙文武胆志，当求之于古耳，造次难得比也。'"陈登卒时年三十九，吕温卒时年四十二，且李、元二侍御皆在江陵，故用此事。

吕温是柳宗元最亲密的友人之一,二人既有同乡之谊(郡望均为河东,即今山西永济),又为中表之亲(见柳《送表弟吕让将仕进序》)。更为重要的是,二人都曾师事陆质,与王叔文交好,志在革除弊政,在思想上有着惊人的一致性。永州革新之际,吕温因出使吐蕃而避免了被贬厄运,但三年之后,还是与柳宗元殊途同归,被贬道州,再迁衡州,年仅四十即卒于任所。噩耗传来,柳宗元悲痛欲绝,于元和六年(811)先后写下此诗和《祭吕衡州温文》(见后录)、《衡州刺史吕君诔》等,表达了失去友人的极度痛楚和绵绵哀思。

诗一反此前诗人多作五言古体的习惯,而用七言律体写成,精练严整,沉郁顿挫,深重的悲情贯穿始终。首联先用"衡岳新摧天柱峰"喻指吕温在衡州的去世,继以"士林憔悴泣相逢"状写吕温逝后引起的反响,兼顾诗题"同刘二十八(刘禹锡)哭吕衡州"之语。寥寥十四字,即使读者骤觉悲风迎面袭来,难以自持。

颔联总括吕温一生,而突出其"文字"和"功名"两项。就吕温的文章而言,当时即有定评,如《新唐书·吕温传》即谓:"温操翰精富,一时流辈咸推尚。"正因为如此,所以柳宗元深信其文是可以传之"青简"的。至于吕温的功名亦即事业,在当时却多不为人知。考吕温为人及其政绩,知其学养丰富,识见卓绝,颇具器识才干。刘禹锡《哭吕衡州时予方谪居》诗说他"空怀济世安人略",元稹《哭吕衡州六首》其二用"望有经纶钓,虚收宰相刀"来喻指其经纶之才,这说明吕温之才略己得到友人的认可。进一步看,在道、衡二州任上,吕温曾力革"政令之弊",遣吏捕盗,整顿治安,核查隐户漏税、奸史中饱、兼并盛行等弊端,并以俸禄抚恤百姓,故深得当地民众爱戴,以至于"君之卒,二州之人哭者逾月"(柳宗元《衡州刺史吕君诔》)。就此而言,柳宗元认为吕温的"功名"本来是可上"景钟"的,但如今却未能上,因而为之感到深深的遗憾。

颈联承上作转,写吕温身后的简朴和凄凉。"三亩"言其所居狭小,"悬磬"言其室内无物。做了数年州刺史,只落得如此贫困的结局,既令人感叹,又见出亡者居官的廉洁。"九原"本指古时晋国卿大夫的墓地,吕温是晋人,按理应安葬于故土的,但如今却只能"寄"葬在千里之外的江陵。生时漂泊,死亦难归,想到这一点,怎能不令作为好友的柳宗元为之流泪!

尾联照应题面,将远在江陵同是吕温好友的李景俭、元稹一笔绾合,又借刘备当年在荆州与刘表共论天下人而独赞陈登(字元龙)的历史典故,深情无限地说道:"遥想荆州人物论,几回中夜惜元龙。"将吕温与当年颇有威名、被封伏波将军、年仅三十九岁即逝世的陈元龙作比,既表沉痛的惋惜之情,又对吕温作了极高的赞誉。

这是一首哀悼友人的上佳之作。使事用典的妙合无间,使诗意得以大大拓展,而真情挚意的自然喷涌,更给诗情增添了动人肺腑的力量。前人谓此诗"使事甚切而且化"(蒋之翘《柳集辑注》卷四十三),于"哀挽体中最为得体"(黄周星《唐诗快》卷十一),堪称中的。

夏昼偶作

注·释

● 01·南州：即永州。溽暑：湿热的夏季。
醉如酒：意谓暑气蒸腾，令人昏昏欲睡。
● 02·隐几：凭靠着小桌。几（jī）：桌案。
牖（yǒu）：窗。
● 03·茶臼（jiù）：唐人制茶时用以捣茶的
容器。

南州溽暑醉如酒，⁰¹

隐几熟眠开北牖。⁰²

日午独觉无余声，

山童隔竹敲茶臼。⁰³

品·评

诗写永州夏日的一个生活片断，宛然一幅"山居夏景图"。
暑气催人欲眠，于是作者便靠着案桌沉沉睡去。日午时分独自醒来，周围一片
寂静，只听见竹林那边传过来的山童敲击茶臼的声音。内容简而意境妙。诗中
先展现的是"醉如酒"的溽暑季节，但读罢却呈现一片清境。周珽曰："暑窗暑
眠，一茶臼之外无余声，心地何等清静！惟静生凉，溽暑无能困之矣。曰'独
觉'，见一种凉思，有人所不及知者。"（《唐诗选脉会通评林》引）正道出个中
精妙。
艺术表现上也有可称道处。"醉如酒"，喻南方暑热，用词生新稳切；"开北牖"，
看似随意，实暗含精到的诗心：惟开窗，空气通畅，才能在暑气逼人的环境下
酣然熟睡，也才能听到远处传来的山童敲击声。诗的末两句，以有声衬无声，
益发凸显了"无余声"的静谧气氛。这种手法在古代诗歌中常常见到，如王籍
之"蝉噪林愈静，鸟鸣山更幽"（《入若耶溪》），杜甫之"春山无伴独相求，伐
木丁丁山更幽"（《题张氏隐居二首》），都是用声响来衬托一种静的境界。这种
有声的宁静，不仅赋予大自然以生机和灵气，更给人一种静美、和谐的诗意。
黄叔灿评论柳宗元此诗云："清绝。柳州诗大概以清迥绝尘见长，同乎王、韦，
却是别调。"（《唐诗笺注》卷九）便是于此立论的。

田家三首
（选二） 01

注·释
- 01·诗当作于永州，年月不可考。
- 02·蓐（rù）食：早食。蓐：铺在床上的草垫子。徇（xùn）：谋求、营求。所务：所要做的事。
- 03·阡：田间小路。
- 04·"鸡鸣"二句：谓"向东阡"之时，鸡在鸣叫，天才发亮，而回家的时间已是夜色笼罩了。此句"夜色"与"暮"有重复之嫌。
- 05·札札：垦地之声。耒耜（lěi sì）：古代耕地翻土的农具。耒是耒耜的柄，耜是耒耜下端的起土部分。
- 06·飞飞：鸟飞貌。鸢（yuān）：鹰。
- 07·"竭兹"二句：谓尽力干活，以维持一年的生活。
- 08·"尽输"二句：谓把收获物尽数缴纳，以代替应服的劳役，然后回到空无一物的屋里睡觉。助，帮助，代替。聊，姑且。
- 09·世世：一代一代。还复然：还是老样子。

其一

蓐食徇所务，02 驱牛向东阡。03

鸡鸣村巷白， 夜色归暮田。04

札札耒耜声，05 飞飞来乌鸢。06

竭兹筋力事， 持用穷岁年。07

尽输助徭役， 聊就空舍眠。08

子孙日已长， 世世还复然。09

品·评 谪居永州期间，柳宗元除大量创作山水游记和写事抒怀的作品，还将关注的目光投向艰苦的民生，写下了著名的《捕蛇者说》和这里选的《田家三首》。第一首写农家从黎明到天黑、终年劳碌却一无所获的悲剧命运，虽平平道来，却入木三分。诗中"尽输助徭役，聊就空舍眠"二句最为核心，一个"尽"字，揭示了官府对农民敲骨吸髓的榨取；一个"空"字，反映了农民一年到头辛苦劳作后竟一无所有。更可悲的是，这样的日子是没有尽头的，是年复一年、周而复始地持续着的，即使到了子孙辈，也还要这样按部就班地过下去。诚如周珽所说："朝作暮归，终岁勤勤，只足供上官之征，子孙还相继业，田家能事止于如此。有悯农之思者，读是诗宁无恻然！"（《唐诗选脉会通评林》引）

其二

篱落隔烟火，⁰¹ 农谈四邻夕。

庭际秋虫鸣， 疏麻方寂历。⁰²

蚕丝尽输税， 机杼空倚壁。⁰³

里胥夜经过，⁰⁴ 鸡黍事筵席。

各言官长峻，⁰⁵ 文字多督责。⁰⁶

东乡后租期， 车毂陷泥泽。⁰⁷

公门少推恕，⁰⁸ 鞭扑恣狼藉。⁰⁹

努力慎经营， 肌肤真可惜。

迎新在此岁， 唯恐踵前迹。¹⁰

- 01·篱落：篱笆。烟火：炊烟和灯火。
- 02·疏麻：稀疏的麻田。寂历：寂寥。
- 03·机杼：织机。杼（zhù），织梭。
- 04·里胥：乡间小吏。
- 05·峻：严厉。
- 06·文字：指官府征赋的文告。督责：督促、责备。此句以下六句当为里胥恐吓农民的话。
- 07·"东乡"二句：谓东乡之人拖延了交租的日期，原因是车子陷到泥潭中了。车毂（gǔ），车轮中心圆木，中有圆孔用以贯轴。这里指车轮。
- 08·公门：官府。推恕：宽恕。
- 09·鞭扑：鞭打。恣：肆意。狼藉：散乱、破败，形容农民被打得皮开肉绽。
- 10·"迎新"二句：谓今年新谷马上要登场了，只怕再碰到东乡人那样的遭遇。踵，跟随、因袭。

品·评 第二首较之第一首更为具体，写农民所受迫害也更为惨重。开篇四句写农人生活场景：傍晚时分，家家都冒着炊烟，点起了灯火，农民们吃过晚饭，三五成群地聚在一起谈论着。在他们周围，有鸣叫的秋虫，有稀疏的麻田，宁静疏野，真朴平淡，以致前人称赞道："起四语如绘。"（陆时雍《唐诗镜》卷三十七）

然而，再往下看，情形就大不一样了："蚕丝尽输税，机杼空倚壁。"又是一个"尽"、一个"空"，但情形与前诗却稍有不同：前诗是一年到头的收获全部交了租，农民家中已空空如也；这里"尽"交的还只是蚕丝，"空"的主语也只是机杼。这是承上启下之语，一方面，它补充交代了前面农人们谈论的内容，另一方面，它则说明交租之事这才是一个开头，更多的租税还在等着他们。果不其然，就在农人们谈论的当口，督办征租的里胥（差役）来了，他的"夜经过"并不是偶然路过，而是负有任务、专门前来恐吓农民的。"东乡后租期，车毂陷泥泽。公门少推恕，鞭扑恣狼藉。"从里胥所说这几句话中，不仅可以看出他威慑农民时的严厉情态，而且也可切实了解到"东乡"之人所受鞭打的惨状。最后两句是农人间的相互告诫之语："迎新在此岁，唯恐踵前迹。"为了应付即将压在头上的新的租税，农民们真是战战兢兢，如临大敌，他们唯恐又碰上那位东乡人的遭遇。

这首诗语言平淡质朴，情感却极沉痛。钟惺谓："诉得静，益觉情苦。"（《唐诗归》）周敬说："本实事真情以写痛怀，如泣如诉，读难终篇。"（《唐诗选脉会通评林》引）可谓知言。

古东门行

01

汉家三十六将军，⁰²

东方雷动横阵云。⁰³

鸡鸣函谷客如雾，⁰⁴

貌同心异不可数。⁰⁵

赤丸夜语飞电光，

徼巡司隶眠如羊。⁰⁶

当街一叱百吏走，

冯敬胸中函匕首。⁰⁷

凶徒侧耳潜愿心，

悍臣破胆皆杜口。⁰⁸

注·释

● 01·东门行：乐府古题。此诗借古题写时事。宪宗时藩镇跋扈，宰相武元衡力主削藩平叛，招致嫉恨。元和十年（815）六月三日晨，他在上朝途中，刚出靖安里东门，便遇刺身亡，御史中丞裴度亦被刺成重伤。故作者以《古东门行》为题记此事。

● 02·"汉家"句：汉景帝曾任用大将周亚夫率领三十六个将领发兵平定以吴王刘濞为首的"七王之乱"，这里借指朝廷出兵讨伐淮西叛将吴元济事，亦暗喻武元衡遇刺乃由其力主平藩引起。

● 03·雷动、阵云：皆形容军容的强大和战斗的声势。

● 04·鸡鸣函谷：《史记·孟尝君列传》载，战国时，齐国孟尝君入秦为相，遭离间而被囚。后得脱，夜半与门客逃至函谷关。秦法规定，鸡鸣时方能开关门。因恐追兵至，于是孟尝君客中有人学鸡叫，引鸡尽鸣，关开，遂得出。客如雾：言门客之多。这里借指当时藩镇将领李师道、王承宗以不轨之心收养异能之士，并秘密遣派刺客混入关内。

● 05·心异：指朝中阴阻用兵、私通藩镇者。此句谓朝中怀二心者不可胜数。

● 06·"赤丸"二句：谓刺客当街暗中行刺，而巡街官员不尽职，睡得像绵羊一样。赤丸，代指刺客。夜语，阴谋策划。电光，行凶兵刃的光芒。徼，巡逻检查。司隶，官名。

● 07·叱：呼喝。走：逃跑。冯敬：汉文帝时御史大夫，因告发淮南厉王谋反而被刺死。这里借指武元衡的被刺。

● 08·凶徒：密谋行刺的藩镇将领。愿心：快意、称心。悍臣：朝廷中的强臣，含讽刺意味。杜口：惧不敢言。

● 09·"魏王"二句：谓藩镇密谋行刺，而朝廷竟无察觉，以致武元衡无辜被害。此处借用战国魏信陵君窃符救赵的典故。喻指藩镇暗藏杀害之心。子西掩袂：《左传·哀公十六年》记载，春秋时楚国白公胜在朝廷上杀子西、子期以劫持楚惠王，子西以袂掩面而死。这里借指武元衡被杀。

● 10·"羌胡"二句：谓祸起国君身侧，政局已是十分危险。用司马相如《上书谏猎》"胡越起于毂下，而羌夷接轸也，岂不殆哉"的典故。毂，车毂。敌国舟中，战国时吴起曾在船上劝谏魏武侯修德："若君不修德，舟中之人，尽为敌国也。"此处用来说明朝廷政局之危险。

● 11·"安陵"二句：暗指武元衡事发后，朝廷捕贼不力，后下诏悬赏，凶手乃得。典出《史记·袁盎列传》汉代袁盎被刺之事。"韩国"句：典出《史记·刺客列传》聂政刺杀侠累之事。

● 12·"绝胭"二句：谓人死不能复生，死后的优厚抚恤和追赠也不如死者入土为安。绝，断裂。胭，与"咽"通，即颈项。下，一作"可"。

魏王卧内藏兵符，

子西掩袂真无辜。[09]

羌胡毂下一朝起，

敌国舟中非所拟。[10]

安陵谁辨削砺功，

韩国讵明深井里？[11]

绝胭断骨那下补，

万金宠赠不如土。[12]

品·评 从内容来讲，这是一首记写时事的政治诗。元和十年（815）柳宗元再迁柳州不久，闻武元衡被盗杀事，遂有此作。关于此诗的思想旨趣，前人多有论述，或谓其"有嫉恶悯忠意"（刘克庄《后村诗话后集》卷二），或谓柳宗元曾与武元衡不谐，故此诗乃"幸之矣"（瞿佑《归田诗话》）。细详诗意，当以前解为确。武元衡为国而死，柳宗元纵令与武氏有小憾，岂能在此大是大非问题上幸灾乐祸！这只要看看诗中对众朝臣钳言杜口的指斥，对"羌胡毂下一朝起"之危殆国势的忧虑，就可知作者的意旨所向了。

在艺术表现上，此诗几乎句句用典，字词亦复生僻，与柳宗元其他诗作风格差异颇大，故不易索解。究其原因，恐怕一是因题材触及时事，身为贬臣的作者有所顾忌，不便直言；二是受尚奇时风影响，欲在艺术表现上有所新变。故孙月峰谓此诗"颇似李长吉，应是元和一时气习"（《评点柳柳州集》卷四十二）。

柳州峒氓

01

注
·
释

● *01*·峒氓：住在山区的少数民族。峒，
山洞。氓，民。
● *02*·郡城：即州城，指柳州州治马平县。
通津：四通八达的渡口。
● *03*·箬（ruò）：竹叶，俗称棕巴叶，可
用来包物。
● *04*·趁虚：赶集。虚，同"墟"，集市。
● *05*·御腊：腊月寒冷，防寒称御腊。罽
（jì）：毛织品，这里指用鹅毛缝制的衣被。
● *06*·鸡骨占年：用鸡骨来占卜年景的丰
歉吉凶。拜水神：向水神祭拜，以求无旱
涝灾害。此皆为古代岭南一带的民俗。
● *07*·公庭：官府。重译：多次辗转翻译，
这里指翻译者。
● *08*·章甫：古代士人所戴的一种帽子，
这里泛指士大夫的服饰。文身：在皮肤上
刺花纹，这是当地民族的风俗。

郡城南下接通津，*02*

异服殊音不可亲。

青箬裹盐归峒客，*03*

绿荷包饭趁虚人。*04*

鹅毛御腊缝山罽，*05*

鸡骨占年拜水神。*06*

愁向公庭问重译，*07*

欲投章甫作文身。*08*

品
·
评

柳宗元在柳州期间，对当地异于中原文化的风土人情多有观察和描写，感触深
刻，笔致鲜活，且寓自伤之意，既可视作风土记，亦可视作心录态。这首反映
柳州峒氓生活习俗的诗作便是如此。

从郡城南行不远即是设在柳江边的一个四通八达的渡口，南来北往的人多在此
地会合，所以最易见出各方民情。诗人仔细观察后将之概括为两点：一是"异
服"，二是"殊音"。由于看不惯其穿着打扮，听不懂其语言，所以感到"不可

亲"。不过，这些还只是表面现象，至于其风俗，那就更是五花八门、无奇不有了。山民们或用粽巴叶包起盐巴纷纷归去，或用绿荷叶裹着饭团来赶集；或者用鹅毛缝制御寒的衣被，或者拿鸡骨祈拜水神的保祐。这里，作者连写四事，皆当地风俗之怪异者，其意在于进一步坐实首联的"不可亲"三字，而在客观描写中，却非常真实、生动地展示了唐代柳州山民的各种习俗和情态，而三、四两句尤为传神之笔，读来宛如一幅立体的民俗风情画，古朴、淳厚中透露出文化的落后和生活的艰辛。

"愁向公庭问重译，欲投章甫作文身。"末二句收拢一笔，写自己与当地人的交往方式和心态。因语言不通，所以相互交往时必须请人翻译，但这翻译不是一次即可，而是"重译"，即经过多次辗转翻译，才能完成一次交流。对作者来说，这最初也许是件有趣的事，但时间久了，就会因烦琐而生厌，所以他用一个"愁"字来概括，是再恰当不过的了。"异服殊音"既"不可亲"，又令人生"愁"，作者自然不愿再待下去，然而，不愿待却非待不可，想离去又离去不成，万般无奈之际，只好以退为进，干脆脱下官服，也像当地人在身上刺些花纹、终老于斯算了，那样的话，不就抹去了"异服殊音"的差别了吗？

一

文 选

吊屈原文

后先生盖千祀兮，余再逐而浮湘。[01]求先生之汨罗兮，揽蘅若以荐芳。[02]愿荒忽之顾怀兮，冀陈辞而有光。[03]

先生之不从世兮，惟道是就。支离抢攘兮，[04]遭世孔疚。[05]华虫荐壤兮，进御羔袖。[06]牝鸡咿嚘兮，孤雄束咮。[07]哇咬环观兮，蒙耳大吕。[08]堇喙以为羞兮，焚弃稷黍。[09]犴狱之不知避兮，[10]宫庭之不处。陷涂藉秽兮，荣若绣黼。[11]榱折火烈兮，[12]娱娱笑舞。谗巧之哓哓

注·释

● *01*·“后先生”二句：谓自己在屈原流放千年之后，又一次被贬谪，来到了湘江之畔。祀，年。再逐，永贞元年（805）九月，柳宗元先被贬为邵州刺史，途中又被改贬为永州司马。

● *02*·汨罗：水名，发源于江西，流入湖南。当年屈原即投汨罗江殉身。蘅若：杜蘅、杜若，两种芳草名。荐：祭献。

● *03*·荒忽：同恍惚。冀：希望。

● *04*·抢攘：纷乱貌。

● *05*·孔：甚。疚：病患，痛苦。

● *06*·华虫：即山鸡，雄性尾巴长，羽毛美丽，此指绣着山鸡图案的古代礼服。羔袖：羊羔皮制成的衣服。二句谓高贵的礼服被抛弃在地，而穿着低贱的羊皮袄。

● *07*·咿嚘（yī yōu）：象声词，鸡鸣声。咮（zhòu）：鸟嘴。二句借母鸡司晨、公鸡束口喻贤者吞声、小人昌言。

● *08*·哇咬：淫歌。大吕：乐调名，借指高级的庙堂音乐。二句谓听淫歌则环观，闻大吕则掩耳。

● *09*·堇（jǐn）：乌头。喙（huì）：乌嘴；皆有毒植物。羞：同“馐”，美味食品。稷黍：泛指粮食。

● *10*·犴（àn）狱：牢狱。犴：一作“岸”，古代乡亭的拘留所。

● *11*·涂：污泥。藉：靠、坐。绣黼（fǔ）：华丽精美的服饰。二句谓陷在泥潭里坐在污秽中，却如同穿着华丽衣服般荣耀。

● *12*·榱（cuī）折火烈：房屋的椽子摧折焚烧。榱，屋椽屋桷的总称。

- 13·哓哓（xiāo）：争辩不休。咸池：周代六舞之一，相传为尧时的乐舞。
- 14·便（pián）媚：逢迎谄媚。鞠恧（nù）：弯着身子不顾廉耻。恧，惭愧。西施：春秋时越国的美女。
- 15·谟（mó）言：有谋略的话。寘：同"置"。瑱（tiàn）：古人冠冕上垂在两侧用来塞耳的玉。
- 16·痼（gù）：经久难治之病。俞跗、秦缓，古代良医。
- 17·厉：同"砺"，磨。针石：古人用以刺穴治病的金针和石针。
- 18·"但仲尼"二句：《孟子·尽心下》："孔子之去鲁，曰：'迟迟吾行也。'去父母国之道也。去齐，接淅而行，去他国之道也。"
- 19·"柳下惠"二句：《论语·微子》："柳下惠为士师，三黜。人曰：'子未可以去乎？'曰：'直道而事人，焉往而不三黜？枉道而事人，何必去父母之邦。'"
- 20·"胡隐忍"句：谓为什么忍受这样的痛苦还要怀恋这里而不离开。
- 21·达人：通达事理的人。轨：规矩法度，指行为。僻陋：浅陋偏狭的人。
- 22·委：抛弃。
- 23·覆坠：指国家败亡。

兮，惑以为咸池。[13] 便媚鞠恧兮，美逾西施。[14] 谓谟言之怪诞兮，反寘瑱而远违。[15] 匿重痼以讳避兮，进俞缓之不可为。[16] 何先生之凛凛兮，厉针石而从之？[17] 但仲尼之去鲁兮，曰吾行之迟迟。[18] 柳下惠之直道兮，又焉往而可施！[19] 今夫世之议夫子兮，曰胡隐忍而怀斯？[20] 惟达人之卓轨兮，固僻陋之所疑。[21] 委故都以从利兮，[22] 吾知先生之不忍；立而视其覆坠兮，[23] 又非先生之所志。穷与

● 25·"矧（shěn）先生"二句：谓屈原以至诚之心报国，宁可赴死也不改变志节。矧，况且。悃幅（kǔn bì），至诚。大故，大的变故，指死亡。不贰，没有二心。

● 26·"沉璜"四句：谓把美玉沉入水中或埋在地下，即使幽暗仍有光彩；将香草封藏起来，即使长久也有芳香。璜（huáng）、佩（pèi），皆美玉名。瘗（yì），掩埋。荃、蕙，皆香草名。

● 27·"先生"二句：谓屈原的容貌已看不见了，但在他的辞赋中似乎还能见到其形象。仿佛，见得不真切，大致可以看到。

● 28·遗编：屈原遗留下来的作品。涣：水盛貌，这里指眼泪流淌。

● 29·"呵星辰"二句：谓屈原在《天问》中对日月星辰和神话传说中的怪异问题一一追问，又怎能挽救国家的崩溃灭亡。

● 30·"何挥霍"二句：谓屈原在作品中指挥风云雷霆，实际上是空虚渺茫的幻想。挥霍，指挥的意思。

● 31·姱（kuā）辞：丽辞。矘（tǎng）朗：目不明貌。此句谓屈赋辞句华丽而含义难明。

● 32·坎坎：不平。

达固不渝兮，夫惟服道以守义。²⁴矧先生之悃幅兮，蹈大故而不贰。²⁵沉璜瘗佩兮，孰幽而不光？荃蕙蔽匿兮，胡久而不芳？²⁶

先生之貌不可得兮，犹仿佛其文章。²⁷托遗编而叹喟兮，涣余涕之盈眶。²⁸呵星辰而驱诡怪兮，夫孰救于崩亡？²⁹何挥霍夫雷电兮，苟为是之荒茫。³⁰耀姱辞之矘朗兮，³¹世果以是之为狂。哀余衷之坎坎兮，³²独蕴愤而增伤。谅先生之不言兮，

● 33·"谅先生"二句：谓屈原若不留下这些作品，后世之人又通过什么来揣想仰望。谅，料想。望，或解作怨望。
● 34·"忠诚"二句：谓忠愤之气在胸中涌动，是难以长久忍住不说的。衔忍，压在心底，强行忍耐。
● 35·芈（mǐ）：春秋时楚国祖先的族姓。屈：楚同姓，屈原的祖先屈瑕是楚武王熊通之子，因受封于屈，故以屈为姓。
● 36·"吾哀"二句：谓我感叹当今的为官者，哪有人去关心时政的好坏。庸，岂。否臧（pǐ zāng），俗作臧否，犹言好坏、得失。
● 37·"食君"二句：谓这些为官者拿国家的俸禄唯恐不多，得到的官位唯恐不高。悼，怕、担心。昌，盛、高。
● 38·"退自"二句：谓还是退而自守沉默一些吧，因为我的主张已无法实行。
● 39·偷风：苟且偷安的浇薄风气。

后之人又何望。³³ 忠诚之既内激兮，抑衔忍而不长。³⁴ 芈为屈之几何兮，³⁵ 胡独焚其中肠。

吾哀今之为仕兮，庸有虑时之否臧。³⁶ 食君之禄畏不厚兮，悼得位之不昌。³⁷ 退自服以默默兮，曰吾言之不行。³⁸ 既偷风之不可去兮，³⁹ 怀先生之可忘！

品·评　屈原是中国历史上坚持理想、固守信念的早期士人典范，其影响是深远的，而这种影响对那些与之具有相似命运的士人而言，来得尤其巨大。汉初的贾谊被贬长沙，"及度湘水，为赋以吊屈原"（《汉书·贾谊传》），首开贬谪士人直接哀悼、效法屈原的先河；而柳宗元这篇《吊屈原文》，则是千年之后追步贾谊、取法屈原的又一杰作。

这篇作品也许完成于柳宗元初至永州之后，但其构思则当始于贬谪途中。永贞元年（805）九月，柳宗元被出为邵州刺史，仓皇南下，还未过长江，即接到改贬永州司马的诏令，受到更为沉重的打击。他怀着悲愤的心情，由洞庭湖上溯湘江，来到了当年屈原沉身于斯的汨罗江畔。耳闻阴风怒号，眼望浪涛滚滚，无罪被贬的诗人自然而然地会想起千年以前"信而见疑，忠而被谤"，在此写下大量怨诽之作的屈子。相似的遭遇，使他与屈原获得了深层的思想上的共鸣；地域的巧合，则使他对屈原的生存状态感同身受；时间上的悬隔，更使他蓦然生出"怅望千秋一洒泪，萧条异代不同时"的无限悲怆。所以吊文开篇就说："后先生盖千祀兮，余再逐而浮湘。求先生之汨罗兮，揽蘅若以荐芳。愿荒忽之顾怀兮，冀陈辞而有光。"短短六句，点出时地和人事，说明作文的缘由，其中既包含在此有幸凭吊先贤的一缕温馨，更显示出情感剧烈起伏的无比酸辛和沉痛。

"先生之不从世兮，惟道是就。"这是屈原品格的核心所在。正因为不屈从于流俗而坚持理想，高标独树，所以屈原遭到了来自宫廷和世俗的多重打击。从"华虫荐壤兮，进御羌袖"到"便媚鞠愿兮，美逾西施"，作者用了一连串的比喻，以正反对比的手法，深刻揭示了当年楚国贤不肖倒置的混浊状况。黄钟毁弃，瓦釜雷鸣，贤人遭弃，群小当权，必然导致大厦将倾的危殆时局，而等到病症已重时，即使请来俞跗、秦缓这样的良医，也无济于事了。

既然楚国政局已混浊、危殆到了这种地步，那么屈原何以还要对之痛下针砭，拯救危亡，而不远走高飞呢？作者认为其主要原因有二：一是屈原不忍心离开生于斯长于斯的故国，这就如同当年孔子离开鲁国时叹喟的那样："迟迟吾行也，去父母国之道也。"二是屈原以直道事人，不容于楚国，也就难以容于他国，既如此，又何必远适他乡？这就如同当年的柳下惠三次遭黜时所说："直道而事人，焉往而不三黜？枉道而事人，何必去父母之邦。"屈原的不去国，正是他热爱故国的执着精神的体现，可是，后世的贾谊、扬雄等人对此均不理解，或谓"瞵九州而相君兮，何必怀此都也"（贾谊《吊屈原赋》），对屈原的终老楚国表示惋惜；或批评屈原不能审时度势，"弃由聃之所珍兮，蹍彭咸之所遗"（扬雄《反离骚》）。对这些看法，柳宗元是不同意的，将之视为"僻陋之所疑"。在他看来，"委故都以从利兮，吾知先生之不忍；立而视其覆坠兮，又非先生之所志。穷与达固不渝兮，夫惟服道以守义"。这是灵魂的相通，是情感的共鸣，更是执着意识的深层契合。在这里，柳宗元以其对屈原服道守义、穷达不渝之人品志节的高度赞扬，展示了自己与之相通的志节和品格，以及对人生忧患的傲视和顽强的斗争精神。

在作了上述驳论和正面申述之后，文章回应篇首，转入哀悼。先写自己读屈子遗文的悲伤感愤，次写对屈赋中呵星辰、驱诡怪、挥雷电、耀婷辞等行为的理解，认为这些奇异荒茫、于救亡无补、世人以为狂的举动，实质上都是屈子忠诚内激而强烈发泄的结果。屈原的忧愤委实太深重了，所以他只有借助非常的词语和言行，才能一泄悲情。可是，"芈为羌之几何兮，胡独焚其中肠"——从楚国的芈姓到屈姓该有多少人哪，为什么只有先生你如此焦虑悲伤？这是对屈原的深深叹惋，叹惋中蕴涵着自己与之同病相怜、惺惺相惜的心曲。作者在这里既说屈原，又说自己，一笔双写，明暗互衬，既大大增加了文章的情感力度，也自然开启了下文"吾哀今之为仕兮"的现实批判。

怀古以资刺今，吊屈适以自悼。面对当今的为官者只想发财升官，无人顾及时政好坏的"偷风"，身遭"吾言之不行"的被贬厄运，作者只有默默地将视线再次投向浩浩的江水，沉痛地说道："怀先生之可忘！"文以浮湘吊屈始，又以怀屈怅叹结，令人读后，为之唏嘘感怀者久之。

在唐代贬谪文学的吊屈作品中，这篇仿照《离骚》、以赋体写成的《吊屈原文》可谓最具深度的孤凤独鸣。以此为开端，柳宗元写下了大量效法楚辞、抒忧泄愤的篇章。纵观柳宗元在谪居期间所作其他哀吊文字，几乎毫无例外地将视线指向了诸如苌弘、乐毅这样一些以志节著称的先贤。在《吊乐毅文》中，他既哀吊古人，又联系自身痛切陈辞："谅遭时之不然兮，匪谋虑之不长。踬陈辞以陨涕兮，仰视天之茫茫。苟偷世之谓何兮，言余心之不臧！"在《吊苌弘文》中，他更联及比干、伯夷等忠直之士的行迹，明确宣称："图始而虑末兮，非大夫之操。陷瑕委厄兮，固衰世之道。知不可而愈进兮，誓不偷以自好。陈诚以定命兮，俾贞臣与为友！"这些文辞中一再流露的那种强烈忧愤和绝不肯变志从俗的精神，正是以屈原为代表的执着意识的明确显现。"屈子之惜微兮，抗危辞以赴渊"（《闵生赋》）。"鸣玉机全息，怀沙事不忘！"（《弘农公以硕德伟材屈于诬枉左官三岁复为大僚天监昭明人心感悦宗元窜伏湘浦拜贺末由谨献诗五十韵以毕微志》）"神明固浩浩，众口徒嗷嗷。投迹山水地，放情咏《离骚》！"（《游南亭夜还叙志七十韵》）显而易见，柳宗元在此表现的，乃是与屈原同一机杼的意识倾向，在他的心理底层，始终沉积着屈原执着意识的强大因子。从这点说，柳宗元可谓屈原在后代历史上的真正知音，也是屈原精神最坚定的持守者。

吊乐毅文

⁰¹

许纵自燕来，⁰²曰："燕之南有墓焉，其志曰：乐生之墓。"⁰³余闻而哀之。其返也，⁰⁴与之文使吊焉。

大厦之骞兮，⁰⁵风雨萃之。⁰⁶车亡其轴兮，乘者弃之。呜呼夫子兮，不幸类之。⁰⁷尚何为哉？⁰⁸昭不可留兮，⁰⁹道不可常。¹⁰畏死疾走兮，¹¹狂顾傍徨。¹²燕复为齐兮，¹³东海洋洋。¹⁴嗟夫子之专直兮，¹⁵不虑后而为防。¹⁶胡去规而就矩兮，¹⁷卒陷滞以流亡。¹⁸惜功美之不就兮，¹⁹俾

注·释

● 01·乐毅：战国时燕将。受燕昭王重用，任上将军，领兵击败曾乘燕国内乱进攻过燕国的齐国，攻占齐七十余城。燕惠王即位，中齐反间计，夺其兵权，改以骑劫为将，乐毅畏诛，被迫出奔赵国。结果燕又被齐国打败，七十余城被齐国夺回。

● 02·许纵：人名，作者友人。燕：燕地，今河北、辽宁一带。

● 03·志：刻在墓碑上的文字。乐生：即乐毅。

● 04·其：指许纵。返：返回燕地。

● 05·骞（qiān）：损坏。

● 06·萃：聚集。

● 07·类：相似。

● 08·尚：还会。何为：有何作为。

● 09·昭：指燕昭王。

● 10·道：燕昭王时的治国主张。常：长久。

● 11·疾走：仓惶奔逃。

● 12·狂顾：惊惶四顾。傍徨：即彷徨，犹豫而有所依恋的样子。

● 13·燕复为齐：指燕国攻占的土地又被齐国夺回。

● 14·东海：战国时齐国濒临东海，故云。这里代指齐国疆土。洋洋：广阔貌。

● 15·专直：专心诚意、正直无私。

● 16·防：防备。

● 17·规：圆，代指圆滑的处世态度。矩：正方，代指耿直方正的处世态度。

● 18·陷滞：指被燕惠王排斥，理想行不通。

● 19·功美之不就：有辉煌战功而不能获得应有的位置。

愚昧之周章。^{20} 岂夫子之不能兮，^{21} 无亦恶是之遑遑。^{22} 仁夫对赵之悃款兮，^{23} 诚不忍其故邦。^{24} 君子之容与兮，^{25} 弥亿载而愈光。^{26} 谅遭时之不然兮，^{27} 匪谋虑之不长。^{28} 跽陈辞以陨涕兮，^{29} 仰视天之茫茫。苟偷世之谓何兮，^{30} 言余心之不臧！^{31}

品·评　在柳宗元的哀吊文字中，吊人往往即是自悼。如果说《吊屈原文》除了哀吊，还体现了柳宗元对屈原精神的深刻理解、高度揄扬和真心追仿，闪烁的是一种人格的光芒及追随先贤的志向和理想，那么，《吊乐毅文》表现更多的，便是一种因经历相仿而引为同调的哀悯，一种对身世遭遇的激愤，一种孤直情怀的表白和郁闷情感的宣泄。

吊乐毅与吊屈原的另一个不同在于：屈原作为坚守节操的典范和最早的诗人，

其创作和精神已经积淀为文化中的一个因子，影响着后世无数的文人。当柳宗元因贬行经屈原自沉的汨罗江畔，自然会追悼这位先贤而发悲怆之音。而他对乐毅的哀吊，在很大程度上则是出于一种有意识的选择，所以不仅有《咏史》（见前录）诗，又有此文。燕昭王在燕国受创后思奋图强，筑黄金台招延天下贤士，乐毅即受其礼遇而来，并为燕国强盛立下汗马功劳；惠王即位后，乐毅因谗被忌，以致在燕无立身之地，被迫奔逃赵国。这种有功不见知、反遭谗废的遭遇，有着与柳宗元等革新人士内在的一致性。翻阅中唐历史可知，唐德宗后期危机重重、弊政丛生，唐顺宗思欲变革，即位伊始即擢用王叔文等人，授以要职，实行革新，以刷新政治重振国威。而二王刘柳的一系列重要举措，"改革积弊，加惠穷民"，"上利于国，下利于民，独不利于弄权之阉宦，跋扈之强藩"（王鸣盛《十七史商榷》卷七十四"顺宗纪所书善政"条）。然而，这样一场利国利民的革新运动，却在顺宗之子宪宗甫一即位时即遭到残酷打击，革新派成员相继被贬被杀。这种情形，不正与乐毅先受知于燕昭王而后被燕惠王所逐如出一辙吗？试读《吊乐毅文》："尚何为哉？昭不可留兮，道不可常。畏死疾走兮，狂顾傍徨。"其所悲叹的，岂止是乐毅？其中何尝没有顺宗早逝、事业夭折、革新派成员四处流窜之惨痛命运的投影？"胡去规而就矩兮，辛陷滞以流亡。惜功美之不就兮，俾愚昧之周章。"其所愤激的，何尝不是革新志士有功于国却不得其所，而那些保守趋势之人却能得政当道的不平现实？"大厦之骞兮，风雨革之。车亡其轴兮，乘者弃之。呜呼夫子兮，不幸类之。"其所控诉的，何尝不是革新人士获罪之后交游解散、流谤交积的炎凉世态？"仁夫对赵之恸款兮，诚不忍其故邦！"其所表白的，何尝不是自己虽万受摈弃，但仍不改其志不忘故国的信念？"谅遭时之不然兮，匪谋虑之不长。"其所感慨的，又何尝不是自己与同道生不逢时、怀才不遇的命运？如此而来，难怪作者要在文章结尾联系自身境遇而痛切陈辞了："踊陈辞以陨涕兮，仰视天之茫茫。苟偷世之谓何兮，言余心之不臧！"涕泪滂沱，仰天呼号，若不是由自身创痛而发，其悲何以至此？

进一步看，乐毅因馋见废，所导致的直接后果是："燕复为齐兮，东海洋洋。"那么，永贞革新的失败，对唐代社会发生了什么影响呢？后来的史学家对此屡有论析，如清代王夫之云："诸人既蒙不赦之罪，神策监军复归内竖，唐安得有斥奸远佞之法哉！宦官之争权，而迭相胜负耳。"（《读通鉴论》卷二十五《顺宗》）王鸣盛云："吾不知叔文之死，竟有何罪？厥后己身与其孙，皆为阉人所弒，而自此以下，人主之废立，尽出宦者手，唐不可为矣。"（《十七史商榷》卷七十四）皆着眼于整个唐代社会政治的发展，道出了革新失败给中唐以后社会所带来的直接恶果。当然，所有这些，柳宗元是没法看到了，但他因革新事业失败所感受到的痛心疾首和无辜被贬的满腹冤屈，却深印于历史的深处；他对乐毅的悲悼，也留给人们"怅望千秋一洒泪"的深刻思考。

牛赋

注·释

● 01 · 若：你。
● 02 · 抱角：两角弯曲环抱。
● 03 · 毛革疏厚：即毛疏皮厚。革，皮。
● 04 · 牟（móu）：同"哞"，牛叫声。
● 05 · 黄钟：我国古代的一种乐调，此用来形容低沉浑厚的牛叫声。脰（dòu）：脖子。
● 06 · 抵触：顶着。隆曦：烈日。
● 07 · 往来：牛在田中耕出来的垄沟。
● 08 · 敛：收割。
● 09 · 服箱：拉车。箱，车。
● 10 · 适：到。
● 11 · 不有：得不到。
● 12 · 蹶（jué）：跌倒。块：土块。
● 13 · 见用：被用。
● 14 · 肩尻：代指牛全身。尻（kāo），屁股。
● 15 · 或：有的。缄縢（téng）：皮绳。
● 16 · 实：充实，装满。俎（zǔ）豆：古代用来盛祭品的器具。
● 17 · "不如"二句：谓牛不像瘦驴，服帖地追随着劣马。羸（léi），瘦弱。驽马，劣马。
● 18 · 曲意：违背心意。随势：迎合形势。

若知牛乎？⁰¹ 牛之为物，魁形巨首。垂耳抱角，⁰² 毛革疏厚。⁰³ 牟然而鸣，⁰⁴ 黄钟满脰。⁰⁵ 抵触隆曦，⁰⁶ 日耕百亩。往来修直，⁰⁷ 植乃禾黍。自种自敛，⁰⁸ 服箱以走。⁰⁹ 输入官仓，己不适口。¹⁰ 富穷饱饥，功用不有。¹¹ 陷泥蹶块，¹² 常在草野。人不惭愧，利满天下。皮角见用，¹³ 肩尻莫保。¹⁴ 或穿缄縢，¹⁵ 或实俎豆。¹⁶ 由是观之，物无逾者。

不如羸驴，服逐驽马。¹⁷ 曲意随势，¹⁸ 不择处所。不耕不驾，藿菽自与。¹⁹ 腾踏康庄，²⁰ 出入轻举。²¹ 喜则齐鼻，怒则奋踯。²² 当道长鸣，闻者惊辟。²³ 善识门户，终身不惕。²⁴

牛虽有功，于己何益？命有好丑，非若能力。²⁵ 慎勿怨尤，以受多福！²⁶

- ●19・藿菽：指代饲料、食物。藿（huò），豆叶。菽（shū），豆类的总称。
- ●20・康庄：平坦的大路。
- ●21・轻举：举动轻率浮躁。
- ●22・"喜则"二句：谓高兴时就扬鼻喷气，发怒时就使劲蹬蹄。踯（zhì），蹬蹄。
- ●23・惊辟：惊吓得躲避开去。辟（bì），同"避"。
- ●24・惕：担惊受怕。
- ●25・"命有"二句：谓命运好坏，非人力所能左右。
- ●26・"慎勿"二句：谓千万不要怨天尤人，等待上天的安排和恩赐。尤，怨恨。

品・评　这是一篇托物言志的抒情小赋。百家注本题下引韩醇注云："公之《瓶赋》《牛赋》，其辞皆有所托，当是谪永州后感愤而作。"

赋中以深情肃重的笔触对牛的精神予以盛赞，而以轻谑的语调对羸驴的生存法则表示鄙夷。牛不畏辛苦，有垦耕之劳，利满天下，然最终不仅"功用不有"，甚至"肩尻莫保"，全身为世人所用。而羸驴"不耕不驾"，只靠"曲意随势"、攀附门户，就能出入康庄、终身安命。两相对照，作者不禁悲呼："牛虽有功，于己何益？"其悲愤之情溢于言表。

显然，作者赞牛、为牛的命运而悲愤，实际上意不在牛，而是另有所托。那么所托究竟何意呢？有几说。一说宗元此赋以牛喻王叔文。王叔文主持革新，旨在廓清弊政，重振国威，为唐之社稷考虑，可谓利国利民，有功天下，但其最终的结局却是骂名满身，身死异处。其劳、功和悲惨结局正有似于耕牛，故以牛为喻，发胸中之愤懑与悲情，为同道者鸣不平。一说牛乃柳宗元自喻，牛之命运也即柳宗元自己的命运。宗元许身为国，不谋自利，结果"风波一跌"，便被窜逐蛮荒，其精神和命运正在牛的身上得到体现，故作者引牛自伤和感愤。又有人认为作者笔下牛和羸驴的对比，正是当时政治局势中以"二王刘柳"为核心的革新势力与那些为谋私利而反对革新的旧势力的对比。赞牛就是赞自己所投身的革新事业，悲牛就是悲革新事业的破灭。而对羸驴的讥讽，无疑就是对朝廷中那些趋炎附势、得意当道者的讥讽。

事实上，作者心目中的"牛"，到底隐喻何人？似无必要做一具体的限定。一方面，"牛"之喻意当日革新派成员乃至宗元自身的意图是显而易见的；另一方面，"牛"的象征意义又远远超出了具体的人事范围，而在一个更广泛的层面上，表现出对那些像"牛"一样勤勤恳恳、任劳任怨而无所索取者的肯定和赞扬，对偷奸耍滑而逐势邀宠的"羸驴"之流的鞭挞。大概正是在这一点上，这篇《牛赋》才获得了更为深刻的文学意义。

囚山赋

01

楚越之郊环万山兮，*02* 势腾踊夫波涛。纷对回合仰伏以离迾兮，*03* 若重墉之相襄。*04* 争生角逐上轶旁出兮，*05* 其下坼裂而为壑。*06* 欣下颓以就顺兮，*07* 曾不亩平而又高。沓云雨而渍厚土兮，*08* 蒸郁勃其腥膘。*09* 阳不舒以拥隔兮，群阴沍而为曹。*10* 侧耕危获苟以食兮，哀斯民之增劳。攒林麓以为丛棘兮，*11* 虎豹咆㘎代狴牢之吠嗥。*12* 胡井眢以管视兮，*13* 穷坎险其焉逃。*14* 顾幽昧之罪加兮，*15* 虽圣

注·释

● *01*·囚山：囚于山、被山林所囚禁的意思。赋作于唐宪宗元和九年（814），是时柳宗元谪居永州已经十年。

● *02*·楚越之郊：指永州。当时永州下辖四县：零陵（约为今湖南零陵、东安两县）、祁阳（约为今湖南祁阳、祁东两县）、湘源（今属广西）、灌阳（今广西灌阳），被人目为蛮荒之地。

● *03*·纷对回合：纷繁杂沓、错乱对峙貌。离迾（liè）：有的离散，有的遮掩。迾，遮盖。

● *04*·墉（yōng）：垣墙。襄：同"包"。

● *05*·轶（yì）：超越。

● *06*·坼（chè）：分裂、裂开。壑：沟。

● *07*·欣：高兴、喜欢。颓：平缓貌。

● *08*·沓（tà）：合。渍（zì）：浸、沤。

● *09*·郁勃：茂盛、旺盛，这里作动词用，谓腥膘之气蒸腾而上升。

● *10*·沍（hù）：冻结。曹：群。

● *11*·攒（cuán）：聚集、集中。麓（lù）：山脚下。丛棘：古代拘留犯人处。因防犯人逃跑，四周以棘围之，故称。

● *12*·咆㘎（páo hǎn）：猛兽吼叫。狴（bì）牢：门上绘着狴犴的牢狱，狴犴是一种似虎的猛兽，常被绘于狱门之上，因以代指牢狱。

● *13*·井眢（yuàn）：井水枯竭。眢，眼球枯陷失明，引申为枯竭意。

● *14*·穷坎险：历尽艰危险阻。

● *15*·顾：顾念、念及。幽昧：昏暗，此

犹病夫嗷嗷。匪兕吾为柙兮，¹⁶ 匪豕吾为牢。¹⁷ 积十年莫吾省者兮，增蔽吾以蓬蒿。圣日以理兮，贤日以进，谁使吾山之囚吾兮滔滔？¹⁸

指不明不白的罪名。
- 16·匪：同非。兕（sì）：古代犀牛一类的兽名。柙（xiá）：关猛兽的木笼。
- 17·豕（shǐ）：猪。
- 18·滔滔：形容时间的流逝。

品·评

柳宗元无罪被贬，且一贬十年，被永州一地的"万山"环绕围困，"顾地窥天，不过寻丈，终不得出"（《与李翰林建书》），心中已苦闷到了极点，故作《囚山赋》，极写此地山林之荒恶，举凡山势、地形、气味、耕食、丛林、兽嚎，无不令人为之生厌，从而将之视为牢笼。在写法上，两句一事，层层推进，中嵌以"兮"字，唱叹抒怀，一气直下，颇具楚辞的悲怆韵味。而自"胡井智以管视兮"以下，更是直抒愤懑，放声呼号，繁音促节，悲不忍闻。

柳宗元在赋里展现的，是一种明显而剧烈的矛盾心态，亦即对自然既喜爱又厌恶、对朝市既厌恶又向往的心态。一方面，从中国古代文人的处世态度看，往往是得志时以入世为主，失意时以出世为主，而他们一般是失意时居多，故而身在朝市却心慕山林，遂表现出与自然相亲和的倾向。对一般文人来说，大自然既是逃避社会的场所，又是陶冶身心、实现自由人格的地方。柳宗元作为古代文人中的一分子，当然不会例外。炎凉的世态、人间的倾轧，他是有过切身体验的，因而，他对朝市具有一种铭心刻骨的反感；而从他有名的"永州八记"来看，他对自然山水确是怀有深挚的眷恋之情的。然而，另一方面，柳宗元与一般的古代文人又有很大不同，他是作为被朝廷抛弃的"罪人"来到山林中的，这就首先使他失去了一般文人常有的那种对山林主动追求的心性；而他所置身之"山林"又是如此荒远、冷落、恶劣，远远缺乏令人怡情悦性的恬美色彩，这就又给了他一种客观的外在压抑；更为重要的是，尽管他厌恶朝市的混浊，但他却需要利用朝市来发挥自己的才能，实现自己的经纶壮志，以弥补其事业已达鼎盛之际而被逐出朝所造成的巨大损失，同时，亦欲借返朝来洗刷政敌强加给自己的不实罪名。基于此，他不能不向往朝市而厌恶山林，不能不将所待之地视作樊笼，把己身视作羁囚，甚至一天也不想在此待下去。不想待下去，却非待不可；想返回朝市，又无计可施，从而便大大加剧了他心中苦闷的程度。表面看来，作者憎恶的对象是山林，但实质上无知无觉的山林不过是他借以泄怨的一个替代物而已，不过是某种政治势力的象征而已，在它的背后，深隐着整个专制制度那凶恶残暴的巨影！"圣日以理兮，贤日以进，谁使吾山之囚吾兮滔滔？"显而易见，这句反问中充溢着作者的无比激愤。既然圣理贤进，而自己并非不肖，为何还被拘囚于山林之中？既然他这样的贤能志士都被拘囚，则所谓"圣""贤"又从何谈起？这样看来，他的以山林为樊笼，正是以声东击西的手法对统治者残酷压抑、扼杀人才之行为的愤怒抗议。

128

三戒

并序 01

吾恒恶世之人，⁰²不知推己之本，⁰³而乘物以逞，⁰⁴或依势以干非其类，出技以怒强，窃时以肆暴，⁰⁵然卒迫于祸。⁰⁶有客谈麋、驴、鼠三物，⁰⁷似其事，作《三戒》。

● 01·三戒：三件值得警戒的事。文作于永州。

● 02·恒：常。恶：厌恶。

● 03·推：考察、推究。本：根本、本来面目，指实际能力。

● 04·乘：凭借、依靠。逞：逞能、逞强。

● 05·"或依"三句：分别指下文麋、驴、鼠的作为。干非其类，触犯与他不同类者。出技以怒强，显示技能以惹怒强者。窃时以肆暴，利用机会肆意做坏事。

● 06·卒：终于。迫（dài）：及，遭到。

● 07·麋（mí）：鹿类动物，形体稍大于鹿。

● 08·临江：唐县名，即今江西清江。

● 09·畋（tián）：打猎。麛麑（ní）：幼鹿。

● 10·畜之：把它养起来。

● 11·怛（dá）之：恐吓群犬。

● 12·"自是"二句：从此每天抱着麛去接触犬，常让犬看到麛，使它们习惯。就，接近。

● 13·稍：渐渐。戏：玩耍。

● 14·"积久"二句：时间一长，犬都顺从着主人的意愿。

● 15·良我友：真是自己的好友。良，真正、的确。

● 16·"抵触"二句：犬与麛头角相抵、嬉戏翻滚，越来越亲昵。偃，仰倒。仆，俯卧。狎（xiá），态度不庄重地亲近。

● 17·啖（dàn）其舌：舔舌头，指犬仍想吃麛。

● 18·"走欲"句：麛跑过去想与它们嬉戏。走，跑。

● 19·杀食之：咬死并吃掉它。

● 20·狼藉：（麛的尸骨）散乱的样子。

临江之麛 08

临江之人，畋得麛麑，09 畜之。10 入门，群犬垂涎，扬尾皆来。其人怒，怛之。11 自是日抱就犬，习示之，12 使勿动，稍使与之戏。13 积久，犬皆如人意。14 麛麑稍大，忘己之麛也，以为犬良我友，15 抵触偃仆，益狎。16 犬畏主人，与之俯仰甚善，然时啖其舌。17 三年，麛出门，见外犬在道甚众，走欲与为戏。18 外犬见而喜且怒，共杀食之，19 狼藉道上。20 麛至死终不悟。

● 21 · 黔（qián）：贵州的别称，因其省境在唐代属黔中道，故名。
● 22 · 好事者：喜欢多事的人。船载以入：用船载了一头驴进入黔地。
● 23 · 尨（páng）：同"庞"。
● 24 · 蔽：隐蔽、躲藏。窥：偷看。
● 25 · 慭慭（yìn）然：谨慎貌。莫相知：不了解驴是个什么东西。
● 26 · 且：将。噬（shì）：咬。
● 27 · 异能：特别的本领。
● 28 · 益习其声：越来越习惯驴的叫声。
● 29 · 搏：扑斗、搏击。
● 30 · 荡倚：转游偎依。冲冒：冲撞冒犯。
● 31 · 蹄之：用脚踢它。
● 32 · 计：盘算。
● 33 · 跳踉（liáng）：跳跃。㘎（hǎn）：怒吼。
● 34 · "形之"二句：谓驴形体高大像是有德行，声音洪亮像是有本领。
● 35 · 向：当初、早先，含有假设语气。
● 36 · "疑畏"二句：谓虎因疑其有德能而畏惧，最终也不敢进攻并吃掉它。
● 37 · 若是：如此这般，落得这样的结局。

黔之驴 [21]

黔无驴，有好事者船载以入。[22] 至则无可用，放之山下。虎见之，尨然大物也 [23]，以为神。蔽林间窥之，[24] 稍出近之，慭慭然莫相知。[25] 他日，驴一鸣，虎大骇，远遁，以为且噬己也，[26] 甚恐。然往来视之，觉无异能者。[27] 益习其声，[28] 又近出前后，终不敢搏。[29] 稍近，益狎，荡倚冲冒，[30] 驴不胜怒，蹄之。[31] 虎因喜，计之曰："技止此耳！" [32] 因跳踉大㘎，[33] 断其喉，尽其肉，乃去。噫！形之庞也类有德，声之宏也类有能。[34] 向不出其技，[35] 虎虽猛，疑畏，卒不敢取。[36] 今若是焉，[37] 悲夫！

- 38 · 永：永州。某氏：某人。
- 39 · 畏日：害怕犯日子的禁忌。古代迷信，以为某天宜于做某事或不宜于做某事。
- 40 · 拘忌：拘泥于禁忌。特一作"异"。
- 41 · "以为"三句：认为自己出生时正值子年，即属鼠的，而鼠是子年的神灵。
- 42 · 僮：童仆。
- 43 · "仓廪（lǐn）"二句：谓仓库、厨房等有食物的处所，一任老鼠糟蹋而不理不睬。仓廪，储粮的仓库。庖（páo）厨，厨房。悉，全、都。恣，放纵。
- 44 · 槐（yí）：衣架，这里指衣橱。
- 45 · 大率：大都。鼠之余：老鼠吃剩下的东西。
- 46 · "昼累累"二句：谓老鼠在白天一拨接一拨地与人并行，夜晚则偷咬东西，争斗打闹。累累，连续不断。
- 47 · 终不厌：始终不讨厌。
- 48 · 为态如故：窃啮斗暴之态和过去一样。

永某氏之鼠 [38]

永有某氏者，畏日，[39] 拘忌特甚。[40] 以为己生岁直子，鼠，子神也。[41] 因爱鼠，不畜猫犬，禁僮勿击鼠。[42] 仓廪庖厨，悉以恣鼠不问。[43] 由是鼠相告，皆来某氏，饱食而无祸。某氏室无完器，槐无完衣，[44] 饮食大率鼠之余也。[45] 昼累累与人兼行，夜则窃啮斗暴，[46] 其声万状，不可以寝，终不厌。[47] 数岁，某氏徙居他州。后人来居，鼠为态如故。[48] 其人曰："是阴类恶物也，⁴⁹盗暴尤甚，且何以至是乎哉！"⁵⁰假五六猫，⁵¹阖门撤瓦灌穴，⁵²购童罗捕之。⁵³杀鼠如丘，弃之隐处，臭数月乃已。呜呼！彼以其饱食无祸为可恒也哉！⁵⁴

- 49·阴类：因老鼠居于洞穴，在夜间活动，故称阴类。
- 50·何以至是：为何猖獗到如此程度。
- 51·假：借。
- 52·阖（hé）门：关上门。
- 53·罗捕：围捕。
- 54·彼：指鼠。恒：久。

品·评　《论语·季氏》记孔子说："君子有三戒。"柳宗元取以命题，借三个寓言写成三篇既相对独立又整体关联的讽刺小品，其主旨在于使世人"推己之本"，不要像文中所写麋、驴、鼠一样"乘物以逞"，或"依势以干非其类"，或"出技以怒强"，或"窃时以肆暴"，最终遭遇灭顶之灾。

《临江之麋》的妙处在于作者借临江之人的手，将天生敌对的两种动物放在一起，在欲使矛盾融和的过程中展示出悲剧性结果，从而凸显寓言的警戒意义。从动物的本性来说，麋是怕狗的，狗是要吃麋的，但麋和狗的主人却偏偏要改变它们各自的本性，让它们友好相处。对于麋而言，这种改变造成了它的无知和幼稚，使它"忘己之麋也，以为犬良我友"。而认敌为友的结果，为其最后葬身群犬之口埋下了伏笔。对于狗而言，这种改变因是在外在压力亦即对主人的畏惧下形成的，所以其本性的变化只是表面现象，其内心仍是想吃麋的，故"时啖其舌"。不只是麋和狗，临江之人也是作者讽刺的对象：他将两种本性截然不同的动物放在一起，训练它们和睦相处，但他却忘记了，他只能训练自家的狗，而不可能训练临江所有的狗；他虽然训练了麋与狗嬉戏，却没有训练不让麋出门。正因为如此，结果就自然可知了——"三年，麋出门，见外犬在道甚众，走欲与为戏。外犬见而喜且怒，共杀食之"。这样一种结局已经够悲惨了，但更可悲的是，"麋至死终不悟"。

与《临江之麋》相比，《黔之驴》已减少了人为的因素，而更重视生存技巧和自身能力的表现。就驴而言，它本非虎的对手，但因体形庞大，叫声洪亮，因而在一定时间、一定范围内还是具有威慑力的。就虎而言，自然界赋予它的体能和勇力远超群兽，但它却从未见过驴这样的庞然大物，所以在吃掉驴子之前，它需要一个熟悉、了解它的过程。寓言即从这里写起，从虎对驴的"以为神""大骇""甚恐"，到"觉无异能者""益习其声""稍近，益狎，荡倚冲冒"，具体而微地展示了虎的"心态"。与虎的不断骚扰、侵犯相比，驴只能"一鸣""蹄之"，这点微薄的技能不仅与其庞大的体形构成了强烈的反差，而且也足以将自身的弱点暴露在虎的面前。由于"黔驴技穷"，"虎因喜，计之曰：'技止此耳！'因跳踉大㘎，断其喉，尽其肉，乃去"。这一悲剧结局告诉人们：能力和外貌并不成正比，外强者往往中干；假如缺乏对付对手的本领，那就不要将自己的才技一览无余地展示出来，以自取其辱。

《永某氏之鼠》在结构类型上与《临江之麋》相似，其警示意义都在于：依仗外力保护所获得的安全和威福是不能持久的；两篇寓言的不同点则在于：鼠和麋虽然都因为主人的爱怜和保护而迷失了本性，最后招致灾祸，但麋的无知、幼稚令人同情；鼠的横暴、肆虐却令人憎恨。文中涉及三方：鼠、鼠的旧主人、新主人及其用以杀鼠的猫和童仆。在这三方中，旧主人因其生年属鼠而爱鼠，"不畜猫犬，禁僮勿击鼠"，这是导致群鼠猖狂肆虐的关键，也埋下了鼠被新主人歼灭的伏笔；鼠因有人保护，故有恃无恐，恣意妄为，不仅使得"某氏室无完器，椸无完衣"，而且"窃啮斗暴，其声万状"，其行为实已到了令人发指的地步，这是导致其被新主人歼灭的关键；新主人与旧主人的态度截然相反，来居伊始，即"假五六猫，阖门撤瓦灌穴，购僮罗捕之，杀鼠如丘"，从根本上杜绝了鼠患。假如当初旧主人不是如此纵容群鼠，而群鼠也不是如此肆无忌惮，则鼠的灾难以及新主人的杀鼠手段也许不会如此之速、之猛；惟其两方面都到了登峰造极的地步，所以物极必反，祸不旋踵，作者在文末所发"呜呼！彼以其饱食无祸为可恒也哉！"的感叹，其意义也就来得格外深远。

这三篇寓言，皆篇幅短小，文字精练，笔锋犀利而极具讽刺力量。如果说，其直接目的在于说明：那些缺乏自我认识乃至迷失了自然本性，仅仅靠外在力量而"乘物以逞"者，结局都不可避免地走向灭亡；其间接目的或许含有影射现实政治的意图，那么，作为一种人生哲理，三篇寓言的意义还要广泛得多，也深刻得多。若细加品味，不同的读者自会有不同的感悟和发现。

蝜蝂传

注·释

01

- 01·蝜蝂（fù bǎn）：一种黑色小虫，性喜用背驮物。
- 02·善：喜好。负：背东西。
- 03·卬（áng）：同"昂"，高抬。
- 04·困剧：困乏至极。
- 05·积：堆积。散：散落。
- 06·卒：最后、结果。踬（zhì）仆：跌倒。
- 07·苟：假如。
- 08·极：尽。已：止。
- 09·嗜（shì）取者：喜好贪求者。
- 10·厚其室：充实家产、增多财富。
- 11·积：聚集、增多。
- 12·怠：力竭。
- 13·"黜（chù）弃"二句：谓罢官废弃、迁谪流放。
- 14·"亦以"句：也是因贪财而遭受祸患。病，（受）祸害。
- 15·"苟能"二句：谓假如能被重新起用，又会重蹈覆辙，不停止聚敛。艾（yì），停止。

蝜蝂者，善负小虫也。[02] 行遇物，辄持取，卬其首负之。[03] 背愈重，虽困剧不止也。[04] 其背甚涩，物积因不散，[05] 卒踬仆不能起。[06] 人或怜之，为去其负。苟能行，[07] 又持取如故。又好上高，极其力不已，[08] 至坠地死。今世之嗜取者，[09] 遇货不避，以厚其室，[10] 不知为己累也，唯恐其不积。[11] 及其怠而踬也，[12] 黜弃之，迁徙之，[13] 亦以病矣。[14] 苟能起，又不艾。[15] 日思高其位，大其禄，而贪取滋甚，[16]以近于危坠，观前之死亡不知戒。虽其形魁然大者也，[17]其名人也，而智则小虫也。[18]亦足哀夫！

品·评

在这篇不足二百字的短文里，作者以细致的观察、精到的笔墨，描写了一种名叫蝜蝂的贪婪小虫。这种小虫有两个特点：一是喜好背东西，在路上见到什么都背起来，昂着头向前爬行，直到它背不动为止。有时人们可怜它，把它背上的东西去掉，但它一旦能行动，便又开始像以前一样地背起来。二是喜欢爬高，尽力向上攀爬不已，直至坠地摔死。这两个特点，非常准确、生动地揭示了蝜蝂既贪婪无尽又执迷不悟的性格，给人留下深刻的印象。

然而，作者并不满足于对蝜蝂的直观描写，而是要借此描写来讽刺世上那些有如蝜蝂一样的贪婪之人。所以文章的后半部分掉转笔锋，直指"今世之嗜取者"：他们遇货不避，唯恐所得不多、所积不厚；等到他们被黜弃迁徙后，才开始后悔，可是，一旦再度得位，他们便又重蹈覆辙，"日思高其位，大其禄，而贪取滋甚，以近于危坠，观前之死亡不知戒"。寥寥数语，活画出一批徇财者可憎亦复可悲的面目。这些人形体虽比蝜蝂大得多，但其智力则如同小虫，作者在指出这一点后，用"亦足哀夫"四字作结，蔑视、批判中饱含喟叹，有很强的感染力和说服力。

罴说

注·释

- 01·罴（pí）：熊的一种，俗称人熊。
- 02·貙（chū）：一种形似狸的野兽。
- 03·被（pī）发：披着长毛。人立：像人一样站立。
- 04·绝有力：特别有力气。
- 05·"能吹"句：能用竹管吹出很多种野兽的声音。竹，竹管，指笛箫一类管乐器。
- 06·寂寂：悄悄地。罂（yīng）火：火药罐。罂，一种腹大口小的瓦罐。
- 07·即：到。
- 08·感：感召，引诱。
- 09·伺：等候，等到。
- 10·骇：吓唬。
- 11·走：逃跑。
- 12·亡去：逃走。
- 13·"揱搏"句：揪住猎人把他撕成碎片吃掉了。揱（zuó），揪住。搏，抓。挽，拉。
- 14·不善内而恃外者：指没有真实本领而依仗外势的人。恃，凭借，依仗。

鹿畏貙，⁰² 貙畏虎，虎畏罴。罴之状，被发人立，⁰³ 绝有力而甚害人焉。⁰⁴ 楚之南有猎者，能吹竹为百兽之音。⁰⁵ 寂寂持弓矢罂火，⁰⁶ 而即之山，⁰⁷ 为鹿鸣以感其类，⁰⁸ 伺其至，⁰⁹ 发火而射之。貙闻其鹿也，趋而至。其人恐，因为虎而骇之。¹⁰ 貙走而虎至，¹¹ 愈恐，则又为罴，虎亦亡去。¹² 罴闻而求其类，至则人也，揱搏挽裂而食之。¹³

今夫不善内而恃外者，¹⁴ 未有不为罴之食也。

这则短小精悍、含意深刻的寓言作于柳宗元被贬永州后。文章描写了一个毫无实际本领、"能吹竹为百兽之音"的猎人,企图利用"鹿畏貙,貙畏虎,虎畏罴"的外部条件来侥幸捕获猛兽,结果虽吹出罴、虎的声音吓退了虎和貙,但当最凶猛的罴到来时,他已无兽音可吹,只好被罴所食。故事有力地讽刺了那些无真实本领、虚张声势、欺世惑众的人终必败灭的悲剧结局。

由于寓言作于永贞革新失败后,而且作者开篇就道出"鹿畏貙,貙畏虎,虎畏罴"这层制约关系,所以还有一种说法认为,寓言的真正意图是讽刺和抨击当时朝廷所采取的"以藩制藩"的政治主张,暗喻朝廷在藩镇割据的严重威胁下,如果不加强中央集权,实行政治革新,仍然采取"以藩制藩"的办法,将会落得与猎人同样的下场。此说也具有合理之处。这种多义性,正说明柳宗元寓言的独立性和丰富性。传统的寓言一般不属独立文体,只是在应用性散文中充当说理的手段,先秦时期寓言最盛,其寓言仅存于诸子散文、历史散文中,没有单篇的纯寓言创作。柳宗元的寓言小品使寓言获得了独立的意义,从而成为他的一个艺术创造,在其文学成就中占有重要地位。

谪龙说

扶风马孺子言：⁰²年十五六时，在泽州，⁰³与群儿戏郊亭上。⁰⁴顷然，⁰⁵有奇女坠地，有光晔然，⁰⁶被缫裘白纹之里，⁰⁷首步摇之冠。⁰⁸贵游少年骇且悦之，⁰⁹稍狎焉。¹⁰奇女颒尔怒曰：¹¹"不可。吾故居钧天帝宫，¹²下上星辰，呼嘘阴阳，¹³薄蓬莱，¹⁴羞昆仑，¹⁵而不即者。¹⁶帝以吾心侈大，¹⁷怒而谪来，七日当复。¹⁸今吾虽辱尘土中，¹⁹非若俪也。²⁰吾复，且害若。"²¹众恐而退。遂入居佛寺讲室焉。²²

- 01·谪龙：从天上被贬谪到人间的龙。
- 02·扶风：县名，治所在今陕西凤翔县。马孺子：据章士钊引陈少章考订，马孺子曾为秘书少监，因九岁贯涉经史，故有孺子之称。其本名不详。参见《柳文指要》上《体要之部》卷十六。
- 03·泽州：州名，治所在今山西晋城。
- 04·郊亭：城郊的亭子。
- 05·顷然：一会儿。
- 06·晔（yè）然：光彩夺目貌。
- 07·被：同"披"。缫（zōu）：黑红色。裘：皮衣。里：衣衫里子。
- 08·首：头，此作动词，头戴之意。步摇：古代妇女首饰，上有垂珠，行走则摇动，故称。步摇之冠，插有步摇的帽子。
- 09·骇：吃惊。
- 10·稍：渐渐。狎：调戏，戏弄。
- 11·颒（pīng）尔：变脸色、板起脸孔的样子。
- 12·故居：原来住在。钧天：天中央。
- 13·"下上"二句：意谓来往于星辰之间，呼吸天地自然之气。
- 14·薄：轻视。蓬莱：古代传说为海中仙山。
- 15·羞：羞耻。昆仑：古代传说中的仙山。
- 16·即：靠近，接近。
- 17·侈大：高傲自大。
- 18·复：返。
- 19·尘土：尘世，人间。
- 20·若：你，你们。俪（lì）：配偶。
- 21·且：将。若：你、你们。
- 22·讲室：讲堂，佛教讲经说法的堂舍。

- *23•翛翛（xiāo）：原指鸟的羽毛凋零，此形容散落飘飞的样子。*
- *24•反之：翻过来穿上。*
- *25•徊翔：盘旋飞翔。*
- *26•怪甚：奇怪得很。*
- *27•"非其"句：不是同类，而在她被谪时去戏弄侮辱她，这是不可以的。*
- *28•妄人：胡吹乱说的人。*

及期，进取杯水饮之，嘘成云气，五色翛翛也。²³因取裘反之，²⁴化为白龙，徊翔登天，²⁵莫知其所终。亦怪甚矣。²⁶

呜呼！非其类而狎其谪，不可哉！²⁷孺子不妄人也，²⁸故记其说。

品·评 这是一篇寓言性质的小品文，通篇记述了扶风马孺子所讲少年时的一段见闻，只有篇末两句是作者的话，但其内在含义却非常深刻。此文具有借谪龙以喻谪人的象征性，具有强烈鸣不平的现实指向性和警示性。而作为文学作品，它又极生动形象，奇幻惊警。从奇女初谪人间时的"有光晔然"和华丽穿戴，到她被贵游少年狎辱时的"頳尔怒曰""今吾虽辱尘土中，非若俪也。吾复，且害若"，再到她七天之后取杯水饮之，嘘成云气，化为白龙，徊翔在天的变化，无不惊人耳目，使人对其事始则同情，终而快意。至于篇末发出的"非其类而狎其谪，不可哉"的严正警示，更令人深感处于逆境中的作者不甘受辱而自我保护、自我期许的人格精神。联系到同时期柳宗元所作《笼鹰词》中所说："草中狸鼠足为患，一夕十顾惊且伤。但愿清商复为假，拔去万累云间翔。"似可对《谪龙说》的内蕴获得更深入的理解。

桐叶封弟辩

01

古之传者有言，*02* 成王以桐叶与小弱弟，*03* 戏曰："以封汝。"周公入贺。*04* 王曰："戏也。"周公曰："天子不可戏。"乃封小弱弟于唐。*05*

吾意不然。*06* 王之弟当封耶？周公宜以时言于王，不待其戏而贺以成之也。*07* 不当封耶？周公乃成其不中之戏。*08* 以地以人与小弱者为之主，其得为圣乎？*09* 且周公以王之言不可苟焉而已，必从而成之耶？*10* 设有不幸，*11*

注·释

- *01*·桐叶：梧桐叶。辩：古代一种文体，明人徐师曾《文体明辨序说》谓："按字书云：'辩，判别也。'……盖执其言行之是非真伪而以大义断之也。"
- *02*·传者：指史传作者。
- *03*·成王：周成王，名诵，武王之子，十三岁继承王位。小弱弟：指武王幼子唐叔虞。
- *04*·周公：即姬旦，文王之子，武王之弟。成王年幼即位，由周公摄政。
- *05*·"乃封"句：事见《吕氏春秋·重言篇》："成王与唐叔虞燕居，援梧桐以为珪，而授唐叔虞曰：'余以此封女。'叔虞喜，以告周公。周公以请曰：'天子其封虞耶？'成王曰：'余一人与虞戏也。'周公对曰：'臣闻之，天子无戏言。天子言则史书之，工诵之，士称之。'于是遂封叔虞于晋。"唐：国名，在今山西省翼城西，为晋之前身。
- *06*·意：认为。不然：不对，不是这样。
- *07*·宜：应该。以时：适时、及时。
- *08*·成其不中之戏：让成王把一句不适当的戏言变成了事实。不中，不合适、不恰当。
- *09*·"以地"句：谓把土地和人民给了叔虞，让叔虞做他们的君主。
- *10*·"且周公"二句：谓周公认为成王的话不可随便说罢了，难道因此就一定要促使戏言成为现实吗？苟，随便、草率。
- *11*·设：假设、倘若。

王以桐叶戏妇寺，^{12} 亦将举而从之乎？^{13}

凡王者之德，在行之何若。^{14} 设未得其当，虽十易之不为病；^{15} 要于其当，^{16} 不可使易也，而况以其戏乎？若戏而必行之，是周公教王遂过也。^{17}

吾意周公辅成王，宜以道，从容优乐，^{18} 要归之大中而已，^{19} 必不逢其失而为之辞。^{20} 又不当束缚之，驰骤之，使若牛马然，^{21} 急则败矣。^{22} 且家人父子尚不能以此自克，^{23} 况号为君臣者耶？是直小丈夫缺缺者之事，^{24} 非周公所宜用，故不可信。

或曰：封唐叔，史佚成之。^{25}

- 12 • 妇寺：妇女，宦官。
- 13 • 举：都、全。从之：按戏言来做。
- 14 • 在行之何若：在于实行得怎么样。
- 15 • 易：更改。病：错误、弊病。
- 16 • 要于其当：总的说在于适当。
- 17 • 教王遂过：教成王坚持错误。遂：完成、实现。
- 18 • 从容：悠闲舒缓、不慌不忙。优乐：嬉戏娱乐。
- 19 • 大中：这是柳宗元最常用的一个政治术语，意谓适度、得当，指切合时事的举措。
- 20 • "必不"句：谓一定不会迎合成王的过失为之辩解。逢：迎逢。
- 21 • "又不"三句：谓又不应约束他，驱使他，像使用牛马那样。
- 22 • 急则败：急于求成便会招致失败。
- 23 • 以此自克：用这种方法来自相限制。
- 24 • 小丈夫：庸俗而识短的人。缺缺（quē）：小聪明、小智慧。
- 25 • 史佚：周武王时的太史尹佚。据《史记·晋世家》，促使成王封唐叔虞者实为史佚，而非周公。

品·评 永贞革新失败后，柳宗元花费大量精力阅读古今史书，对历史和现实问题进行深入的思考，辩其误，指其失，其中充满着对现实政治的关怀。这篇史评，就是这样一篇短小精当而见解甚深的力作。据《吕氏春秋·重言篇》和《说苑·君道篇》记载：周成王在一次与其幼弟叔虞的嬉戏中，指着一片桐叶说要封他为诸侯。后来成王的叔父周公便以此为据，说"天子无戏言"，要求成王兑现诺言。结果叔虞被封于唐。对这样一件史事，前人不过读读而已，从未提出质疑，但柳宗元却能独具慧眼，从中发现一个事关重大的"王者之德"的问题，层层辩驳，步步推进，使"天子不可戏"之说的谬误昭然若揭，其"识力胜人百倍"（《古文分编集评》初集上卷引蔡九霞语）。

文章开篇引述"古之传者"的话，树立辩驳目标，接着用"吾意不然"四字反转文意，对其谬误分三层加以辩驳。第一、第二层，先用"当封"和"不当封"两个设问句领起，从正反两方面指出：如果当封叔虞，周公就应及时言于成王，而不应等到他开玩笑时才去促成其事；如果不当封叔虞，周公此举便使成王把一句不合适的戏言变成了事实，他就算不得"圣"。第三层用一"且"字将文意向前推进一步，针对周公"王之言不可苟"的说法，再次用诘问语气单刀直入：假若成王用桐叶与妇人、宦官开玩笑，难道也要"举而从之"吗？三层意思，三次转折，句句击中要害，令人心服口服，无从置喙；而后笔锋由反转正，由驳而立，堂堂正正地推出中心论点："凡王者之德，在行之何若。设未得其当，虽十易之不为病。"这就是说，事关国家政治的大计，关键在于它是否得当；倘若不得当，就需要多次更改，最终使之尽善尽美、不可移易；而成王的一句戏言却非要实行，这岂不是周公"教王遂过"、错上加错？文意至此，已水落石出，是非判然，文章似乎可以结束了，然而，作者却宕开一笔，复用"吾意"二字领起，从三个层面为此事非周公所为作正面辨析，遂使下文又生波澜。作者先从臣下辅君之道说起，认为周公一定不会去屈己迎合王意；继以牛马为喻，说周公应懂得"急则败矣"的道理，因而也不会给成王施加压力；最后以人之常情作比，说即使家庭父子间也不能以戏言相互约束，何况是君臣之间？在作了这样几层推论之后，作者断定：此事非周公所为，"古之传者"所言不可信。末段用"或曰"引出"史佚成之"的他说，为上文所论作一旁证，看似闲笔，却遥应篇首，巧结全文，使之神完气足，余味悠然。

这篇文章奇正相生，无坚不破，曾得到后世论者的一致好评。宋人吕祖谦认为："此篇文字，一段好如一段。大抵做文字，须留好意思在后，令人读一段好一段"（《古文关键·总论看文字法》）清人孙琮指出："一篇短幅文字，读之却有无限锋芒。妙在前幅连设三层翻驳，后幅连下四五层断案，于是前幅遂有层波叠浪之势，后幅亦有重冈复岭之奇。"（《山晓阁选唐大家柳柳州全集》卷四）都较准确地道出了此文的妙处。

骂尸虫文

注·释

- 01·伺：窥视。隐微失误：微小的过错。
- 02·辄籍记：就记录下来。籍，簿册。
- 03·日庚申：即庚申那一天。古代用天干、地支相配记年、月、日、时。
- 04·幸：趁。
- 05·飨（xiǎng）：用酒食款待人。此意为赏赐。
- 06·以是：因此。谪过：惩罚。疠（lì）：疫病。夭死：早死。
- 07·特：独。
- 08·尤：最突出。
- 09·下：降低身份。比：亲近。
- 10·纵：放纵。狙（jū）诡：奸猾狡诈，玩弄诡计。
- 11·延：听任。
- 12·"其为"句：意谓太不应该了。
- 13·下土：地上。

有道士言："人皆有尸虫三，处腹中，伺人隐微失误，[01] 辄籍记。[02] 日庚申，[03] 幸其人之昏睡，[04] 出谗于帝以求飨。[05] 以是人多谪过、疾疠、夭死。"[06] 柳子特不信，[07] 曰："吾闻聪明正直者为神。帝，神之尤者，[08] 其为聪明正直宜大也，安有下比阴秽小虫，[09] 纵其狙诡，[10] 延其变诈，[11] 以害于物，而又悦之以飨？其为不宜也殊甚！[12] 吾意斯虫若果为是，则帝必将怒而戮之，投于下土，[13] 以殄其類，^{14} 俾夫人咸得安其性命而苟慝不作，^{15} 然后为帝也。"余既处卑，^{16} 不得质之于帝，^{17} 而嫉斯虫之说，^{18} 为文而骂之：

来，尸虫！汝曷不自形其形？^{19} 阴幽跪侧而寓乎人，^{20} 以贼厥灵。^{21} 膏肓是处兮，^{22} 不择秽卑；潜窥默听兮，导人为非；冥持札牍兮，^{23} 摇动祸机；^{24} 卑陬拳缩兮，^{25} 宅体险微。^{26} 以曲为形，以邪为质；以仁为凶，以僭为吉，^{27} 以淫谀谄诬为族类，^{28} 以中正和平为罪疾；以通行直遂

● 14 • 殄（tiǎn）：灭绝。

● 15 • 俾（bǐ）：使得。苟：烦扰。慝（tè）：灾祸。

● 16 • 处卑：地位低下。

● 17 • 质：依据事实辨明是非。

● 18 • 嫉：恨。

● 19 • "汝曷"句：你为什么不现出自己的原形呢？曷，何，为什么。形，前一个作动词，现出，暴露。

● 20 • 阴幽跪侧：阴险狡诈地潜伏着。幽，隐。跪，一作"诡"。侧，侧伏。寓：寄居。

● 21 • 贼：伤害。厥：其。灵：生命。

● 22 • "膏肓"句：意谓藏在人的要害部位。膏肓，指人体要害之处。

● 23 • 冥持札牍：意谓暗中偷偷记。冥，暗中。札，古时写字用的小木片。牍（dú），古时写字用的木板。

● 24 • 摇动祸机：制造祸端。

● 25 • 卑陬（zōu）：惶恐畏惧的样子。拳缩：蜷缩。

● 26 • 宅体险微：住在人体险要而隐蔽的地方。宅体，置身。

● 27 • 僭（jiàn）：超越本分。

● 28 • 淫：邪恶。谀：奉承。谄：巴结。诬：陷害。族类：同伙。

● 29 • 直邃：直达。颠蹶：颠簸不平。

● 30 • 反斗：背叛。安佚：即安逸。

● 31 • 谮（zèn）：诽谤。谩：欺骗。

● 32 • 利：利用。伺：乘机。

● 33 • 睨：斜视。窃出：偷偷地溜出去。

● 34 • 遽入自屈：立即缩回原处。遽，迅速。

● 35 • 幂（mì）然：隐藏掩盖的样子。

● 36 • 其意乃毕：它的目的就达到了。

● 37 • 胡：怎么。恤：怜悯。

● 38 • 修：长。蛕（huí）：蛔虫。恙：伤害。

● 39 • 蛲（náo）：一种寄生虫。穴：作动词，钻洞。

● 40 • 搜：寻求。疥疠：一种严重的癣疥。

● 41 • 索：寻找。瘘痔（lòu zhì）：肛门上的疾病。

● 42 • 聚毒攻饵：集中毒物制成药饵来治疗。攻，治疗。

● 43 • 旋：立即。

● 44 • 为利：得到好处。

● 45 • 宁：岂能。悬：悬赏。嘉飨：美好的酒食。

为颠蹶，[29] 以逆施反斗为安佚。[30]
谮下谩上，[31] 恒其心术，妒人
之能，幸人之失。利昏伺睡，[32]
旁睨窃出，[33] 走谮于帝，遽入
自屈。[34] 幂然无声，[35] 其意乃
毕。[36] 求味己口，胡人之恤！[37]
彼修蛕恙心，[38] 短蛲穴胃，[39] 外
搜疥疠，[40] 下索瘘痔，[41] 侵人肌
肤，为己得味。世皆祸之，则惟
汝类。良医刮杀，聚毒攻饵。[42]
旋死无余，[43] 乃行正气。汝虽
巧能，未必为利。[44] 帝之聪明，
宜好正直，宁悬嘉飨，[45] 答汝谗

愿？叱付九关，[46] 贻虎豹食。[47] 下民舞蹈，荷帝之力。[48] 是则宜然，何利之得！[49] 速收汝之生，速灭汝之精。蓐收震怒，[50] 将敕雷霆，[51] 击汝酆都，[52] 糜烂纵横。俟帝之命，[53] 乃施于刑。群邪殄夷，[54] 大道显明，害气永革，[55] 厚人之生，[56] 岂不圣且神欤！

祝曰：[57] 尸虫逐，祸无所伏，下民百禄。[58] 惟帝之功，以受景福。[59] 尸虫诛，祸无所庐，[60] 下民其苏。[61] 惟帝之德，万福来符。[62] 臣拜稽首，[63] 敢告于玄都。[64]

● 46 • 付：交付。九关：古代神话传说天门有九重关，每重都有虎豹把守。

● 47 • 贻：送给。

● 48 • 荷：感戴。

● 49 • "是则"二句：这是你应得的下场，哪有什么好处呢？

● 50 • 蓐（rù）收：古代传说中天上掌管刑法的神。

● 51 • 敕：命令。

● 52 • 酆（fēng）都：古代传说中地狱所在地。

● 53 • 俟：等待。

● 54 • 殄：消灭。夷：削平。

● 55 • 革：除。

● 56 • 厚人之生：使人们生活富足。

● 57 • 祝：祈祷，祝愿。

● 58 • 百禄：多种好处。禄，好处。

● 59 • 景：大。

● 60 • 庐：房舍，此作动词用，藏。

● 61 • 苏：解救。

● 62 • 万福来符：各种吉庆都表现出来了，即带来万福。符，征兆。

● 63 • 稽首：叩头。

● 64 • 敢：谦辞，表示冒昧之意。玄都：古代传说中神仙居住的地方，这里指天帝所在处。

柳宗元被贬永州后，对现实政治的态度具有两面性。一方面，他身受严酷打击，不能不对现实政治抱有一种本能的反感，所以，贬谪之初，其作品中充溢着对现实社会和专制政治的强烈愤懑和指斥；另一方面，随着谪居时间的延长，元和时期军事、政治、文化上所取得成就的逐渐展现，其态度也有所转变，对现实政治作了一定的肯定。然而，由于他始终是为现实社会所抛弃、所压抑的政治罪人，始终得不到正常的做人权利和生命基本需求的满足，因而便决定了他对现实政治的肯定是有限度的，在其骨子里，始终隐藏着对整个社会的巨大不满，对昔日政敌的无比仇恨。

在诗文中，柳宗元一再明言："陷瑕委厄兮，固衰世之道"（《吊苌弘文》）、"苟偷世之谓何兮，言余心之不臧！"（《吊乐毅文》）"衰世""偷世"，乃是他基于自身悲惨遭际的对现实社会的本质认识。他的《骂尸虫文》《斩曲几文》《宥蝮蛇文》《憎王孙文》，都是这样一些揭露混浊政治、大力鞭挞政敌的佳作，其中以《骂尸虫文》最具代表性。

文分序与正文两部分。作者先于序中借道士之口交代尸虫的来由及其与帝的关系，接着反转一笔，指出帝当为聪明正直的代表，他绝不会纵容这些阴险诡诈的小虫，而会"怒而戮之"的。在作了这样的铺垫后，正文部分集中笔墨，对"阴幽诡而寓乎人，以贼厥灵"的尸虫展开了全面的揭露和抨击。作者接连使用八个"以"字句，蝉联而下，极写尸虫的各种阴毒险微，一方面，它们"谮下谩上，恒其心术，妒人之能，幸人之失"；另一方面，它们还"走谗于帝，遽入自居"，"求味己口，胡人之恤"。也就是说，这些尸虫既险恶又喜进谗言，实在是坏到了极点。行文至此，作者笔锋再转，以堂堂之阵，正正之旗，对尸虫大加挞伐，正告它们"速收汝之生，速灭汝之精"，坚决主张"群邪殄夷，大道显明，害气永革，厚人之生"。令人读来义正词严，痛快淋漓。

韩醇注柳集指出："公此文盖有所寓耳。永贞中，公以党累贬永州司马，宰相惜其才，欲澡濯用之，诏补袁州刺史。其后谏官颇言不可用，遂罢。当时之谮公者众矣，假此以嫉其恶也。"（《柳宗元集》卷十八）柳文是否如韩醇所说如此具体，尚可斟酌，但其中将尸虫比政敌、借骂尸虫一泄胸中积怨的倾向却是至为明显的。由此，我们也可领略到柳宗元被贬后对现实政治的态度及其斗争精神。

对贺者 [01]

● 01·对：一种设问而对的文体。对贺者：回答祝贺者的话。

● 02·柳子：柳宗元自指。

● 03·坐事：因犯……罪。此指参与永贞革新。

● 04·适：刚，刚才。将：打算。唁（yàn）：安慰，慰问。

● 05·浩浩然：旷达无忧的样子。

● 06·能是达矣：你能这样旷达。是，如此。达，旷达，通达。

● 07·敢：自言冒昧之词。更：改，改变。

● 08·"子诚"句：您如果是从外貌而论，则是可以的。诚，如果。

● 09·志：志向。

● 10·姑：姑且，暂且。戚戚：忧愁，忧惧。

● 11·会：适逢。主上：臣下对皇帝的称呼。此处唐宪宗李纯。方：正。宽：宽宏的政策。理：治理，唐代因避高宗李治名讳，用"理"代"治"字。人：生民。

● 12·用和天下：奉行使天下和顺的政策。

柳子以罪贬永州，[02] 有自京师来者，既见，曰："余闻子坐事斥逐，[03] 余适将唁子。[04] 今余视子之貌浩浩然也，[05] 能是达矣，[06] 余无以唁矣，敢更以为贺。"[07] 柳子曰："子诚以貌乎则可也，[08] 然吾岂若是而无志者耶？[09] 姑以戚戚为无益乎道，[10] 故若是而已耳。吾之罪大，会主上方以宽理人，[11] 用和天下，[12] 故吾得

●13·尚书郎：尚书省的长官。永贞革新
时，即被贬前，柳宗元任礼部员外郎，礼
部属尚书省，故云。

●14·谋画无所陈：意谓没有为朝廷出谋
划策。陈，陈述。

●15·群比：结成朋党，此指王叔文集团。
以为名：谋取声名。

●16·遇僇（lù）：遭辱。僇，辱。

●17·诛：惩罚。

●18·苟人尔：假如是一个人的话。苟，
假若。

●19·汗栗：因恐惧而流汗。危厉：恐惧。
偲（sī）偲然：自责的意思。

●20·独行以求：独自求索。求，求索。

●21·以：认为。列于圣朝：位列朝班。

●22·奉宗祀：供奉、祭祀祖宗。丘墓：
祖坟。

●23·苟生：苟且偷生。

●24·庶几：表希望之意。似续：子孙后
代。不废：不绝。

●25·傥荡（tǎng dàng）：放任自由，无拘
无束。

在此。凡吾之贬斥幸矣，而又戚戚焉何哉？夫为天子尚书郎，¹³谋画无所陈，¹⁴而群比以为名，¹⁵蒙耻遇僇，¹⁶以待不测之诛。¹⁷苟人尔，¹⁸有不汗栗危厉偲偲然者哉！¹⁹吾尝静处以思，独行以求，²⁰自以上不得自列于圣朝，²¹下无以奉宗祀，近丘墓，²²徒欲苟生幸存，²³庶几似续之不废。²⁴是以傥荡其心，²⁵

- 26 · 倡佯：安闲、游散的样子。
- 27 · 茫乎：广远无边貌。升高：登高。
- 28 · 溃乎：水漫溢、乱流之貌，此意为散漫的样子。无所往：不知所往，没有固定去向。
- 29 · 诚：果真。
- 30 · 承：接受，承受。
- 31 · 裂眦（zì）：愤怒之极而瞪裂眼眶。眦，眼眶。
- 32 · 恸哭：悲痛大哭。
- 33 · "庸讵知"句：你怎么知道我自得无忧的外貌就不是内心最为忧愁的反映呢？庸讵（jù），反诘副词，岂，怎么。
- 34 · 子休矣：你算了吧！

倡佯其形，[26] 茫乎若升高以望，[27] 溃乎若乘海而无所往，[28] 故其容貌如是。子诚以浩浩而贺我，[29] 其孰承之乎？[30] 嘻笑之怒，甚乎裂眦；[31] 长歌之哀，过乎恸哭。[32] 庸讵知吾之浩浩非戚戚之尤者乎？[33] 子休矣。"[34]

品·评　柳宗元被贬永州后，写了多篇"问对"之文，设词见志，以抒愤郁而通意虑，从而成为其散文创作中的一个显著特色。这篇《对贺者》，就是其中的代表。
　　文章开篇设问，问即是"贺"。友人自京师来永，想安慰被贬永州的柳子，但见柳子"浩浩"之貌，以为其"达"，遂欲改"唁"为"贺"。谁知"达"并不是柳子的真实状态，这一"贺"反而触动了他内心真实的情感，为澄清"贺"者的误会，于是柳子愤而作答，自然引出下面的"对"，转入正题。

在对文中，作者开口就对友人所认为的"达"给予了否定，说以貌论则可，而实际不然，只是"姑以感戚为无益乎道，故若是而已耳"。接着具体陈述心中之"戚"："夫为天子尚书郎，谋画无所陈，而群比以为名，蒙耻遇僇，以待不测之诛。"然后又指出现实的处境不得不使其苟且偷生、貌之若浩，最后对自己的情感实质进行总结："嘻笑之怒，甚乎裂眦；长歌之哀，过乎恸哭。庸讵知吾之浩浩非戚戚之尤者乎？"那种表面让人看到的豪爽惬意、旷达磊落，实际上反而是诗人心中幽愤、痛苦尤甚的真实反映。这句概括，实可谓柳宗元在永州的精神自画像。

贬谪，对于有理想、有抱负的文士来说，实是所有刑罚中最为残酷的一种。因为此时，他们有意识的生命主体并未消灭，依旧执着于自己的理想追求。而事实上，他们已从以前可以大展宏图的环境中被抛离出来，弃置到一个陌生的远离政治中心的环境中。陌生对于他们，不仅意味着具体生存环境的对抗与危机，更重要的是，此时此地，理想与现实之间亦有了不可逾越的鸿沟。这不仅是肉体上的折磨，更是精神上的严酷摧残。柳宗元被贬永州，就无时无刻不体会着这种痛苦。而与"二十年来万事同"的刘禹锡相比，柳宗元的心理调适能力远不如他的朋友。刘禹锡的性格饶有豪迈之气和愈挫愈坚的特点，面对政治上的失败，他能写出"百胜难虑敌，三折乃良医。人生不失意，焉能慕己知"（《学阮公体三首》其一）的诗句，比较正确地认识到挫折对于人生的意义。但在柳宗元的作品中，我们很难找到这么俊迈豪爽的诗句。面对沉重的人生忧患，柳宗元读佛书，游山水，并幻想归田，希望获得超越，但他激切孤直的心性似乎过于根深蒂固了，对于那场导致自己沉沦南荒的政治悲剧他始终难以忘怀，因而很难超拔出来。所以他的歌多是悲歌，他的笑多是苦笑，正如他对贺者所云："嘻笑之怒，甚乎裂眦；长歌之哀，过乎恸哭。"悲愤郁勃之气，溢于言表。作者在文中将不同极端的情绪，如戚戚与浩浩、嘻与怒、歌与哀，有意归置在一起，极力造成一种矛盾和冲突，并在这种激烈的冲突中将内心的幽愤抒泄无遗。张伯行《唐宋八大家文钞》卷四曰："自道其真情而无所饰如此。"故而此文极具情感冲击力，读来撼人心魄。

起废答 01

柳先生既会州刺史，⁰²即治事，⁰³还，游于愚溪之上。溪上聚黧老壮齿，⁰⁴十有一人，⁰⁵谡足以进，⁰⁶列植以庆。⁰⁷卒事，⁰⁸相顾加进而言曰：⁰⁹"今兹是州，起废者二焉，先生其闻而知之欤？"¹⁰答曰："谁也？"曰："东祠躄浮图，¹¹中厩病颡之驹。"¹²

曰："若是何哉？"¹³曰："凡为浮图道者，¹⁴都邑之会必有师，¹⁵师善为律，¹⁶以敕戒始学者与女释者，¹⁷甚尊严，¹⁸且优游。¹⁹

注·释

● 01·起废：起用废物。答：一种问答式的文体。崔能于元和九年（814）任永州刺史，此文当作于崔氏到任之后。

● 02·柳先生：柳宗元自称。既：在……之后。会：拜会。州：永州。刺史：一州最高行政长官。

● 03·治事：办公。

● 04·黧（lí）老：面色黑而黄的老人。壮齿：壮年人。齿，年齿，年龄。

● 05·十有一人：十一人。有，又，古代数量在整数与零数间加"有"字。

● 06·谡（sù）足以进：迈步向前。谡足，抬脚，迈步。

● 07·列：列队，排列。植：站立。庆：贺。

● 08·卒：结束，完毕。

● 09·加进：更上前几步。

● 10·"今兹"句：现在我们州里起用了两个废物，您听说过此事吗？

● 11·东祠躄浮图：城东寺庙里的跛足和尚。躄（bì），跛足。浮图，或曰"浮屠"，僧人。

● 12·中厩病颡之驹：官府马棚里脑门上有病的马。中厩，泛指官府马棚。颡（sǎng），额头。驹，少壮之马。

● 13·"若是"句：那是怎么回事呢？

● 14·为浮图道者：指信奉佛教的人。

● 15·都邑之会：大城市。师：法师，大师。

● 16·善为律：精通戒律。

● 17·敕戒：告诫。女释者：女佛教徒，尼姑。

● 18·甚尊严：很严格，受人敬重。

● 19·优游：悠闲自得。

● 20 · 有师道：有做法师的本领。

● 21 · 扶服舆曳：要么爬行前进，要么车拉着走，谓不能行走。扶服（pú fú），爬行，同"匍匐"。舆，车子。曳，拉，牵引。

● 22 · 及人：与人接触。

● 23 · 侧匿：躲藏，避人。愧恐：羞愧恐惧。殊甚：很，到了极点。

● 24 · 他：其他。悉：全部。以故：因为某种缘故。

● 25 · 伥（chàng）伥：无所适从的样子。

● 26 · 相与：互相，共同。出：请出。

● 27 · 盥濯之：为他洗手洗脚。盥（guàn），洗手。濯（zhuó），洗。

● 28 · 执舆：赶车。

● 29 · 前驱：在前引路。

● 30 · 被（pī）：同"披"。

● 31 · 导以其旗：在前头打着法师旗帜。导，前导。

● 32 · 怵惕（chù tì）：恐惧。疾视：顾视迅疾。

● 33 · 引且翼之：指前后左右簇拥着。引，引导其前。翼，两旁护卫。

● 34 · "凡师"句：指共收了好几百人做徒弟。师，教。

● 35 · 馈：赠送。

● 36 · 时：时常。巾帨（shuì）：手巾，手帕。

● 37 · 洋洋也：洋洋得意貌。

● 38 · 举：全，都。逾：越过，违反。

躄浮图有师道，[20] 少而病躄，日愈以剧，居东祠十年，扶服舆曳，[21] 未尝及人，[22] 侧匿愧恐殊甚。[23] 今年，他有师道者悉以故去，[24] 始学者与女释者伥伥无所师，[25] 遂相与出躄浮图以为师，[26] 盥濯之，[27] 扶持之，壮者执舆，[28] 幼者前驱，[29] 被以其衣，[30] 导以其旗，[31] 怵惕疾视，[32] 引且翼之。[33] 躄浮图不得已，凡师数百生。[34] 日馈饮食，[35] 时献巾帨，[36] 洋洋也，[37] 举莫敢逾其制。[38] 中厩病颡之驹，颡之病亦且十年，色玄不厐，³⁹ 无异技，⁴⁰ 硿然大耳。⁴¹ 然以其病，不得齿他马。⁴² 食斥弃异皂，⁴³ 恒少食，⁴⁴ 屏立摈辱，⁴⁵ 掣顿异甚，⁴⁶ 垂首披耳，⁴⁷ 悬涎属地，⁴⁸ 凡厩之马，无肯为伍。会今刺史以御史中丞来莅吾邦，⁴⁹ 屏弃群驷，⁵⁰ 舟以溯江，⁵¹ 将至，无以为乘。厩人咸曰：⁵² '病颡驹大而不厐，可秣饰焉：⁵³ 他马巴、僰庳狭，无可当吾刺史者。'⁵⁴ 于是众牵驹上燥土大庑下，⁵⁵ 荐之席，⁵⁶ 縻之丝，⁵⁷ 浴剔蚤鬋，⁵⁸ 刮恶除

- 39 · 玄：黑色。厐（máng）：杂色。
- 40 · 异技：特别的本领。
- 41 · 硿（kōng）然：阔大的样子。
- 42 · 齿：并列。
- 43 · 食斥弃异皂：喂料时，把它排斥到别的马槽。斥弃，排斥，排挤出去。皂（zào），牲畜的食槽。
- 44 · 恒：经常，总是。
- 45 · 屏立：受排斥独立一旁。摈辱：被排斥受侮辱。
- 46 · 掣（chè）顿：苦顿。
- 47 · 披耳：耷拉着耳朵。
- 48 · 悬涎属地：垂涎。涎（xián），口水。属地，连地，形容很长。
- 49 · 会：适逢。今刺史：指崔能，于元和九年到永州任刺史。御史中丞：掌管监察的中央官职名。唐代地方官多兼中央官衔。此处即指崔能所兼官衔，非实任此职。莅（lì）：到。吾邦：我们这地方，指永州。
- 50 · 群驷（sì）：所有车马。驷，古代四马驾车曰"驷"。
- 51 · 溯：逆流而上。江：此指湘江。
- 52 · 厩人：养马人。
- 53 · 秣：喂。饰：装饰。
- 54 · "他马"二句：意谓其他的马都是来自巴、僰之地的，又矮又小，不配给刺史拉车。巴、僰（bó），地名，古代西南少数民族居住地。庳（bēi），矮。狭，小。
- 55 · "于是"句：于是大家把烂脑门马迁到堂屋下边干燥的地方。庑，堂下周围的廊房。
- 56 · 荐之席：给它垫上草席。荐，陈，铺设。
- 57 · 縻之丝：系上丝制的缰绳。縻（mí），束缚，此指套上。
- 58 · 浴：洗澡。剔：梳篦。蚤：削马蹄。鬋（jiǎn）：剪鬃毛。

洟；[59] 莝以雕胡，[60] 秣以香萁；[61] 错贝鳞缨，[62] 凿金文羁；[63] 络以和铃，[64] 缨以朱绥；[65] 或膏其鬣，[66] 或劘其脽，[67] 御夫尽饰，[68] 然后敢持。[69] 除道履石，[70] 立之水涯；[71] 幢旗前罗，[72] 杠盖后随；[73] 千夫翼卫，[74] 当道上驰；抗首出膺，[75] 震奋遨嬉。[76] 当是时，若有知也，[77] 岂不曰宜乎？"[78]

先生曰："是则然矣，[79] 叟将何以教我？"[80] 鬻老进曰："今先生来吾州亦十年，[81] 足轶疾风，[82] 鼻知膻香，[83] 腹溢儒书，口盈宪

● 59 · 恶：污垢。洟（yí）：鼻涕。

● 60 · 莝（cuò）：铡碎。雕胡：草名，菰，可作饲料。

● 61 · 秣：喂牲口。萁（qí）：豆茎。

● 62 · 错贝：交错排列的珠贝。鳞缨（xiāng）：鱼鳞似的镶嵌到马肚带上。缨，马肚带。

● 63 · 凿金：雕刻花纹的黄金装饰品。文：装饰。羁：马笼头。

● 64 · 络以和铃：把一对铃系在马笼头上。络，系。和铃，古代系在马头或车上的一对铃。

● 65 · 缨：系。绥：上车时拉手所用的绳索。

● 66 · 或：有的人。膏：油脂，此作动词，涂油脂。鬣（liè）：马颈上的毛。

● 67 · 劘（mó）：指刮毛。脽（shuí）：屁股。

● 68 · 御夫：赶车人。尽饰：装扮好了。

● 69 · 持：手拉缰绳，即驾驭马。

● 70 · 除道：扫清道路。履：踩踏。

● 71 · 水涯：水边。

● 72 · 幢旗（chuáng yú）：古代一种旗帜。罗：罗列。

● 73 · 杠盖：古代伞一类的东西。盖，车上的伞。

● 74 · 千夫：武士。翼卫：在两旁护卫。

● 75 · 抗首出膺：昂首挺胸。膺，胸。

● 76 · 震奋：同振奋。遨嬉：遨游嬉戏。

● 77 · 有知：有人的知觉。

● 78 · 宜：应该。

● 79 · 是则然：确实如此。

● 80 · 叟：对老年男子的敬称。何以：以何，用什么。

● 81 · 十年：柳宗元永贞元年（805）贬永州，至元和九年（814），共计十年。

● 82 · 轶：超过。

● 83 · 膻（shān）：羊臊味，此泛指臭味。

章，⁸⁴ 包今统古，进退齐良，⁸⁵ 然而一废不复，⁸⁶ 曾不若蹩足涩额之犹有遭也。⁸⁷ 朽人不识，⁸⁸ 敢以其惑，愿质之先生。"⁸⁹ 先生笑且答曰："叟过矣！彼之病，病乎足与额也；吾之病，病乎德也。又彼之遭，遭其无耳。⁹⁰ 今朝廷泊四方，⁹¹ 豪杰林立，谋猷川行，⁹² 群谈角智，⁹³ 列坐争英，⁹⁴ 披华发辉，⁹⁵ 挥喝雷霆，⁹⁶ 老者育德，⁹⁷ 少者驰声，⁹⁸ 丱角羁贯，⁹⁹ 排厕鳞征，¹⁰⁰ 一位暂缺，¹⁰¹ 百事交并，¹⁰² 骈

● 84 · 盈：满。宪章：典章制度。
● 85 · 进退：行止，行动。齐：看齐，并肩。良：贤良之人。
● 86 · 复：起复，再被任用，返回朝廷。
● 87 · 有遭：走运。
● 88 · 朽人：没用的人，老夏的自谦之辞。不识：不明白。
● 89 · 质：请教。
● 90 · "又彼"二句：他们得到那样的幸运，是因为碰上了缺乏其类的时机。
● 91 · 泊（jì）：及，到。四方：指全国各地。
● 92 · 谋猷川行：计谋如河水一样奔流。猷（yóu），计谋。
● 93 · 群谈：聚在一起高谈阔论。角智：斗智。
● 94 · 争英：竞显才华。
● 95 · 披华：身披文彩。
● 96 · 挥喝雷霆：指挥呼喝的声音如打雷一般。
● 97 · 育德：修养德行。
● 98 · 驰声：追逐声名。
● 99 · 丱（guàn）角：束发成两角。羁贯：古代儿童的发髻。两者皆指未成年人。
● 100 · 排厕鳞征：意谓像鱼一样一排排连贯而来。鳞征，鱼贯而行。
● 101 · 一位：一个官位。
● 102 · 百事交并：无数钻营之事一起发生。

- *103*·骈倚：并排而立。悬足：提起脚跟。谓极力钻营、争夺。
- *104*·曾：仍。得逞：快意。
- *105*·伏：指贬谪。焉：于此。
- *106*·"岂蹩"句：意谓怎敢希望有跛足和尚和病马那样的幸运呢？
- *107*·过：失误。昭昭：明显。
- *108*·无重吾罪：意谓不要这样加重我的罪过。无，不要。重，加重。
- *109*·喜：笑了笑。勉强装作高兴的样子。
- *110*·吁：叹息。
- *111*·谕：明白。
- *112*·旋：转身而去。
- *113*·病：惋惜。

倚悬足，*103* 曾不得逞，*104* 不若是州之乏释师大马也；而吾以德病伏焉，*105* 岂蹩足涎颡之可望哉？*106* 叟之言过昭昭矣，*107* 无重吾罪！"*108* 于是鬣老壮齿，相视以喜，*109* 且吁曰：*110* "谕之矣！"*111* 拱揖而旋，*112* 为先生病焉。*113*

品·评　元和九年（814），柳宗元贬居永州已达十年，仍不见召，自伤无复用，于是作此问答之文以抒幽愤。

文中借鬣老之口，先以酣畅淋漓之笔对废弃已久的"东祠蹩浮图"和"中厩病颡之驹"被起用的过程进行了描述，予以铺垫，然后引出正意：先生贤能美才，为何"一废不复，曾不若蹩足涎颡之犹有遭也"？接着作者正话反说，以自我解嘲之笔，在笑答中一吐满腔激愤：僧病在足，马病在颡，而我病在德。蹩僧

158

与病马有那样的幸运，是因为碰上了缺乏良才的时机。而当今朝廷人才济济，"一位暂缺，百事交并"，我一病德之人，又何敢有被重新起用的希望？最后，作者在问者的领会和惋惜中结束全文。

此文笔触诙谐幽默，却也犀利尖锐，讽刺、抒愤之意十分明显。前一部分对起废"东祠赘浮图"和"中厩病颡之驹"的叙写，实是为后一部分埋伏笔、作参照。在后部分的问答中，作者先借鬓老之口极力赞誉自己的美才，然后又于答文中以"病德"之人自居，反讽之意溢于笔端。而对朝中竞逐官职现象的描写，无疑寄寓了作者对那些极尽钻营、勾心斗角之人的抨击和讽刺。

在艺术上，此文不仅采用了对比手法，将赘僧、病马和作者的遭遇形成鲜明对照，以抒其内心不平和激愤，同时还将寓言讽刺的手法融入其中，形成了此文幽默风趣之中又具有沉郁悲愤的特色。柳宗元在寓言文学的发展过程中，起着重要作用，他不但把先秦诸子散文中依附于说理的寓言发展成独立完整的文学形式，给寓言文学注入了更为深刻的现实内容，使他的寓言成为富有战斗特色的讽刺文学，同时又把寓言的手法融会到其他文体的创作中，极大丰富了寓言的表现领域和美学内涵。此文便是一个很好的例证。

敌戒

● 01·尤：甚，很。
● 02·六国：指战国时与秦争雄的齐、楚、燕、韩、赵、魏六个诸侯国。
● 03·兢兢：小心谨慎。
● 04·诡诡（yí yí）：骄傲自满貌。
● 05·晋败楚鄢：《左转·成公十七年》载，公元前575年，晋国在鄢陵打败楚国。鄢（yān），今河南鄢陵。
● 06·范文为患：指晋国打败楚国后，范文子担心国君骄傲自大。范文，晋国大夫范文子。患，忧患。
● 07·厉：指晋厉公。图：励精图治。
● 08·造怨：生怨。
● 09·"孟孙"四句：典出《左传·襄公二十三年》，据载：鲁国大夫孟孙速憎恶臧孙纥，但孟孙死后，臧孙却很伤心，谓"孟孙憎恨我好比是治病的药石"，"孟孙死了，我大概也活不了多久了"。孟孙，孟孙速。臧，臧孙纥。恤，忧伤。药石，治病的药物和石针等。无日，没有几天。
● 10·"智能"二句：谓有智慧的臧孙明白这个道理，最终还遭遇灾祸。据载，季孙宿喜欢臧孙纥，但臧孙后来因事得罪了季孙，不得不逃出鲁国。智，有智慧，此指臧孙纥。卒，最终。
● 11·矧（shěn）：况且。
● 12·是思：思是，思考这个道理。
● 13·废备：放松戒备。自盈：自满。
● 14·益：更加。愈（yù）：疾病，这里指祸害。

皆知敌之仇，而不知为益之尤；⁰¹皆知敌之害，而不知为利之大。秦有六国，⁰²兢兢以强；⁰³六国既除，诡诡乃亡。⁰⁴晋败楚鄢，⁰⁵范文为患；⁰⁶厉之不图，⁰⁷举国造怨。⁰⁸孟孙恶臧，孟死臧恤；药石去矣，吾亡无日，⁰⁹智能知之，犹卒以危；¹⁰矧今之人，¹¹曾不是思！¹²敌存而惧，敌去而舞，废备自盈，¹³只益为愈。¹⁴

● 15 · 召：引致。

● 16 · 道：德行，见识。播：远播，远扬。

● 17 · "惩病"二句：谓惩治疾病就能长寿，自恃强壮却会暴死。暴，突然。

● 18 · 匪：非，不是。伊：是。耄（mào）：年老，此指糊涂、昏乱。

● 19 · 咎：过失。

敌存灭祸，敌去召过。¹⁵有能知此，道大名播。¹⁶惩病克寿，矜壮死暴。¹⁷纵欲不戒，匪愚伊耄。¹⁸我作戒诗，思者无咎。¹⁹

品·评　这篇文章极富哲理，体现了作者的深刻见识和睿智思想。《唐宋文醇》卷十二云："述孟子'生于忧患，死于安乐'之义，作《敌戒》，明切警悚。"甚是。作者开篇指出世人对"敌"的片面认识：只知其"仇"与"害"，而不知其"益"和"利"的一面，可谓一针见血。接着以历史上的深刻教训为例，进一步阐述"敌存灭祸，敌去召过"的辩证道理；然后过渡到现实社会，批判了那种"敌存而惧，敌去而舞"的错误思想；最后指出"纵欲不戒"的危害，强调了"戒"的重要性及作《敌戒》之文的目的。全篇写来，简练精要，意旨突出而极富逻辑。

此文作于柳宗元被贬期间，作者看到敌人和对立事物的存在，可以引起人们的警戒，促使人们时刻戒备、奋发图强，从而在文中揭示了对立事物之间相反相成的辩证关系，体现出其思想深刻、睿智的一面。同时，从此文的写作动机来看，它又是针对现实有感而发，是一篇针砭时弊之作。元和年间，唐宪宗在即位之初励精图治、力图中兴，于是大力削藩，并取得了一些成绩。但在中兴气象略显之后，便骄横起来，朝廷政治也日益腐败。柳宗元虽身居贬地，但心忧朝局，明识洞察，于是作此文以示警戒。其所说的道理，具有深远的历史意义。

161

种树郭橐驼传

01

注·释

● *01* · 橐（tuó）驼：骆驼，借指背部肉峰耸起如驼峰状的人。

● *02* · 瘘（lòu）：脊背弯曲。

● *03* · 隆然：脊背高起。伏行：俯身弯腰走路。

● *04* · 业：职业。

● *05* · 为观游：从事观赏、游览者。

● *06* · "皆争"句：都争着迎接并雇用他。

● *07* · 硕茂：高大茂盛。早实：早早结果。蕃（fán）：繁多。

● *08* · 窥伺效慕：偷偷查看模仿。

● *09* · 寿：活得久。孳（zī）：繁殖得快。

● *10* · 天：指生长规律。致其性：尽其自然本性。

郭橐驼，不知始何名。病瘘，*02* 隆然伏行，*03* 有类橐驼者，故乡人号之"驼"。驼闻之曰："甚善，名我固当。"因舍其名，亦自谓橐驼云。其乡曰丰乐乡，在长安西。驼业种树，*04* 凡长安豪富人为观游及卖果者，*05* 皆争迎取养。*06* 视驼所种树，或移徙，无不活，且硕茂早实以蕃。*07* 他植者虽窥伺效慕，*08* 莫能如也。有问之，对曰："橐驼非能使木寿且孳也，*09* 能顺木之天，以致其性焉尔。*10* 凡植木之性，其

● 11•"其本"四句：本，树根。培，封土。故，旧。筑，捣土。

● 12•既然已：这样做了以后。

● 13•"其莳"二句：谓栽树时要像培育子女一样精心，栽好后就放在那儿，如抛弃了它一样。莳（shì），移栽、种植。

● 14•"故吾"二句：谓我不过是不妨害它的生长罢了，并不是有本领让它长得高大茂盛。

● 15•"不抑"二句：谓我不过是不抑制损耗它的果实罢了，并非有能力让它的果实结得又早又多。

● 16•根拳：根部拳曲。土易：更换新土。

● 17•过：过了头。不及：培土不够。

● 18•反是者：与此不同的。

● 19•恩：深厚。

● 20•爪其肤：用手指抓破树皮。验其生枯：查看它是活着还是死了。

本欲舒，其培欲平，其土欲故，其筑欲密。[11] 既然已，[12] 勿动勿虑，去不复顾。其莳也若子，其置也若弃，[13] 则其天者全而其性得矣。故吾不害其长而已，非有能硕茂之也；[14] 不抑耗其实而已，非有能早而蕃之也。[15] 他植者则不然，根拳而土易，[16] 其培之也，若不过焉则不及。[17] 苟有能反是者，[18] 则又爱之太恩，[19] 忧之太勤，旦视而暮抚，已去而复顾。甚者爪其肤以验其生枯，[20] 摇其本以观其疏密，

●21・离：丧失。
●22・不我若：不如我。
●23・官理：做官治民。
●24・长（zhǎng）人者：统治民众的人，即为官者。
●25・"若甚"二句：谓好像是很爱护百姓，最终却给他们造成了祸患。
●26・勖（xù）：勉励。
●27・"早缫"四句：谓早些抽好你们的丝，纺好你们的线，养育好你们的子女，喂好你们的鸡和猪。缫（sāo），煮茧抽丝。而，同"尔"，你、你们。绪，丝头。缕，线。字，养育。遂，繁殖，生长。豚（tún），小猪。
●28・击木：敲打木铎。

而木之性日以离矣。²¹虽曰爱之，其实害之；虽曰忧之，其实仇之，故不我若也。²²吾又何能为哉！"

问者曰："以子之道，移之官理可乎？"²³驼曰："我知种树而已，理，非吾业也。然吾居乡，见长人者好烦其令，²⁴若甚怜焉，而卒以祸。²⁵旦暮吏来而呼曰：'官命促尔耕，勖尔植，²⁶督尔获。早缫而绪，早织而缕，字而幼孩，遂而鸡豚。'²⁷鸣鼓而聚之，击木而召之。²⁸吾小人

● 29 • 辍（chuò）：停止。飧（sūn）：晚饭。
饔（yōng）：早饭。劳：慰劳。
● 30 • 病：困苦。怠：疲乏。
● 31 • "若是"二句：如果这样的话，为官
治民与我种树恐怕也有类似之处吧。
● 32 • 养人术：治民的方法。

辍飧饔以劳吏者，[29] 且不得暇，
又何以蕃吾生而安吾性耶？故
病且怠。[30] 若是，则与吾业者其
亦有类乎？"[31]

问者曰："嘻，不亦善夫！吾问
养树，得养人术。"[32] 传其事以
为官戒也。

品·评 柳宗元人物传记的一个显著特点，就是对普通的小人物特别关注，并能从他们
身上发掘出一些不同寻常的品质和优点。如作于前期的《梓人传》《种树郭橐驼
传》和有题无文的《韦道安传》（参见前录《韦道安》诗），作于后期的《宋清
传》《童区寄传》《段太尉逸事状》等，大都如此。这些传主或出身木工，或身
为药商，或是年轻的义士、牧童，或为地方的官吏，一般很少有人注意到他们。
但柳宗元却能以独到的眼光，细致的笔触，将发生在他们身上的一些看似不起
眼的小事一一标举出来，从中总结出关乎世道人心、品格气节的大道理，从而

在娓娓的叙述中，借小观大，在平凡中突出其不平凡的一面。

这篇作于贞元年间的《种树郭橐驼传》，便为我们展示了一个以种树为业者的典型。

文章开篇擒题，交代人物。"橐驼"即俗称罗锅的驼背，因"病瘘，隆然伏行"，所以人称"橐驼"，久而久之，连他的本名都不知道了，只知他姓郭而已。就是这样一个残疾人，却有一手善于种树的本领，经他调理过的树，无不高大繁茂，果实累累，别人即使模仿效法，也比不上他种的树好。因而长安城中那些喜欢观赏游览的富豪人家和卖果人，都纷纷把他接到家中，希望让他为自己种出优良的果树来。这段叙述，简明扼要，而又饶有趣味，将一个驼背的种树高手活灵活现地展示在人们面前。

那么，郭橐驼种树有什么奥秘呢？下文通过人物的对话予以揭示："橐驼非能使木寿且孳也，能顺木之天，以致其性焉尔。"也就是说，并不是我郭橐驼有什么特殊的能耐，而是我能按照树自身的生长规律，尽其自然本性而已。这是全文最重要的一个观点，所以作者在人物对话一开始就提出来，以醒全文之目。接着用实例对这一观点进行具体解说，证明只有如此，才能使"其天者全而其性得矣"。为了说明不这样做的害处，作者又进一步让人物进行反向比较，指出那些"爱之太恩，忧之太勤"的人表面看似关心树，实则是"害之""仇之"，其根本原因即在于他们这种做法使"木之性日以离矣"。在这一段中，作者不惜词费，让同一含义的话语反复出现，三次提到"木之性"，三次提到"非能""非有能""吾又何能"，层层渲染，步步递进，使人力和物之天性的区别通过一再的比照，极为鲜明地显露出来。

文章写到这里，按说可以结束了。但作者却意犹未尽，由此再加引申，通过人物对话，生发出将种树之道移之"官理"的一段绝妙议论。种树要重"木之性"，同理，为官治民也须重视民之性。但这层意思作者没有明确道出，而是借助不重民之性所造成的恶果来揭示，始则曰："长人者好烦其令，若甚怜焉，而卒以祸"；终则曰："吾小人辍飧饔以劳吏者，且不得暇，又何以蕃吾生而安吾性耶？故病且怠。"如此行文，既避免了有可能与上文重复的平面、呆板之弊，又给读者留下了深入思考的余地，从"种树"和"官理"的相似性中去寻找更深层的答案。至此，文末那句"传其事以为官戒也"的话，也就水到渠成、呼之欲出了。

读这篇传记，可以看出柳文善于立意、达意和手法多样的特点。对此，清人朱宗洛有一段很详细的评说："尝谓大家之文，多以意胜，而意又要善达。其所以善达者，非以词纠缠数衍之谓也，盖一意耳。或借粗以明精，如此文养树云云是也；或借彼以证此，如以他植者来陪衬是也；或去浅以取深，如'既然已'，及'苟有能反是者'，与'甚者'云云是也；或反与正相足，如中间'其木欲舒'数句正说，而后又用'非有能'以反缴是也。至一段中或先用虚提，中用申说，后用实缴；或两段中一正一反一逆一顺错间相生；或一篇中前虚后实，前宾后主，前提后应。变化伸缩，则题意自达，不犯纠缠数衍之病矣。处处朴老简峭，在《柳集》中应推为第一。"（《古文一隅》卷中）可谓道出了文中精妙。

捕蛇者说

01

注·释

● *01*· 说：古代的一种文体，多就某一事理加以申说立论。本文以记事为主，篇末稍加议论，是为变体。作于谪居永州期间。

● *02*·"黑质"句：谓蛇通体黑色，上有白色花纹。质，质地、底色。章，花纹。

● *03*· 啮（niè）：咬。御：防御，抵挡。

● *04*· 腊（xī）：风干。饵：药饵。

● *05*·"可以"三句：谓蛇所作药饵的功效。已，止、治愈。大风，麻风病。挛踠（luán wǎn），抽搐、痉挛。瘘（lòu），脖子肿大。疬，恶疮。死肌，坏死的肌肉。三虫，道家所说居于人体内致人疾病的三尸虫。

● *06*· 太医：皇家的医官。王命：朝廷的命令。聚：征集。

● *07*· 岁赋其二：每年征收两条。

● *08*· 当：抵。租入：租税。

● *09*· 争奔走：争着奔走应募。

● *10*· 专：独占。利：利益，好处。三世：三代。

● *11*· 死于是：死在捕毒蛇这件事上。嗣：继承。几：几乎。数（shuò）：多次。

● *12*· 戚：悲伤。

永州之野产异蛇，黑质而白章，*02* 触草木，尽死；以啮人，无御之者。*03* 然得而腊之以为饵，*04* 可以已大风、挛踠、瘘、疬，去死肌，杀三虫。*05* 其始，太医以王命聚之，*06* 岁赋其二，*07* 募有能捕之者，当其租入。*08* 永之人争奔走焉。*09*

有蒋氏者，专其利三世矣。*10* 问之，则曰："吾祖死于是，吾父死于是，今吾嗣为之十二年，几死者数矣。"*11* 言之，貌若甚戚者。*12* 余悲之，且曰："若毒之乎？¹³ 余将告于莅事者，¹⁴ 更若役，复若赋，¹⁵ 则何如？" 蒋氏大戚，汪然出涕曰："君将哀而生之乎？¹⁶ 则吾斯役之不幸，未若复吾赋不幸之甚也。¹⁷ 向吾不为斯役，则久已病矣。¹⁸ 自吾氏三世居是乡，积于今六十岁矣，¹⁹ 而乡邻之生日蹙。²⁰ 殚其地之出，竭其庐之入，²¹ 号呼而转徙，饥渴而顿踣，²² 触风雨，犯寒暑，呼嘘毒疠，往往而死者相藉也。²³ 曩与吾祖居者，²⁴ 今其室十无一焉；与

- 13 · 若：你。毒之：怨恨这件差事。
- 14 · 莅（lì）事者：管事的人，指地方官。
- 15 · "更若"二句：更换你的差役，恢复你的赋税。
- 16 · 生之：使之生，使之活下去。
- 17 · "则吾"二句：意谓我这件差事的不幸，远远比不上恢复我的赋税所造成的不幸。
- 18 · 向：以前。病：困苦。
- 19 · 积于今：累积到现在。六十岁：六十年。
- 20 · 生：生活。日蹙（cù）：一天比一天窘迫。
- 21 · 殚（dān）、竭：都是尽的意思。出：出产，指生产的东西。庐：房屋，指家。入：收入。
- 22 · 转徙：辗转迁徙。顿踣（bó）：困顿僵仆。
- 23 · 呼嘘毒疠（lì）：呼吸毒气。疠，南方潮湿地带因瘴气而导致的疫病，这里指疫病污染的空气。相藉（jiè）：相互堆积、枕压。藉，垫、衬。
- 24 · 曩（nǎng）：从前。

●25·"非死"句：不是死了就是搬走了。
而，则。

●26·悍吏：凶暴强横的官吏。

●27·"叫嚣"二句：谓他们到处高声叫骂、
骚扰破坏。隳（huī），毁坏。突，冲撞。

●28·哗然：喧闹吵嚷的声音。骇：惊。
虽：纵然。宁：安宁。

●29·恂恂（xún）：小心翼翼的样子。

●30·缶（fǒu）：瓦罐。

●31·弛然：放松貌。

●32·谨：小心。食（sì）：同"饲"，喂
养。时：指规定的时间。

●33·甘食：有滋有味地吃。其土之有：
指自己地里生产的东西。齿：年龄，寿命。

●34·盖：大概，总之。犯死者：冒着死
亡危险的事。

●35·熙熙：快乐无忧貌。旦旦：天天。
是：指受赋税压迫所受到的惊吓和死亡威胁。

吾父居者，今其室十无二三焉；
与吾居十二年者，今其室十无
四五焉，非死而徙尔。²⁵而吾
以捕蛇独存。悍吏之来吾乡，²⁶
叫嚣乎东西，隳突乎南北，²⁷哗
然而骇者，虽鸡狗不得宁焉。²⁸
吾恂恂而起，²⁹视其缶，³⁰而吾
蛇尚存，则弛然而卧。³¹谨食
之，时而献焉。³²退而甘食其土
之有，以尽吾齿。³³盖一岁之犯
死者二焉，³⁴其余则熙熙而乐，
岂若吾乡邻之旦旦有是哉！³⁵
今虽死乎此，比吾乡邻之死则

● *36* • 安敢毒耶：哪里敢怨恨呢？

● *37* • "苛政"句：谓暴政比老虎还凶猛。
语出《礼记·檀弓》。

● *38* • 尝疑乎是：曾对此有过怀疑。尝，
曾经。是，指"苛政猛于虎"这句话。

● *39* • "今以"二句：现在从蒋氏的遭遇来
看，还是可信的。

● *40* • 孰：谁。有甚是蛇者：有超过这毒
蛇的。甚，超过。

● *41* • 俟（sì）：等待。观人风者：考察民
情的人。

已后矣，又安敢毒耶？" *36*

余闻而愈悲。孔子曰："苛政猛
于虎也。" *37* 吾尝疑乎是， *38* 今
以蒋氏观之，犹信。 *39* 呜呼！孰
知赋敛之毒，有甚是蛇者乎！ *40*
故为之说，以俟夫观人风者
得焉。 *41*

品·评 这是一篇颇负盛名的佳作，从其构思、立意来看，直接受到《礼记·檀弓》所
记孔子言论的影响。《檀弓》篇载："孔子过泰山侧，有妇人哭于墓者而哀。夫
子式而听之，使子路问之曰：'子之哭也，壹似重有忧者。'而曰：'然。昔者吾
舅死于虎，吾夫又死焉。今吾子又死焉。'夫子曰：'何为不去也？'曰：'无苛
政。'夫子曰：'小子识之，苛政猛于虎也。'"柳宗元取其"苛政猛于虎"之意，
根据自己谪居永州期间的深入观察和生活体验，塑造了一位在赋敛重压下艰难

生存的捕蛇者的形象。

毒蛇与赋敛及其关联是全篇的核心，而"毒"字则是贯穿上下的眼目。文章入笔擒题，写永州之野的异蛇之毒："触草木，尽死；以啮人，无御之者。"毒性如此剧烈的蛇本应是人见人畏，躲得远远的才是；但因其具有极高的药用价值，朝廷下令征集，并用以抵交租税，于是永州之人竟然不顾构毒，争先恐后地奔走应募。这是全文的序曲，已埋下了赋敛之毒甚过毒蛇的引线，下文便集中笔墨，全力描写捕蛇专业户蒋氏一家的悲惨遭遇。蒋氏祖孙三代以捕蛇为生，其祖、其父均死于毒蛇，他本人捕蛇十二年，也有几次险遭不幸，因而言谈之间"貌若甚戚者"。但当作者建议更换他捕蛇的差役、恢复他的赋税时，蒋氏却"大戚"，继之以"汪然出涕"，并说出"则吾斯役之不幸，未若复吾赋不幸之甚也"的话。这是点题之笔，借人物之口，将前文埋下的赋敛之毒甚过毒蛇的引线正式挑明，同时，也为下文写赋敛之毒作了张本。在蒋氏看来，赋敛之所以甚于捕蛇之毒，就在于捕蛇虽极危险，但一年只有两次，还可有幸活下来，而赋敛则需"殚其地之出，竭其庐之入"，被悍吏严加催逼，叫嚣斥骂，且"旦旦有是"，直至号呼转徙、家破人亡。正因为如此，所以，"曩与吾祖居者，今其室十无一焉；与吾父居者，今其室十无二三焉；与吾居十二年者，今其室十无四五焉，非死而徙尔。而吾以捕蛇独存"。一死一生，一徙一留，两相比照，赋敛与捕蛇哪个更毒便一目了然，而在蒋氏"今虽死乎此，比吾乡邻之死则已后矣，又安敢毒耶"的貌似庆幸的话语中，不仅进一步强化了赋敛之毒给人带来的恐惧，而且深层次地展示了捕蛇人内心的酸楚。文章至此，经过抑扬起伏，婉转斡旋，反复腾挪，层层推进，其势已蓄足，于是文末借孔子语引出"孰知赋敛之毒，有甚是蛇者乎"的话，便水到渠成、入木三分了。

对本篇的创作特点和创作背景，前人曾发表过很有价值的看法，今录二则以供参考：

只就"苛政猛于虎"一语，发出一篇妙文。中间写悍吏之催科，赋役之烦扰，十室九空，一字十泪，中谷哀鸣，莫尽其惨。然都就蒋氏口中说出，子厚只代述得一遍。以叙事起，入蒋氏语，出一"悲"字，后以"闻而愈悲"自相叫应。结乃明言著说之旨。一片悯时深思，忧民至意，拂拂从纸上浮出，莫作小文字观。（孙琮《山晓阁选唐大家柳柳州全集》卷四）

按《唐史》，元和年间，李吉甫撰国计簿，上之宪宗。除藩镇诸道外，税户比天宝四分减三；天下兵仰给者，比天宝三分增一。大率二户资一兵，其水旱所伤，非时调发，不在此数。是民间之重敛难堪可见。而子厚之谪永州，正当其时也。此篇借题发挥，总言赋敛之害，民穷而徙，徙而死，渐归于尽。凄咽之音，不忍多读。其言三世六十岁者，盖自元和追计六十年以前，乃天宝六、七年间，正当盛时，催科无扰。嗣安史乱后，历肃、代、德、顺四宗，皆在六十年之内，其下语俱有斟酌，然是奇文。（林云铭《古文析义》卷十三）

段太尉逸事状 01

太尉始为泾州刺史时，[02]汾阳王以副元帅居蒲，[03]王子晞为尚书，[04]领行营节度使，[05]寓军邠州，[06]纵士卒无赖。[07]邠人偷嗜暴恶者，[08]卒以货窜名军伍中，[09]则肆志，[10]吏不得问。日群行丐取于市，[11]不嗛，[12]辄奋击折人手足，[13]椎釜鬲瓮盎盈

注·释

- 01·段太尉：段秀实，字成公。曾任泾原节度使、司农卿等职。建中三年（782），因反对叛将朱泚谋反而遇害。死后，唐德宗追赠他为太尉。太尉：辅佐皇帝实行统治的最高武官，但一般为加官，无实权。逸事：不见于正史记载的事迹。状：即行状，文体名，主要记述死者身世事迹。古代禁止民间修史，史书所载的人物传记，只有史官才可以写，柳宗元没有做过史官，不能作传，但可写状。文作于元和九年（814）。
- 02·泾州：地名，今甘肃泾川北。刺史：唐代州级的行政长官。唐代宗广德二年（764），段秀实官任泾州刺史。
- 03·汾阳王：指中唐名将郭子仪，因平定安史之乱，以军功进封汾阳王。唐代宗广德二年（764），被任命为关内河东副元帅、河中节度使，驻扎蒲州。蒲：即蒲州，唐代河东道河中府的府治，今山西永济。
- 04·王子晞（xī）：郭子仪的儿子郭晞。尚书：官名，唐代六部首要官员。广德二年（764），吐蕃内侵，朝廷任郭晞为御史中丞，率朔方军援邠州，打败吐蕃军。代宗大历十二年（777），方加检校工部尚书。此处云"为尚书"，恐误。
- 05·行营节度使：朝廷直辖军队驻防外地时的统兵将领。
- 06·寓军：驻军。邠州：今陕西彬州。
- 07·纵：放纵。
- 08·偷：机诈。嗜：贪婪。暴：凶残。恶：邪恶。
- 09·货：财货，此指贿赂。窜名军伍：混入军队名册。
- 10·肆志：为所欲为。
- 11·丐取：强行索取。
- 12·嗛（qiè）：同"慊"，满足，快意。
- 13·辄：就，便。

道上，¹⁴袒臂徐去，至撞杀孕
妇人。邠宁节度使白孝德以王
故，¹⁵戚不敢言。¹⁶

太尉自州以状白府，¹⁷愿计事，¹⁸
至则曰："天子以生人付公理，¹⁹
公见人被暴害，因恬然，²⁰且
大乱，²¹若何？"孝德曰："愿
奉教。"太尉曰："某为泾州甚
适，²²少事，今不忍人无寇暴
死，²³以乱天子边事。公诚以都
虞候命某者，²⁴能为公已乱，²⁵使
公之人不得害。"孝德曰："幸
甚！"如太尉请。既署一月，²⁶

- 14·椎：捶击的工具，此作动词，捶击、
  敲破。釜：锅。鬲（lì）：三足的锅。瓮：
  盛水或酒的容器。盎：瓦盆。盈道上：满
  地都是。
- 15·白孝德：唐名将李光弼部下军官，
  时任邠宁节度使。王：指汾阳王郭子仪。
- 16·戚：忧愁。
- 17·州：泾州。状：官府文书。白：禀
  告。府：邠宁节度使官府。
- 18·计事：商议此事。
- 19·生人：生民，百姓。唐时因避太宗李
  世民的名讳，一般把"民"改作"人"。付：
  交付，托付。公：指白孝德。理：治理。
- 20·因：仍然，依旧。恬然：安然自得。
- 21·且：将要。
- 22·某：我，即段秀实。适：闲适。
- 23·寇：侵扰中原的外敌，当时主要指
  吐蕃。
- 24·都虞候：官职名，军中的执法官，
  惩治不法之人和事。
- 25·已：止，停止。
- 26·署：署理，暂时代理某官职。此指
  代理都虞候。

173

●27•取：指强行索取。
●28•列卒：布置士卒。取：捉拿。
●29•注：悬挂。槊（shuò）：古代兵器，长矛。
●30•植：树立。
●31•大噪：大声吵闹，骚动。
●32•尽甲：指全副武装，兵甲以待。甲，此处作动词。
●33•辞：作动词，解释。
●34•躄（bì）：跛脚。持马：牵马缰绳。
●35•谕：晓谕，开导。
●36•尚书：指郭晞。固：岂，难道。负：辜负。若属：你们。

晞军士十七人入市取酒，[27] 又以刃刺酒翁，坏酿器，酒流沟中。太尉列卒取十七人，[28] 皆断头注槊上，[29] 植市门外。[30] 晞一营大噪，[31] 尽甲。[32] 孝德震恐，召太尉曰："将奈何？"太尉曰："无伤也，请辞于军。"[33] 孝德使数十人从太尉，太尉尽辞去，解佩刀，选老躄者一人持马，[34] 至晞门下，甲者出，太尉笑且入曰："杀一老卒，何甲也？吾戴吾头来矣。"甲者愕。因谕曰：[35] "尚书固负若属耶？[36]

副元帅固负若属耶？奈何欲以乱败郭氏？为白尚书，³⁷出听我言。"晞出，见太尉。太尉曰："副元帅勋塞天地，当务始终。今尚书恣卒为暴，³⁸暴且乱，³⁹乱天子边，欲谁归罪？罪且及副元帅。今邠人恶子弟以货窜名军籍中，杀害人，如是不止，几日不大乱？大乱由尚书出，人皆曰尚书倚副元帅不戢士，⁴⁰然则郭氏功名其与存者几何？"⁴¹言未毕，晞再拜曰："公幸教晞以道，恩甚大，愿

●42·火：同"伙"。伙伍，唐代兵制，十
人为伙，五人为伍。
●43·晡（bū）食：吃晚饭。晡，申时，
等于现在下午三时至五时。
●44·假：借，这是客气的说法。设：设
置，安排。草具：简单的饭食。
●45·旦日：明日。
●46·柝（tuò）：旧时巡夜的人用以报更的
木梆。
●47·谢：致歉。
●48·先是：在此之前。
●49·营田官：掌管屯垦的营田副使。唐
代兵制，驻军万人以上置营田副使一人。
段秀实做泾州刺史前曾任营田副使。
●50·焦令谌：人名，为大将，生平不详。
取：强取。人田：民田。

奉军以从。"顾叱左右曰："皆
解甲，散还火伍中，⁴²敢哗者
死！"太尉曰："吾未晡食，⁴³
请假设草具。"⁴⁴既食，曰："吾
疾作，愿留宿门下。"命持马者
去，旦日来。⁴⁵遂卧军中。晞
不解衣，戒候卒击柝卫太尉。⁴⁶
旦，俱至孝德所，谢不能，⁴⁷请
改过。邠州由是无祸。

先是太尉在泾州，⁴⁸为营田官。⁴⁹
泾大将焦令谌取人田，⁵⁰自占
数十顷，给与农，曰："且熟，
归我半。"是岁大旱，野无草，

- 51·入数：收入粮食的数量。
- 52·判状：断案的文书。巽（xùn）：谦逊，谦恭。
- 53·求：请求。谕：劝谕。
- 54·舆（yú）：抬。
- 55·乃我困汝：是我让你受了苦。
- 56·裂裳：撕破衣裳。衣（yì）：作动词用，包扎。
- 57·手：亲手。注：敷上。善药：好药。
- 58·自：亲自。哺：喂食。
- 59·市谷代偿：买谷子替农民缴租。
- 60·淮西：今河南许昌、信阳一带。尹少荣：统帅的名字。

农以告谌。谌曰："我知入数而已，[51] 不知旱也。"督责益急。且饥死，无以偿，即告太尉。太尉判状辞甚巽，[52] 使人求谕谌。[53] 谌盛怒，召农者曰："我畏段某耶？何敢言我！"取判铺背上，以大杖击二十，垂死，舆来庭中。[54] 太尉大泣曰："乃我困汝。"[55] 即自取水洗去血，裂裳衣疮，[56] 手注善药，[57] 旦夕自哺农者，[58] 然后食。取骑马卖，市谷代偿，[59] 使勿知。淮西寓军帅尹少荣，[60] 刚直士也，

● 61 • 赭（zhě）：赤色。此指土地干旱严
重，草木不生，现出赤土。
● 62 • 傲天灾：对天灾不以为然。傲，
傲视。
● 63 • 主人：指段秀实。当时段秀实是泾
州的地方官，焦令谌、尹少荣都是寓军的
将领，彼此间应是主与客的关系，故称
"主人"。
● 64 • 视天地：见天地，指活在人世间。
● 65 • 恨：悔恨。
● 66 • 以司农征：以司农卿的官职被召入
京。司农，司农卿，主管粮食储备和供应
的官员。征，召。唐德宗建中元年（780），
段秀实自泾原节度使召入京城，任司农卿。

入见谌，大骂曰："汝诚人耶？
泾州野如赭，[61] 人且饥死，而必
得谷，又用大杖击无罪者。段
公，仁信大人也，而汝不知敬。
今段公唯一马，贱卖市谷入汝，
汝又取不耻。凡为人，傲天灾、[62]
犯大人、击无罪者，又取仁者
谷，使主人出无马，[63] 汝将何
以视天地，[64] 尚不愧奴隶耶？"
谌虽暴抗，然闻言则大愧流汗，
不能食，曰："吾终不可以见段
公。"一夕自恨死。[65]

及太尉自泾州以司农征，[66] 戒其

族："过岐，⁶⁷ 朱泚幸致货币，⁶⁸
慎勿纳。"及过，泚固致大绫
三百匹，⁶⁹ 太尉婿韦晤坚拒，不
得命。⁷⁰ 至都，太尉怒曰："果
不用吾言！"晤谢曰：⁷¹ "处贱，
无以拒也。"太尉曰："然终不以
在吾第。"⁷² 以如司农治事堂，⁷³
栖之梁木上。⁷⁴ 泚反，太尉终，⁷⁵
吏以告泚，泚取视，其故封识
具存。⁷⁶

太尉逸事如右。

元和九年月日，永州司马员外
置同正员柳宗元谨上史馆。今

● 67·岐：岐州，今陕西岐山。
● 68·朱泚：唐朝叛将。曾任陇右节度使。
建中三年（782），其弟朱滔反唐，乃免其
陇右节度使职务，以太尉衔闲居长安。四
年（783），泾原兵变，德宗出奔奉天，他
趁机发动叛乱，自立为帝。后被唐朝名将
李晟击败，为部将所杀。段秀实调任司
农卿时，朱泚正任陇右节度使，驻岐州。
幸：如果，万一。致：赠送。
● 69·固：坚持。大绫：丝织品。
● 70·不得命：得不到允许，意即推辞不掉。
● 71·谢：谢罪。
● 72·不以：不能。第：宅第，房屋。
● 73·如：送往。治事堂：办理公事的大厅。
● 74·栖：安放。
● 75·终：死。朱泚反叛后，逼迫段秀实
做伪官。段秀实在议事时痛骂朱泚，并用
笏板击其额部，遂被杀害。
● 76·故：原来。封识：包装标记。

之称太尉大节者出入，[77] 以为武人一时奋不虑死，以取名天下，不知太尉之所立如是。[78] 宗元尝出入岐、周、邠、鄗间，[79] 过真定，[80] 北上马岭，[81] 历亭鄣堡戍。[82] 窃好问老校退卒，能言其事。太尉为人姁姁，[83] 常低首拱手行步，言气卑弱，[84] 未尝以色待物，人视之，儒者也。遇不可，必达其志，[85] 决非偶然者。会州刺史崔公来，[86] 言信行直，备得太尉遗事，覆校无疑。或恐尚逸坠，未集太史氏，[87] 敢以状私于执事。[88] 谨状。

这篇状为太尉段秀实立传而作，具有重要的史料价值。文虽定稿于唐宪宗元和九年（814），但材料的搜集远早于此。贞元九年至十一年（793—795），柳宗元居父丧期间，曾到邠州去看望在邠宁节度使任度支营田副使的叔父柳缜，从当地"老校退卒"口中了解到了太尉段秀实的一些逸事，印象极为深刻。后来作者被贬永州，而友人韩愈在朝中任国史馆修撰，于是就将获得的材料整理成文，寄与韩愈，希望能为段秀实立传提供材料。柳宗元集中有《与史官韩愈致段太尉逸事书》。后来宋代欧阳修、宋祁在编修《新唐书·段秀实传》时，也采用了本文所写的材料。

同时，本文也是传记文学中的一幅佳品。虽只是逸事状，而非完整的人物传记，但作者通过选取典型事例，予以浓墨重彩地刻画，段太尉的形象已是栩栩如生。文中共写了三件事，因是为人物立传提供材料和依据，所以每件事皆有头有尾，事件起因、经过、结局都交代得一清二楚，可见作者行状态度之严谨、周密。第一件逸事写郭晞部下为非作歹，抢掠百姓，段太尉严惩不法，为民除暴；第二件逸事写大将焦令谌霸占农田，毒打农夫，太尉代农还债，体恤民艰。第三件逸事写太尉拒收朱泚赠礼，清正廉洁。这三件事，分别从勇、仁、廉三个方面揭示了段太尉的精神风貌，并与白孝德之怯、焦令谌之暴、朱泚之奸形成鲜明对比，从而使段太尉内刚正而外平和的个性特征和人物形象得以充分展现。用清人沈德潜的话说，就是："凡逸事三，一写其刚正，一写其慈惠，一写其清节，段段如生。"（《唐宋八家文钞》卷九）而在这三件事中，作者又有明显侧重。从事件发生的时间顺序来看，平定兵乱、除暴安良一事本在代民还债之后，但作者不仅将之提至最前，以先声夺人，还用了将近文章一半的篇幅，淋漓尽致地表现了段秀实为民除害当仁不让、临危不惧、大义凛然等刚正品格，堪称此文最精彩的一部分。

段太尉的形象之所以逼真传神，与作者在文中大量采用人物对话和场面描写有关。对话是活脱脱的人物语言，直接出自被写人物之口，远比叙述性语言生动真实。文中的对话皆与人物心理、性格、身份及具体环境贴切吻合，一语既出，形神兼备。如："太尉笑且入曰：'杀一老卒，何甲也？吾戴吾头来矣。'"又如："谌盛怒，召农者曰：'我畏段某耶？何敢言我！'"再如："（淮西寓军帅尹少荣）入见谌，大骂曰：'汝诚人耶？泾州野如赭，人且饥死，而必得谷，又用大杖击无罪者。段公，仁信大人也，而汝不知敬。今段公唯一马，贱卖市谷入汝，汝又取不耻。凡为人，傲天灾、犯大人、击无罪者，又取仁者谷，使主人出无马，汝将何以视天地，尚不愧奴隶耶？'"无需作任何评论，段秀实的豪迈胆识、焦令谌的骄横傲慢、尹少荣的刚直敢言都已跃然纸上。作者还善于在相关场面、情节中集动作、语言、环境等于一体，营造立体感和真实感。其中写段秀实独闯军营，置身怵悍，以勇慑众的场面最为引人瞩目，诚如蔡世远所评："段公忠义明决，叙得懔懔有生气。文笔酷似子长，欧苏亦未易得此古峭也。"（《古文雅正评语》卷九）

柳宗元在《与史官韩愈致段太尉逸事书中》，曾说到此文有两个特点：一是事实确凿，"自以为信且著"；二是努力刻画人物，自信"比画工传容貌尚差胜"。正好指出了此状的史学和文学价值。

童区寄传

01

柳先生曰：越人少恩，生男女必货视之。*02* 自毁齿以上，*03* 父兄鬻卖，以觊其利。*04* 不足，则盗取他室，束缚钳梏之。*05* 至有须鬣者，力不胜，皆屈为僮。*06* 当道相贼杀以为俗。*07* 幸得壮大，则缚取幺弱者。*08* 汉官因以为己利，苟得僮，恣所为不问，*09* 以是越中户口滋耗。*10* 少得自脱，*11* 惟童区寄以十一岁胜，斯亦奇矣。桂部从事杜周士为余言之。*12*

童寄者，柳州莞牧儿也。*13* 行牧

●15·布囊其口：用布堵住其口。囊，口袋，这里意为蒙住。

●16·逾：超过。虚所：即墟所，乡间集市。

●17·伪儿啼：假装小孩因害怕啼哭。恐栗（lì）：惊恐战栗。恒状：常态。

●18·易之：轻视、不以为意。

●19·为市：做买卖。

●20·植刃道上：把刀插在路上。

●21·"童微"四句：谓区寄悄悄地等他睡下，将捆绑自己的绳靠在刀刃上，用力地上下摩擦，割断了绳子。

●22·遽（jù）曰：急忙说。

●23·为两郎僮：做两个人的奴仆。孰若：何如，哪里比得上。为一郎僮：做一个人的奴仆。郎，旧时仆人对主人的称呼。

●24·彼：指被杀的强盗。不我恩：即不恩我，对我不好。

●25·"郎诚见完"二句：谓你若真能不杀我并好好待我，（那么）让我做什么都行。见完，保全（我的性命）。

●26·良久计：长时间考虑。

且莞，二豪贼劫持反接，¹⁴布囊其口，¹⁵去逾四十里之虚所卖之。¹⁶寄伪儿啼，恐栗为儿恒状。¹⁷贼易之，¹⁸对饮酒醉。一人去为市，¹⁹一人卧，植刃道上。²⁰童微伺其睡，以缚背刃，力下上，得绝，²¹因取刃杀之。逃未及远，市者还，得童大骇。将杀童，遽曰：²²"为两郎僮，孰若为一郎僮耶？²³彼不我恩也。²⁴郎诚见完与恩，无所不可。"²⁵市者良久计曰：²⁶"与其杀是童，孰若卖之；与其卖

而分，孰若吾得专焉。²⁷幸而
杀彼，甚善。"即藏其尸，持童
抵主人所，愈束缚牢甚。夜半，
童自转，以缚即炉火烧绝之，²⁸
虽疮手勿惮，²⁹复取刃杀市者。
因大号，一虚皆惊。童曰："我
区氏儿也，不当为僮。贼二人
得我，我幸皆杀之矣，愿以闻
于官。"³⁰

虚吏白州，³¹州白大府，³²大府
召视，儿幼愿耳。³³刺史颜证
奇之，³⁴留为小吏，不肯。与衣
裳，吏护还之乡。³⁵乡之行劫缚
者，侧目莫敢过其门。³⁶皆曰：
"是儿少秦武阳二岁，³⁷而计杀
二豪，³⁸岂可近耶！"

● 27 • 卖而分：卖掉后两人平分。吾得专：
我一个人独占。
● 28 • 以缚即炉火：将捆绑自己的绳索靠
近炉火。即，就，靠近。
● 29 • 虽：纵然。疮手：烧伤手。惮：怕。
● 30 • 愿以闻于官：希望将这件事报告官府。
● 31 • 虚吏：管集市的官吏。白：禀告。
州：指柳州的长官。
● 32 • 大府：指桂州观察使府的长官。
● 33 • 幼愿：年幼老实。愿，质朴、老实。
● 34 • 颜证：贞元二十年（804）任桂州刺
史、桂管经略使。
● 35 • 护还之乡：护送他还乡。
● 36 • 行劫缚者：从事抢劫绑架勾当的人。
侧目：不敢正视，形容畏惧。
● 37 • 少：小于。秦武阳：战国时燕国的
武士，据说他十三岁就杀过人。
● 38 • 计杀：一作"讨杀"。

这是一篇充满传奇色彩而近乎小说的人物传记。文字的简洁精练，描写的声情并茂，叙事的严整有序，都曾得到前人的一致称赏，孙琮更全力推崇，认为其"事奇，人奇，文奇。叙来简老明快，在柳州集中，又是一种笔墨。即语史法，得龙门之神。班、范以下，都以文字掩其风骨，推而上之，其《左》《国》之间乎？"(《山晓阁选唐大家柳州全集》卷四)

全文大致可分三个部分，第一部分交代背景，点明越人贪图财利、鬻卖儿女以及盗贼横行、劫掠幼弱的恶俗，在指出凡被劫卖就很少有人能够逃脱的基础上，将少年区寄以十一岁之龄竟能挣脱魔掌的"奇"事郑重拈出，造成悬念，为下文全力写区寄作了既简洁又全面的铺垫。

第二部分为全文的中心，写区寄被二豪贼劫持后与之斗智斗勇终于脱险的过程，情节环环相扣，场面紧张激烈，令人惊心动魄，目不暇接。区寄只是一个砍柴放牛的童子，并无伟岸的身躯和过人的本领，但他能临危不乱，急中生智，巧妙地周旋于两大敌手之间。当二豪贼将其反绑起来，又用布堵住其口，带到四十里之外的集市贩卖时，他假装恐惧以麻痹对方，乘对方"酒醉。一人去为市，一人卧"之机，"以缚背刃，力下上，得绝，因取刃杀之"。当他逃跑不远而被另一贼抓住面临死亡时，又能非常快地想出对策："为两郎僮，孰若为一郎僮耶？彼不我恩也。郎诚见完与恩，无所不可。"这段话先是站在对方角度为之着想，用利益来打动他；继而装乖卖巧，以百依百顺的态度来蒙骗他。虽然这番话使对方又一次中计，但此贼并不笨，他先是"良久计"，反复权衡利弊，接着"愈束缚牢甚"，以防区寄再度脱逃。然而，区寄面对益发加大了的脱逃难度，仍能忍着将手烫伤的疼痛，在火上将绳索烧断，并拿起刀将熟睡之贼杀掉，然后"大号"叫人，以求验明正身。在这段有声有色、紧锣密鼓的反复较量中，区寄表现出了过人之智和过人之勇，无智无以脱身，无勇无以杀贼，惟其智勇兼备，胆气双全，斯所以为少年英雄。

第三部分为全文尾声，写官府"奇之"和区寄返乡后的影响，用乡间盗贼"侧目莫敢过其门"和所说话语作结，为区寄颇上添毫，从反面补足了完满的一笔。这篇传记是柳宗元作于柳州的最佳叙事文字，全文不枝不蔓，笔笔精到，实已达炉火纯青之境。沈德潜评说此文道："此即事传事，与《梓人》《宋清》《郭橐驼》诸传别有寄托者异也。简老明快，字字飞鸣，词令亦复工妙。假令其持地图藏匕首上殿，必不至变色失步，同秦武阳之怯矣，我爱之畏之。"(《唐宋八家文读本》卷九)可谓具眼之论。

读韩愈所著《毛颖传》后题 01

自吾居夷，02 不与中州人通书。03 有来南者，时言韩愈为《毛颖传》，不能举其辞，而独大笑以为怪，而吾久不克见。04 杨子诲之来，05 始持其书，索而读之，若捕龙蛇，搏虎豹，急与之角而力不敢暇，06 信韩子之怪于文也。世之模拟窜窃，取青媲白，肥皮厚肉，柔筋脆骨，07 而以为辞者之读之也，其大笑固宜。08 且世人笑之也，不以其俳乎？09 而俳又非圣人之所弃者。《诗》曰："善戏谑兮，不为虐兮。" 10 《太史公书》有《滑稽列传》，11

注·释

● 01·《毛颖传》：韩愈所作的一篇带有寓言性质的传奇文。毛颖，即毛笔。元和四年（809）七月，柳宗元的岳父杨凭自京兆尹贬临贺（今广西贺州）尉，杨凭之子、柳宗元的内弟杨诲之去临贺探亲，途经永州，顺道给柳宗元带来了韩愈所作《毛颖传》。柳宗元"甚奇其书，恐世人非之"，因此于元和五年（810）十一月写下这篇题记。

● 02·居夷：谓谪居永州。

● 03·中州：中原。

● 04·克：能。

● 05·杨子诲之：即杨诲之，杨凭之子。

● 06·"若捕"三句：写作者读《毛颖传》的感受。搏，击。角，角逐、较量。暇，空闲。

● 07·"取青"三句：形容当世流行文章之对偶设色、内容空虚、柔弱无力。媲（pì），配。

● 08·宜：应该。

● 09·俳（pái）：滑稽，幽默。

● 10·"善戏"二句：出自《诗经·卫风·淇奥》，意谓：言谈中话语诙谐、风趣，而不失大体。戏谑，开玩笑。虐，过分。

● 11·《太史公书》：即司马迁所著《史记》。《太史公自序》云："不流世俗，不争势利，上下无所隐滞，人莫之害，以道之用，作《滑稽列传》。"

皆取乎有益于世者也。故学者终日讨说答问，呻吟习复，[12] 应对进退，掬溜播洒，[13] 则罢惫而废乱，[14] 故有"息焉游焉"之说。[15] 不学操缦，不能安弦。[16] 有所拘者，[17] 有所纵也。[18] 大羹玄酒，[19] 体节之荐，[20] 味之至者。而又设以奇异小虫、水草、楂梨、[21] 橘柚，苦咸酸辛，虽蜇吻裂鼻，[22] 缩舌涩齿，而咸有笃好之者。文王之昌蒲菹，[23] 屈到之芰，[24] 曾皙之羊枣，[25] 然后尽天下之奇味以足于口。独文异乎？韩子之为也，亦将弛焉

●12·呻吟习复：诵读研习。

●13·掬溜播洒：当为唐人习语，其意待考。

●14·罢（pí）：同"疲"。

●15·息焉游焉：谓学习勤勉之余还宜休息、娱乐，劳逸结合。《礼记·学记》："故君子之于学也，藏焉修焉，息焉游焉。夫然，故安其学而亲其师，乐其友而信其道。"

●16·"不学"二句：出自《礼记·学记》篇："不学操缦，不能安弦。不学博依，不能安诗。不学杂服，不能安礼。不兴其艺，不能乐学。"操缦（màn），杂弄琴弦。谓将学琴瑟者不先学调弦杂弄，则手指不便。手指不便，则不能安正其弦。先学杂弄，然后音曲乃成也。

●17·拘：束缚。

●18·纵：放也。

●19·大羹玄酒：周代食礼中的两种必备之物。大羹，不加调味料的肉汁。玄酒，作祭品的清水，《礼记》谓："大羹不和"（《礼器》）、"玄酒以祭"（《礼运》）。

●20·体节之荐：上古时的一种祭献仪式。《左传》宣公十六年："王享有体荐，宴有折俎。"杜注："享则半解其体而荐之，所以示其俭。""体解节折，升之于俎，物皆可食，所以示慈惠也。"荐，进、献。

●21·楂（zhā）梨：较酸的一种梨。

●22·蜇：虫多也。

●23·文王：周文王。昌蒲菹（zū）：昌蒲做成的腌菜。昌蒲，一种水草名。菹，酢菜、腌菜。《吕氏春秋·孝行览》："文王嗜昌蒲菹，孔子闻而效之，缩颈而食之。三年，然后胜之。"

●24·屈到之芰：《国语》卷十七《楚语上》："屈到嗜芰，有疾，召其宗老而属之，曰：'祭我必以芰。'"芰（jì），菱角。

●25·"曾皙"句：语出《孟子·尽心下》："曾皙嗜羊枣，而曾子不忍食羊枣。"皙，即曾点，孔子弟子。羊枣，小枣名。

●26•弛:放松。《礼记》云:"张而不弛,
文武弗能也。弛而不张,文武弗为也。一
张一弛,文武之道也。"不为虐欤:即前引
《诗•卫风•淇奥》句意。
●27•"若壅"二句:化用《国语》卷一
《周语上》句:"防民之口,甚于防川;川
壅而溃,伤人必多。"壅(yōng),堵塞。
决,水把堤坝冲开。
●28•陈:陈述。
●29•穿穴:形容细小。
●30•琐:细小微末。
●31•呫呫(chè):喋喋不休。喙(huì):
鸟兽的嘴,引申为人的口舌。

而不为虐欤!²⁶ 息焉游焉而有
所纵欤!尽六艺之奇味以足其
口欤!而不若是,则韩子之辞,
若壅大川焉,其必决而放诸
陆,²⁷ 不可以不陈也。²⁸

且凡古今是非六艺百家,大细
穿穴用而不遗者,²⁹ 毛颖之功
也。韩子穷古书,好斯文,嘉
颖之能尽其意,故奋而为之传,
以发其郁积,而学者得以励,
其有益于世欤!是其言也,固
与异世者语,而贪常嗜琐者,³⁰
犹呫呫然动其喙。³¹ 彼亦甚劳
矣乎!

这是一篇读后记，也是一篇对友人韩愈所著《毛颖传》予以声援的评说文。

毛颖，原指兔毛笔，韩愈采用拟人手法，为兔族设谱立传，突出毛颖"强记而便敏""又通于当代之务"的特点，并通过毛颖始获秦始皇重用终被抛弃的对比，发出"赏不酬劳，以老见疏，秦真少恩哉"的议论。全文奇幻多变，滑稽诙谐，而又才情横溢，感慨淋漓。此文一出，即遭到时人的嘲笑和非议，以至《旧唐书》的作者在《韩愈传》中亦谓之为"讥戏不近人情，此文章之甚纰缪者"。对于时人的责难，柳宗元大不以为然，明确表示："仆甚奇其书。"(《与杨诲之书》)，并写下这篇《读韩愈所著〈毛颖传〉后题》，予以全力辩驳。

文章开篇先交代未读《毛颖传》时已从"来南者"口中得知此文，并从其"大笑以为怪"之神情知晓了世人对此文的态度。及至"始持其书，索而读之"，得出的印象竟与时人迥异："若捕龙蛇，搏虎豹，急与之角而力不敢暇"，三句急管繁弦，蝉联而下，将"信韩子之怪于文也"之"怪"予以正面的立体化的展现，其赞赏之意已不言自明；进而又将当世之文用"模拟窜窃，取青媲白，肥皮厚肉，柔筋脆骨"四句形象语言和盘托出，两相比照，则孰优孰劣，一目了然。于是结论水到渠成：笑韩文者平日习练的就是这类文章，则"其大笑固宜"。

下文由世人之"笑"引出韩文之"俳"，明确指出："而俳又非圣人之所弃者。"为了说明这一点，作者先从《诗经》《史记》援引例证，解释其戏谑、滑稽"皆取乎有益于世者也"；继从学者学习勤勉导致疲惫需要"息焉游焉"，来说明"有所拘者，有所纵也"的道理；终则以"味"为例，阐明生活中因人的嗜好不同，不仅需要"大羹玄酒，体节之荐"等"味之至者"，而且需要苦咸酸辛等杂味来补充调节，只有这样，才能"尽天下之奇味以足于口"。由此三例，自然过渡到对韩愈之文的评说："韩子之为也，亦将弛焉而不为虐欤！息焉游焉而有所纵欤！尽六艺之奇味以足其口欤！"三个含有肯定语气的感叹句，贴切允当，使人对韩文之"俳"的合理性、正当性了然无疑。然作者意犹未尽，更从反面立说，暗用"防民之口，甚于防川；川壅而溃，伤人必多"的古训，强调指出：若不让韩愈以"俳"的方式一泄胸中郁积，"则韩子之辞，若壅大川焉，其必决而放诸陆"，而这样的结果将是很严重的。

文章最后回应题面，聚焦毛颖之功及韩愈为之立传的心理动机，而其全部重心，则在"奋而为之传，以发其郁积"十个字上。在作者看来，韩愈此文是郁积于心，有感而作的；而要写这样的文章，是要冒风险的。这种风险，不仅在于会受到世人"大笑以为怪"的讥嘲，还在于其真正含义在于讽刺国君的寡恩薄情。宋人叶梦得评《毛颖传》有言："此本南朝俳谐文《驴九锡》《鸡九锡》之类而小变之耳。俳谐文虽出于戏，实以讥切当世封爵之滥。而退之所致意，亦正在'中书君老不任事''今不中书'等数语，不徒作也。"(《避暑录话》卷下) 所说可谓探本之论。柳宗元正是看到了这一点，所以对韩愈的内心郁积深理解，对他"奋"而为之传的胆量深加赞赏，而说到底，这种理解和赞赏，又何尝不是被严酷政治抛弃到南荒之地的作者在自浇块垒？

愚溪诗序

01

灌水之阳有溪焉，*02* 东流入于潇水。*03* 或曰：冉氏尝居也，故姓是溪为冉溪。*04* 或曰：可以染也，名之以其能，*05* 故谓之染溪。余以愚触罪，谪潇水上，*06* 爱是溪，入二三里，得其尤绝者家焉。*07* 古有愚公谷，*08* 今余家是溪，而名莫能定，土之居者犹龂龂然。*09* 不可以不更也，*10* 故更之为愚溪。

愚溪之上，买小丘为愚丘。自愚丘东北行六十步，得泉焉，又买居之，为愚泉。愚泉凡六

● *01*·愚溪：即冉溪，柳宗元被贬至永州后，先居龙兴寺，后构法华寺西亭，接着来到冉溪筑室定居，并名之为愚溪。诗、序均作于元和五年（810）。

● *02*·灌水：潇水的支流，在今湖南境内。阳：水北为阳。

● *03*·潇水：一名泥江，源出湖南宁远南九疑山，东流经零陵入湘江。

● *04*·姓是溪：用冉姓给溪命名。

● *05*·"名之"句：以它的功能来命名。

● *06*·谪（zhé）：处罚，被贬官。

● *07*·尤绝者：景色极佳之处。家焉：筑室安家于此。

● *08*·愚公谷：在今山东临淄西。据刘向《说苑》，齐桓公出猎，在山谷见一名叫愚公的老翁，经询问始知此是愚公用自己之姓命名的山谷，故名愚公谷。

● *09*·土之居者：当地土生土长的住户。龂龂（yín）然：争辩貌。

● *10*·更：更改。

- *11*·凡六穴：共六个泉眼。
- *12*·上出：向上涌出。
- *13*·隘（ài）：狭窄之处。
- *14*·嘉木：美树。错置：交错设置。
- *15*·"以余"二句：因为我的缘故，都用愚命名而玷辱了它们。
- *16*·"夫水"二句：语出《论语·雍也》，谓聪明的人喜欢水。
- *17*·甚下：水位很低。
- *18*·坻（chí）石：高出水面的岩石。
- *19*·不屑（xiè）：看不上。
- *20*·适类于余：正好像我一样。适，正、恰好。类，似。

穴，*11* 皆出山下平地，盖上出也。*12* 合流屈曲而南，为愚沟。遂负土累石，塞其隘为愚池。*13* 愚池之东为愚堂，其南为愚亭，池之中为愚岛。嘉木异石错置，*14* 皆山水之奇者，以余故，咸以愚辱焉。*15*

夫水，智者乐也。*16* 今是溪独见辱于愚，何哉？盖其流甚下，*17* 不可以溉灌；又峻急，多坻石，*18* 大舟不可入也；幽邃浅狭，蛟龙不屑，*19* 不能兴云雨。无以利世，而适类于余，*20* 然则虽辱而

愚之，可也。宁武子"邦无道
则愚"，智而为愚者也；[21] 颜子
"终日不违如愚"，睿而为愚者
也，[22] 皆不得为真愚。今余遭有
道，[23] 而违于理，悖于事，[24] 故
凡为愚者莫我若也。[25] 夫然，[26]
则天下莫能争是溪，余得专而
名焉。[27]

溪虽莫利于世，而善鉴万类，[28]
清莹秀澈，锵鸣金石，[29] 能使愚
者喜笑眷慕，[30] 乐而不能去也。
余虽不合于俗，亦颇以文墨自
慰，[31] 漱涤万物，牢笼百态，[32]
而无所避之。以愚辞歌愚溪，
则茫然而不违，昏然而同归，
超鸿蒙，混希夷，[33] 寂寥而莫我
知也。于是作《八愚诗》，[34] 纪
于溪石上。[35]

- 21 • "宁武子"二句：意谓宁武子之愚只
  表现在无道之世，是智者有意为愚。宁武
  子，春秋时卫国大夫宁俞，武是其谥号。
  《论语·公冶长》载孔子语："宁武子，邦
  有道则知，邦无道则愚。其知可及也，其
  愚不可及也。"
- 22 • "颜子"二句：意谓颜回整天不提
  问题，实则很有感悟，不过是聪明人貌似
  愚笨罢了。颜子，颜回，孔子弟子。《论
  语·为政》载孔子语："吾与回言终日，不
  违如愚。退而省其私，亦足以发，回也不
  愚。"睿（ruì），明智、聪明。
- 23 • 遭有道：遇到政治清明的时代。
- 24 • 悖（bèi）：背逆，违反。
- 25 • 莫我若：没有比得上我的。
- 26 • 夫然：这样，如此。夫，发语词，
  无实义。
- 27 • "则天下"二句：谓就愚而言，天下
  没有谁能争得这愚溪，我可以独占其名。
  得专，得而专有，独有。
- 28 • 鉴：照。
- 29 • 锵鸣金石：像金石一样铿锵作响。
- 30 • 眷慕：爱恋、思慕。
- 31 • 文墨：写诗作文一类事。
- 32 • 漱涤：洗涤，冲洗。牢笼：包罗，
  囊括。
- 33 • 鸿蒙：宇宙形成前的混沌状态。希
  夷：空虚寂静的境界。
- 34 • 《八愚诗》：关于愚溪之溪、丘、泉、
  沟、池、堂、亭、岛的诗作，今已佚。
- 35 • 纪：同"记"。

"愚"字是一篇眼目，围绕"愚"字，作者纵横申论，反复推驳，将自己与山水的关合及其内心的痛苦和盘托出。

由于奇山异水为世所弃即象征着被贬者的悲剧命运，这就必然造成二者之间一种同感共应的关系，必然使得被贬者对被弃山水抱有一种特殊的感情。在著名的"永州八记"中，作者对永州一地的山山水水予以多角度、多层面的描摹、赞美，涧水的清澈寒冽，游鱼的萧散自由，秀木的参差披拂，泉石的奇伟怪特，无不带有这种特殊的感情烙印。这是爱与怜的结合，爱，既缘于山水本身的美，也缘于主体与客体命运的深层关合；怜，不仅因为二者皆沦落天涯，故而同病相怜，而且因为通过此怜，被贬者找到了一条悲情宣泄的途径，孤寂的心灵获得了暂时的慰藉。怜来自爱，又甚过爱，由爱到怜，反映了作者的心路历程。在《愚溪诗序》中，作者将所遇到的溪、丘、泉、沟、池、堂、岛统统冠以"愚"名，其原因即在于它们"无以利世，而适类于余"。然而，山水和人并非真的"无以利世"，而是为世所弃无法利世，尽管二者均盼望着有以利世的一天，却终究不得利世，当此之际，怎能不使作者对与自己同一命运的山水抱以深深的同情和怜悯，借以表霉自己内心的沉重忧愤呢？"今余遭有道，而违于理，悖于事，故凡为愚者莫我若也。"这种明显的正话反说，正深刻透露出作者内心的郁结块垒和对混浊人世的强烈不满。

不过，作者又没有仅仅停留在这一层面，当他已意识到自己无力摆脱眼前的困境，悲忧愤懑于事无补徒劳无益的时候，便将一颗受伤的心灵投入自然之中，借对山水本身之美的发现和开掘，来表现人的自我价值；借对自我价值的肯定，以解嘲的方式来否定社会现存秩序和道德标准。所以，文章末尾这样说道："溪虽莫利于世，而善鉴万类，清莹秀澈，锵鸣金石，能使愚者喜笑眷慕，乐而不能去也。余虽不合于俗，亦颇以文墨自慰，漱涤万物，牢笼百态，而无所避之。"这里，溪与人、人与溪在新的更高的层面上获得了同一性，二者的固有价值也由此明显地呈现出来：既然溪与人皆有利世之资，仅因"不合于俗"而不为世用，那么，其"善鉴万类，清莹秀澈"之价值固在，并不因世之用否而稍为减损；既然二者均有自我的价值，而又同处于为世所弃的境地，那么，相爱相怜，共辱共荣，"以愚辞歌愚溪"，便必然是"茫然而不违，昏然而同归"了。前人评《愚溪诗序》云："本是一篇诗序，正因胸中许多郁抑，忽寻出一个'愚'字，自嘲不已，无故将所居山水尽数拖入浑水中，一齐嘲杀。……反复推驳，令其无处再寻出路，然后以溪不失其为溪者代溪解嘲，又以己不失其为己者自为解嘲。"（林云铭《古文析义》初编卷五）所谓"溪不失其为溪者""己不失其为己者"亦即前述溪与人的固有价值；所谓"解嘲"，正见出作者对此价值的肯定、对社会道德规范的反讽。

祭吕衡州温文

01

注·释

● 01 · 吕衡州温：即吕温，曾任衡州刺史，故称。详见前录《同刘二十八哭吕衡州兼寄江陵李元二侍御》诗题注。
● 02 · 同曹：人名，为曹吏。
● 03 · 吕八：吕温行八，故云。吕温兄弟四人：温、恭、俭、让。而温行第八，殆合曾祖所出以计。
● 04 · 厉：罪，恶。
● 05 · 生人：生民，百姓，此指吕温。
● 06 · "吾固知"二句：意谓我本来就知道上天无信义，茫茫不可知。
● 07 · 殁（mò）：死亡。

维元和六年，岁次辛卯，九月癸巳朔某日，友人守永州司马员外置同正员柳宗元，谨遣书吏同曹、⁰²家人襄儿，奉清酌庶羞之奠，敬祭于吕八兄化光之灵。⁰³呜呼天乎！君子何厉？⁰⁴天实仇之；生人何罪？⁰⁵天实仇之。聪明正直，行为君子，天则必速其死。道德仁义，志存生人，天则必夭其身。吾固知苍苍之无信，莫莫之无神，⁰⁶今于化光之殁，⁰⁷怨逾深而毒逾甚，故复呼天以云云。

天乎痛哉！[08] 尧、舜之道，[09] 至大以简；[10] 仲尼之文，[11] 至幽以默。[12] 千载纷争，或失或得，倬乎吾兄，[13] 独取其直。[14] 贯于化始，与道咸极。[15] 推而下之，[16] 法度不贰。[17] 旁而肆之，中和允塞。[18] 道大艺备，斯为全德。而官止刺一州，[19] 年不逾四十，[20] 佐王之志，没而不立，[21] 岂非修正直以召灾，好仁义以速咎者耶？[22]

宗元幼虽好学，晚未闻道，洎乎获友君子，[23] 乃知适于中庸，[24]

- 08 · 天乎痛哉：天啊，真是让人伤痛啊！
- 09 · 尧、舜：皆为传说中的远古帝王，被后人推为贤圣。
- 10 · 至大以简：宏大简约。
- 11 · 仲尼：孔子。
- 12 · 至幽以默：深刻含蓄。
- 13 · 倬（zhuō）乎：高大、显明的样子。吾兄：指吕温。
- 14 · 直：正。
- 15 · "贯于"二句：追本求源，与道相合。
- 16 · 下：施行，实践。
- 17 · 法度不贰：与法度不矛盾。
- 18 · "旁而"二句：向别的方面推广开去，很是和洽。
- 19 · 官止刺一州：指做官只任州刺史。元和三年（808）十月，吕温贬均州刺史。议者不厌，再贬道州刺史。五年（810），移守衡州。
- 20 · 不逾四十：吕温（772—811），去世时年仅四十岁。
- 21 · 没：埋没。
- 22 · 咎：受惩治。
- 23 · 洎（jì）：至，到。
- 24 · 适于：合乎。

● *25*・"积乎"句：意谓内怀道德却不一定能施于外物。

● *26*・裕：适合，充盈。

● *27*・二事相期：谓二者都做到。

● *28*・理行：理政能力。吕温刺道、衡二州，治有善状，以政闻。

● *29*・略而不有：即可以略而不论。

● *30*・素志：平生的志向。

● *31*・巍然：形容志向高远。

● *32*・贪愚：指贪婪愚蠢的人。贵：显贵。

● *33*・很：同"狠"，狠毒。老：长寿。

● *34*・蚩蚩（chī chī）：无知的样子。

削去邪杂，显陈直正，而为道不谬，兄实使然。呜呼！积乎中不必施于外，²⁵ 裕乎古不必谐于今，²⁶ 二事相期，²⁷ 从古至少，至于化光，最为太甚。理行第一，²⁸ 尚非所长，文章过人，略而不有，²⁹ 素志所蓄，³⁰ 巍然可知。³¹ 贪愚皆贵，³² 险很皆老，³³ 则化光之夭厄，反不荣欤？所恸者志不得行，功不得施，蚩蚩之民，³⁴ 不被化光之德；庸庸之俗，不知化光之心。斯言一出，内若焚裂。海

- 35·志业：指作者与吕温等志同道合之友共同从事的革新事业。殆：近乎，几乎。
- 36·兴行于时：行于当世。
- 37·今复往矣：意谓如今这些都成了往事。
- 38·息：停止。
- 39·"穷天"二句：指吕温有通天的英才和贯古通今的知识。
- 40·去此：离开人世。
- 41·何适：到哪里去呢？
- 42·"岂荡"句：难道是飘荡在太空与自然造化无穷无尽吗？
- 43·"将结"句：还是凝为光芒以帮助太阳照耀世界呢？

内甚广，知音几人？自友朋凋丧，志业殆绝，[35] 唯望化光伸其宏略，震耀昌大，兴行于时，[36] 使斯人徒，知我所立。今复往矣，[37] 吾道息矣！[38] 虽其存者，志亦死矣！临江大哭，万事已矣！穷天之英，贯古之识，[39] 一朝去此，[40] 终复何适？[41]

呜呼化光！今复何为乎？止乎行乎？昧乎明乎？岂荡为太空与化无穷乎？[42] 将结为光耀以助临照乎？[43] 岂为雨为露以泽下土乎？将为雷为霆以泄怨怒

乎?岂为凤为麟、为景星为卿
云以寓其神乎? [44] 将为金为锡、
为圭为璧以栖其魄乎?岂复为
贤人以续其志乎?将奋为神明
以遂其义乎? [45] 不然,是昭昭
者其得已乎,其不得已乎?抑有
知乎,其无知乎?彼且有知,其
可使吾知之乎?幽明茫然,一恸
肠绝。呜呼化光!庶或听之。[46]

品·评

若论柳宗元的挚友,有两人不得不提及。一位是与他"二十年来万事同"(《重别梦得》)的刘禹锡,另一位就是"交侣平生意最亲"(《段九秀才处见亡友吕衡州书迹》)的吕温。吕温去世后,柳宗元作有《同刘二十八哭吕衡州兼寄江陵李元二侍御》《衡州刺史吕君诔》等诗文数篇,而独此《祭吕衡州温文》最为酣畅淋漓,将其内心悲痛、怨尤之情一泄无遗。

在祭文中,作者对吕温的去世已远远不是涕泪纵横,而是捶胸顿足、呼天抢地。文中连用"呜呼天乎""天乎痛哉""呜呼化光"等闻之声嘶力竭的呼号之语,又间以质问、反问、猜问连缀而下,将作者的哀痛、怨恨、绝望之情推衍到极致。特别是最后一段,作者与亡灵之间进行对话,用了一系列的假设,并全以问句出之,令人读来不禁为之动容、泪下。张伯行《唐宋八大家文钞》卷四评此文曰:"悼痛之辞,不觉近于愤懑矣。其文之激楚飞动,足以达情而宣志,是才人本色。"

柳宗元如此悲痛欲绝,不仅仅是因为"交侣平生意最亲",二人在性情上难得的投缘，也不仅仅是因为他在思想上曾受吕温很大影响，正如他在《与吕道州温论非〈国语〉书》中所云："吾自得友君子，而后知中庸之门户阶室，渐染砥砺，几乎道真。"其最痛心的，是他认为吕温死后革新事业已难有重新奋起的希望。他在祭文中说得很明白："自友朋凋丧，志业殆绝，唯望化光伸其宏略，震耀昌大，兴行于时，使斯人徒，知我所立。今复往矣，吾道息矣！虽其存者，志亦死矣！"贞元二十一年（805），以二王为首的革新集团在顺宗即位后正式进行轰轰烈烈、大刀阔斧的改革时，吕温因奉命出使吐蕃在外而未能直接参加，但根据现存史书和其他诗文集有关记载，吕温无疑是革新集团前期的重要人物。韩愈《顺宗实录》称："叔文最所贤重者李景俭，而最所谓奇才者吕温。"刘禹锡晚年作《子刘子自传》谓："叔文自言猛之后，有远祖风，唯吕温、李景俭、柳宗元信以为然。然三子皆与予厚善，日夕过，言其能。"从中都可看出吕温在王叔文集团中的重要地位。考史载王叔文党，温亦列名颇前。从他现存《功臣恕死议》《复汉以粟为赏罚议》等研讨治国方略的文章所提出的诸多具有现实意义的改革主张来看，吕温确实具有雄才大略、远见卓识，所以柳宗元在《唐故衡州刺史东平吕君诔》中称"惟其能可用康天下，惟其志可用经百世"，对吕温极为推誉和器重。而柳宗元在永贞革新失败后，虽沉沦贬谪之地，但他仍对所坚持的理想存有信心，原因之一就在于有吕温在，还有返朝之机。因为永贞元年（805）"二王八司马"被全部逐出京城，革新派人士中只有李景俭因守母丧、吕温因出使吐蕃而未罹难。之后，吕温在朝中又官至三品，后来虽因事被贬道州、衡州刺史，但他出使有功，又卓有政绩，很可能再回朝廷。加上柳宗元认为他有"佐王之志"，是堪以委之大任的杰出人才，故一直对之寄于厚望。然而，这样一位志大才高的挚友，如今却盛年早逝，此前的希望骤然落空，这怎能不使柳宗元为之肝肠痛断！

林纾对此文作法有一段分析，读后可略窥作者心理，亦可了解文中运笔之妙："《祭吕衡州文》，至沉痛。以子厚与之同贬，物伤其类故耳。一失口，即咎天。其曰：'聪明正直，……故呼天以云云。'词之激切，似非明者之言。盖子厚《天说》中，已斥言天之无知，又因衡州之早死，乃益愤戾，遂至口不择言。试问：八司马不附王叔文，天又将如之何？实则叔文与伾，到底为有罪无罪，虽以子厚之善辩，而亦不敢言其无罪。因罪人而至于流贬以死，将怨人乎，亦怨天耶？鄙意文人多自负，又多护前，往往不自知己之短，似能文以占人间之胜地，即有小过，亦当为己原谅，一经取戾，即大发牢骚，此通病也。子厚深信衡州之道德文章，似不应收局如是。就文论文，就其交情论交情，亦自成其气干。其曰：'道大艺备，斯为全德。'期许衡州，不无太过。然不如此说成，则下文'官止刺一州，年不逾四十'，亦不见其沉痛。又言己闻道咸赖化光，则朋友切磋之感，固应有此一副眼泪。'所恸者，志不得行，功不得施'及'友朋凋丧，志业殆绝'语，此非专哭衡州之言，是子厚欲从流谪之后，洗宵前青，恢复其初志意，托痛哭衡州之文，一倾吐之耳。至云道息志死，似衡州之亡，而己之愿力，亦与之俱亡，此所以宜哭也。末幅将衡州死后精灵，荡入空中摹绘，音长而韵哀，是谪宦伤逝之情怀，文人不平之骚怨。"（《韩柳文研究法·柳文研究法》）

祭弟宗直文

01

注·释

● *01*·宗直：柳宗元从弟，曾先后跟随柳宗元至永州、柳州。治学勤勉，"读书不废蚤夜，以专故，得上气病"（柳宗元《志从父弟宗直殡》），在到达柳州仅二十天后即病逝，时为元和十年（815）七月十七日。

● *02*·八哥、十郎：在同祖异父的从兄弟中，柳宗元排行第八，柳宗直排行第十。

● *03*·祸谪：指死亡之祸和贬谪之事。

● *04*·延陵：柳氏宗族中人名。

● *05*·子姓：谓子辈、孙辈。单子（jié）：形单影只，这里指只有一子传代。

● *06*·慅慅（zǎo）：当指柳氏宗族中一名早夭之童。

● *07*·祭祀：祀神供祖的仪式，这里专指对祖先的祭祀。

● *08*·"一门"二句：谓一族后嗣，虽未断绝，却均为一线单传。嗣续，指后嗣、子孙。

● *09*·理极道乖：谓道理上应当如此而实际却与之相背。

维年月日，八哥以清酌之奠，祭于亡弟十郎之灵。*02* 吾门洞丧，岁月已久。但见祸谪，*03* 未闻昌延。使尔有志，不得存立。延陵已上，*04* 四房子姓，各为单子，*05* 慅慅早夭，*06* 汝又继终，两房祭祀，*07* 今已无主。吾又未有男子，尔曹则虽有如无。一门嗣续，不绝如线。*08* 仁义正直，天竟不知，理极道乖，*09* 无所告诉。

汝生有志气，好善嫉邪，勤学成癖，攻文致病，年才三十，

● 10 • 不禄：早亡、夭折的代称。

● 11 • 真宰：宇宙的主宰。

● 12 • "如汝"四句：谓像你这样的品德和学业，早就应该有进士的身份了，只是因我被贬官负谤，才使你有才难伸。合，应。出身，旧时做官的最初资历，如进士身份等。《志从父弟宗直殡》谓："兄宗元得谤于朝，力能累兄弟为进士。凡业成十一年，年三十三不举。"即指此事。

● 13 • 媿：同"愧"，指惭愧。

● 14 • 墨法：书画的技法，此指书法。识者：一本作"知音"。

● 15 •《文类》：指柳宗直所撰《西汉文类》。宗元《柳宗直〈西汉文类〉序》谓："吾尝病其畔散不属，无以考其变。欲采比义会，年长疾作，驾堕日甚，未能胜也。幸吾弟宗直爱古书，乐而成之。搜讨磔裂，捃摭融结，离而同之，与类推移，不易时月，而咸得从其条贯。森然炳然，若开群玉之府。指挥联累，圭璋琮璜之状，各有列位，不失其序，虽第其价可也。"

● 16 • "吾专"二句：谓我将从优抚恤，以待其生产之期。俟，等、待。

● 17 • 小宗：古代宗法制规定，嫡长子一系为大宗，其余子孙为小宗。

● 18 • 教视：教育、照料。

不禄命尽。[10] 苍天苍天，岂有真宰？[11] 如汝德业，尚早合出身，由吾被谤年深，使汝负才自弃。[12] 志愿不就，罪非他人，死丧之中，益复为媿。[13] 汝墨法绝代，识者尚稀，[14] 及所著文，不令沉没。吾皆收录，以授知音。《文类》之功，[15] 更亦广布，使传于世人，以慰汝灵。知在永州，私有孕妇，吾专优恤，以俟其期。[16] 男为小宗，[17] 女亦当爱。延子长大，必使有归。抚育教视，[18] 使如己子。吾身未死，如汝存焉。

炎荒万里，毒瘴充塞，汝已久病，来此伴吾。到未数日，自云小差，[19] 雷塘灵泉，[20] 言笑如故。一寐不觉，[21] 便为古人。茫茫上天，岂知此痛！郡城之隅，佛寺之北，饰以殡绋，寄于高原。[22] 死生同归，誓不相弃，庶几有灵，知我哀恳。[23]

- 19 · 小差：稍有差错，指身体稍有不适；亦指疾病小愈。
- 20 · 雷塘：在今柳州龙潭公园内，今称大龙潭。灵泉：在今柳州市立鱼峰东，今称小龙潭。
- 21 · 一寐（mèi）不觉：一睡下就再也醒不来了。柳宗元《志从父弟宗直殡》记宗直亡故前的情形说："七月，南来从余。道加疟寒，数日良已。又从谒雨雷塘神所，还戏灵泉上，洋洋而归，卧至旦，呼之无闻，就视，形神离矣。"
- 22 · "郡城"四句：把你的墓地选在了柳州城角的佛寺北部，用绳索牵引柩车，将你寄葬于高原之上。隅，角落、一角。柳宗元《志从父弟宗直殡》："是月二十四日，出殡城西北若干尺。"绋（zhèn），牵引柩车的绳索。
- 23 · "庶几"二句：希望你有灵，知晓我的哀伤和恳诚。庶几，希望、但愿。

品·评　柳宗元笃于友朋之交，尤深于兄弟之情。其集中祭文有两篇最为突出，一篇是作于永州时的《祭吕衡州温文》，一篇便是这篇作于柳州的《祭弟宗直文》了。两篇文章悼祭亡者，均呼天吁地，声泪俱下，令人读来，悲不忍闻；而这篇祭弟之作，因了作者适被远迁，即遽遭丧弟之痛，更内含一种锥心刺骨的哀怨和悲凉。

柳宗直是柳宗元的堂弟，性格方正，好善疾恶，多才艺，爱古书，著有《西汉文类》，与柳宗元志同道合；柳宗元谪居永州时，柳宗直就与之相伴，在人生困境中，二人相濡以沫，感情甚笃；元和十年（815）三月，柳宗元从京城迁赴柳州，柳宗直又随其前往。因长途跋涉，风餐露宿，加上水土不服，致使疟寒缠身，在刚刚抵达柳州二十天后，即于七月十七日病逝。对作者来说，这是一个非常沉重的打击，其沉重度不仅在于兄弟二人多年厮守、志同道合，如今弟先于兄卒，故而有长送幼之悲；而且在于柳宗元方遭远迁，置身异域，心中本已苦闷重重，突然又遭丧手足，这无异于雪上加霜、痛上加痛。这篇祭文，就是在这样的情形下写成的。

文章大致可分三个层次。第一层次以"八哥以清酌之奠，祭于亡弟十郎之灵"二句领起，追述柳氏一族祸谪频仍、家道不昌的历史和现状，其中"四房子姓，各为单子""两房祭祀，今已无主""一门嗣续，不绝如线"等类似词语的反复出现，有力地渲染了悲凉孤凄的氛围。而"仁义正直，天竟不知，理极道乖，无所告诉"诸语，责备上天的无知，申述无所告语的苦闷，更充溢着极大的哀怨和愤懑。

第二层次拉回一笔，将焦点聚集在柳宗直身上，先述其行迹，继慰其亡灵。"生有志气，好善嫉邪"，写其品德；"墨法绝代"《文类》之功，写其才艺；德才如此而竟早逝，则"苍天苍天，岂有真宰？"然而，这又不全是"天"的过错，作者认为其中还有自己的责任：由于自己屡遭贬迁，被人诽谤，也使柳宗直受到牵连，以致早就应该获得进士出身的他却终于"负才自弃"。对于这一点，作者平时就有愧在心，现在柳宗直死了，其愧疚愈甚。为了安慰死者，也为了减轻内疚，作者对亡者的未竟之事一一安排：收录其墨宝、文章，广布其所著《西汉文类》，优恤其有孕之妇，抚育其将产之婴，总之，"吾身未死，如汝存焉"。这八个字，是作者于万般凄楚中发出的肺腑之言，落地铮铮作响，从中可见其以身代弟的至情至性。

第三层次补写柳宗直亡故的原因和安葬情况。"炎荒万里，毒瘴充塞，汝已久病，来此伴吾"，短短四句，写尽了旅途的艰辛，也展示了柳宗直对乃兄的亲情和依恋。柳宗直久病，本已埋下了亡故的远因，但令作者始料不及的是，他竟"一寐不觉，便为古人"，亡故来得是如此突然！面对这一突发事件，柳宗元的心理防线完全崩溃了，他第三次仰首长呼："茫茫上天，岂知此痛！"在交代了安葬的地点之后，文章最后说道："死生同归，誓不相弃，庶几有灵，知我哀恳。"这是对亲人的告慰，也是作者的誓言，若不是悲痛到了极点，他很难说出欲与亡者"死生同归"的话来。

情之至者，不假修饰，即可自然流为天地间之至文。这篇祭文始终以情为统领，或叙家族之事，或写亡者生平，字里行间无不充溢着难以释怀的悲哀，而文中三次责天呼天，更将这种悲哀推向了顶点，使人读后，但见泪痕，不睹文字。若将之与韩愈颇受后人称道的《祭十二郎文》作比，可以发现：韩文多用散行句式，将生活琐事娓娓道来，令人始而感怀，继而悲叹，终而至于流涕；柳文则基本为四言句式，蝉联而下，繁音促节，悲音激响，给人一种当下的情感冲击。而就所达到的艺术成就言，柳文也是足可与韩文相媲美的。

始得西山宴游记 01

注·释

●01· 西山：在今湖南零陵西。柳宗元到永州后，曾遍游附近山水，写下多篇游记，其中最著名的是"永州八记"。这是"八记"中的第一篇，作于元和四年（809）。

●02· 僇（lù）人：罪人。僇，同"戮"。

●03· 是州：指永州。恒惴（zhuì）栗：常常恐惧不安。

●04· 隙：空隙，指闲暇。

●05· 施施（yì）：缓缓貌。漫漫：漫无目的的样子。

●06· 徒：徒侣，指随行者、同伴。回溪：曲折迂回的溪流。

●07· 披草：把草分开。倾壶：把壶中的酒倒尽，指尽情饮酒。

●08· 相枕：相互靠着、枕着。

●09· 所极：所至，所能想到的。同趣：同样到达。趣，同"趋"。

●10· 怪特：怪异独特。

●11· 法华：寺名。寺在永州城东山，柳宗元至永州后，曾出资建造了法华寺西亭。

●12· 指异：指点称奇。

●13· 湘江：源出广西兴安的海阳山，流经湖南，与潇水在零陵合流后入洞庭湖。染溪：又名冉溪，柳宗元后来曾卜居溪上，改名为愚溪。溪在零陵西南，东流注入潇水。

●14· 榛莽：丛生的草木。茅茷：茅草。

●15· 箕踞（jī jù）：一种随意放任的坐姿，两脚伸开如簸箕状。

自余为僇人，[02]居是州，恒惴栗。[03]其隙也，[04]则施施而行，漫漫而游。[05]日与其徒上高山，入深林，穷回溪，[06]幽泉怪石，无远不到。到则披草而坐，倾壶而醉。[07]醉则更相枕而卧，[08]卧而梦，意有所极，梦亦同趣，[09]觉而起，起而归。以为凡是州之山水有异态者，皆我有也，而未始知西山之怪特。[10]

今年九月二十八日，因坐法华西亭，[11]望西山，始指异之。[12]遂命仆人过湘江，缘染溪，[13]斫榛莽，焚茅茷，[14]穷山之高而止。攀援而登，箕踞而遨，[15]

● 16 • 衽（rèn）席：席子。
● 17 • 岈（xiā）然：山谷空阔貌。洼然：
溪谷低洼貌。垤（dié）：蚁穴外的积土。
穴：洞穴。
● 18 • 攒蹙：聚集收缩。遁隐：隐藏。
● 19 • 萦青缭白：青山、白水萦回缭绕。
外与天际：与天相接。
● 20 • 培㙞（pǒu lǒu）：小土堆。
● 21 • 悠悠乎：悠闲邈远的样子。颢（hào）
气：即浩气，大自然之气。俱：同在一起。
● 22 • 洋洋：广大完满的样子。造物者：
指化育万物的大自然。
● 23 • 引觞：举起酒杯。满酌：斟满酒。
颓然：醉倒貌。
● 24 • 心凝形释：心神与自然凝合，形体
消散似不复存在。万化：万物。冥合：暗
合，融为一体。
● 25 • 向：此前。

则凡数州之土壤，皆在衽席之下。[16] 其高下之势，岈然洼然，若垤若穴，[17] 尺寸千里，攒蹙累积，莫得遁隐。[18] 萦青缭白，外与天际，[19] 四望如一。然后知是山之特立，不与培㙞为类，[20] 悠悠乎与颢气俱，[21] 而莫得其涯；洋洋乎与造物者游，[22] 而不知其所穷。引觞满酌，颓然就醉，[23] 不知日之入。苍然暮色，自远而至，至无所见，而犹不欲归。心凝形释，与万化冥合。[24] 然后知吾向之未始游，[25] 游于是乎始，故为之文以志。是岁，元和四年也。

元和四年（809），是柳宗元全面进入创作状态并取得丰硕成果的一年。这一年，他除写有诸多诗作、书信，还一口气写下了"永州八记"中的前四篇，即《始得西山宴游记》《钴鉧潭记》《钴鉧潭西小丘记》和《至小丘西小石潭记》，从而为他彪炳后世的山水游记打下了半壁江山。

《始得西山宴游记》与此后诸记有着很不相同的一些特点。特点之一，是紧扣文题，就"始得"二字浓墨重染，反复申发，淋漓尽致地表现了第一次发现西山和游历西山的满怀畅悦。文中"始"字凡四见，均含义有别，层进层深。"未始知西山之怪特"——这是谪居永州后至闻知西山前的情况。因为不知有西山，"以为凡是州之山水有异态者，皆我有也"。所以内心存有一种低层级的满足感，作者意在借此与西山的"怪特"作比，反衬出更高层级的满足感。"望西山，始指异之"——这是初次远观西山的情况。因为是初见，有一种惊讶感，所以指点称奇；"然后知吾向之未始游，游于是乎始"——这是游历过西山后的情况。因为有了亲身经历，西山的妙处已经尽知，所以才知道以前之游根本算不得游，真正的游览从这次才开始。经过如此三层演进，文题中"始得"二字的内涵得到了充分的发掘，全文于是戛然收笔。

本文的特点之二，是视野开阔，气象博大，具有一种挣脱束缚后的愉悦感和自由感。就柳宗元笔下的奇山异水而言，大都奥狭深僻、幽寂凄冷。举凡东丘、钴鉧潭西小丘、小石潭、石渠等无不如此。由于奥狭深僻，且被外物环围，势必使人的视野受到极大限制，向外观望往往须抬头仰视，这就极易令人产生出踞天蜷地坐井观天的被拘囚感和压抑感；由于幽寂凄冷，势必愈发强化了作者原本即有的孤独感，甚至使他慑于气氛的"凄神寒骨，悄怆幽邃"而不敢久留，匆匆"记之而去"（《至小丘西小石潭记》）。然而，此篇所写却是登高山而俯视远观，展现在眼前的是"皆在衽席之下"的"数州之土壤"，是"尺寸千里，攒蹙累积，莫得遁隐。萦青缭白，外与天际，四望如一"。这样一种视野远非其此前游"深林""回溪""幽泉怪石"所能比，由此而带来的心情自然是极度的放松，是"心凝形释，与万化冥合"。它表现的既是"山之特立"，也是人之特立，是人登高山而放眼远望后的身心解脱和精神自由。

由于以上特点，自然带来本文的第三个特点，那就是文情洒脱恣肆，格调轻松昂扬。通读全文，从过湘江、缘染溪、斫榛莽、焚茅茷的登山过程，到高下起伏、尺寸千里的山势描写，再到"引觞满酌，颓然就醉，不知日之入。苍然暮色，自远而至，至无所见，而犹不欲归"的心态尽露，都洋溢着一种新奇、激动乃至全身心投入的情绪。清人孙琮评此文说："篇中欲写今日始见西山，先写昔日未见西山；欲写昔日未见西山，先写昔日得见诸山。盖昔日未见西山，而今日始见，则固大快也；昔日尽诸山，独不见西山，则今日得见，更为大快也。中写西山之高，已是置身霄汉；后写得游之乐，又是极意赏心。"（《山晓阁选唐大家柳柳州全集》卷三）既揭示其描写技法，又点出其"极意赏心"的特征，颇有见地。这种特征，在柳宗元的游记文中是不多见的。

钴鉧潭记 [01]

注·释

钴鉧潭在西山西，其始盖冉水自南奔注，[02] 抵山石，屈折东流，其巅委势峻，荡击益暴，[03] 啮其涯，故旁广而中深，[04] 毕至石乃止。[05] 流沫成轮，然后徐行，[06] 其清而平者且十亩余，有树环焉，有泉悬焉。

其上有居者，以余之亟游也，一旦款门来告曰：[07] "不胜官租私券之委积，[08] 既芟山而更居，[09] 愿以潭上田贸财以缓祸。"[10] 余乐而如其言。则崇其台，延其槛，[11] 行其泉于高者而坠之潭，[12]

- 01·钴鉧（gǔ mǔ）：熨斗，潭因形似熨斗而得名。据《钴鉧潭西小丘记》，知此篇作于游西山八日之后。
- 02·冉水：即上文之冉溪。奔注：奔腾直下。
- 03·"其巅"二句：谓水头至水尾的落差甚大，故水势峻急，冲撞非常猛烈。巅委，水头与水尾。势峻，因上下地势落差而形成的峻急之势。
- 04·啮（niè）：咬，引申作冲刷。旁广而中深：谓潭四周宽阔平浅，中间很深。
- 05·"毕至"句：谓水流最终碰到岸边的石头才停止。
- 06·"流沫"二句：谓由荡击形成的水沫像车轮一样，而后开始缓慢流动。
- 07·居者：住户。亟：屡次。旦：早晨。款门：叩门。
- 08·不胜：受不了。私券：借私人的钱款。
- 09·芟（shān）：割、除去（草木）。更居：变更住所，迁居。
- 10·"愿以"句：谓愿将潭上田地卖掉，换回钱来抵债。缓祸，延缓、解除因所欠官租私券而可能引起的灾祸。
- 11·崇：加高。延：加长。
- 12·"行其"句：谓将泉水引至高处，使之落到潭中。

● 13 · 潀（cóng）然：泉水落入潭中的声响。
● 14 · 迥（jiǒng）：高远。
● 15 · 夷：古时对边远少数民族的贬称，
这里指永州。

有声潀然。¹³尤与中秋观月为
宜，于以见天之高，气之迥。¹⁴
孰使余乐居夷而忘故土者，¹⁵非
兹潭也欤？

品·评

本文紧承上文而来，由写山转至写水。先交代钴鉧潭的地理方位和形成过程，
而将描写重点放在水流的奔腾转折和激烈气势上。"自南奔注"，见出来势迅
猛；而这奔注之水又"抵山石"，造成强烈的撞击；撞击之后，遂"屈折东流"，
使得水势稍缓；然而，由于上游与下游的地势落差，稍缓的水势又骤然强劲起
来，而且"荡击益暴"，凶猛地向岸边冲撞，撕咬着裸露的石崖。一个"啮"
字，令人如见其狂暴之状，如闻其咆哮之声。这段描写仅寥寥二十八字，却极
尽腾挪跌宕之能事，将一段在弱手那里本应是平铺直叙的介绍性文字，一变而
为屈折奔流狂怒不止的动态景观，充分展示了作者对事物的细微观察和驾驭语
言的高超能力。

由于水流对石崖年复一年不断地"啮"，便逐渐扩大着自己的地盘，最终形成一
个"旁广而中深"的钴鉧潭。至潭以后，水流便失去了其先前的狂暴猛烈，开
始带着水石相击后形成的车轮状的白色泡沫，缓缓地、平静地流淌开去。"其清
而平者且十亩余，有树环焉，有泉悬焉。"宛如一幅工笔的静态写生，其宁静轻
盈之态，与前文的猛烈动荡恰成鲜明的对比。

在简略交代了购买此潭的经过之后，作者开始以闲雅的笔致写其对钴鉧潭的再
度改造以及改造后的观赏效果，结句出之以"孰使余乐居夷而忘故土者，非兹
潭也欤？"点明此潭带给自己的乐趣。然而，钴鉧潭的美景虽好，却无论如何
冲淡不了作者"居夷"的悲怆和对故土的怀念。徐幼铮说得好："结语哀怨之
音，反用一'乐'字托出，在诸记中，尤令人泪随声下。"（高步瀛《唐宋文举
要》甲编卷四引）

钴鉧潭西小丘记

01

注·释

● *01*·本篇与上篇同时作，为"永州八记"第三篇。

● *02*·寻：循，沿着。道：步，行走。

● *03*·当：对着。湍（tuān）：急流。浚（jùn）：深。鱼梁：用土石垒成用以挡水的堤堰，中间留出过水的空隙可以捕鱼。

● *04*·突怒：高起挺出。偃蹇（yǎn jiǎn）：屈折俯伏。负土而出：顶着土耸出地面。殆：几乎。

● *05*·嵚（qīn）然：山石高耸貌。相累：互相重叠。下：其势向下。

● *06*·冲然：向前突起貌。角列：突出排列。罴（pí）：似熊而比熊大的一种动物。

● *07*·不能：不足、不到。笼：笼括、包举。

● *08*·货而不售：想卖而没能卖出去。

● *09*·怜而售之：因喜爱而将它买下来。

得西山后八日，寻山口西北道二百步，*02* 又得钴鉧潭。潭西二十五步，当湍而浚者为鱼梁。*03* 梁之上有丘焉，生竹树。其石之突怒偃蹇，负土而出，争为奇状者，殆不可数。*04* 其嵚然相累而下者，*05* 若牛马之饮于溪；其冲然角列而上者，若熊罴之登于山。*06* 丘之小不能一亩，可以笼而有之。*07*

问其主，曰："唐氏之弃地，货而不售。"*08* 问其价，曰："止四百。"余怜而售之，*09* 李深源、

● 10·李深源、元克己：作者的两位友人，事迹不详。

● 11·器用：铲草的工具。刈（yì）：割。秽草：杂草。

● 12·举：全部，都。熙熙然：和乐貌。回巧献技：展示出巧妙和技艺。回，运。引申为表现。效：呈献。

● 13·"枕席"诸句：清泠，清澈明净。谋，接触、相合。潆潆（yíng），轻盈的流水声。悠然而虚者，悠远冲虚的天空。渊然而静者，深邃幽静的境界。

● 14·不匝（zā）旬：不到十天。匝，环绕一周，引申为满。旬，十天。异地：风景奇异之地。二：指钴鉧潭和潭西小丘两处胜景。

● 15·好事之士：指喜好游览山水者。

元克己时同游，[10] 皆大喜，出自意外。即更取器用，铲刈秽草，[11] 伐去恶木，烈火而焚之。嘉木立，美竹露，奇石显。由其中以望，则山之高，云之浮，溪之流，鸟兽之遨游，举熙熙然回巧献技，以效兹丘之下。[12] 枕席而卧，则清泠之状与目谋，潆潆之声与耳谋，悠然而虚者与神谋，渊然而静者与心谋。[13] 不匝旬而得异地者二，[14] 虽古好事之士，[15] 或未能至焉。

噫！以兹丘之胜，致之沣、镐、

● 16 · 致之：把它放到。沣（fēng）、镐（hào）、鄠（hù）、杜：长安附近的四个地名，均为当时权贵居住或游赏的地方。
● 17 · 陋之：以之为陋，瞧不起它。
● 18 · 贾：同"价"。连岁：连年。
● 19 · 遭：遇合、机会。

鄠、杜，¹⁶则贵游之士争买者，日增千金而愈不可得。今弃是州也，农夫渔父过而陋之，¹⁷贾四百，连岁不能售。¹⁸而我与深源、克己独喜得之，是其果有遭乎！¹⁹书于石，所以贺兹丘之遭也。

品·评 开篇即交代时间、地点、事件。从"得西山后八日"到"梁之上有丘焉"数句可知：作者是于游西山八天后接连发现钻鉧潭和潭西小丘的，而钻鉧潭仅距西山山口西北道二百步，小丘则在潭西二十五步处。这里，时间非常紧凑，景点颇为密集，而相互间的距离则细化到"步"，可以说已是极为细密详备了。这种写法，是柳宗元游记散文的一个突出特点，由之也使得其笔下景物具有精致化、袖珍化的特征。

小丘上有竹有石。石非一块两块，而是多到"殆不可数"。更为重要的是，这么多的石头，千姿百态，无奇不有：整体上看，其状"突怒偃蹇，负土而出"——一个个拼力挣扎顶着土冒出头角，郁然喷发般向上突出，高高挺立；局部来看，"其欹然相累而下者，若牛马之饮于溪"——众石相互重叠着向下倾斜，犹如成群的牛马奔腾着朝溪边俯冲；"其冲然角列而上者，若熊罴之登于山"——石块的锋棱排成列状争着向上突进，就像无数熊罴争先恐后地往山上攀登。短短四句，巧用比喻，将"争为奇状"的上倾下斜之石鲜活地描画出来，诚可谓"工妙绝伦"（陈衍《石遗室论文》卷四）。进一步看，这样多的怪奇之石，竟可以被不到一亩的小丘"笼而有之"，则丘之小、石之多、景之密而奇，尽在不言之中。
如此奇异美妙的缩微景观，如果放在京都长安附近，必定奇货可居，争都争不到手；但在永州，竟然是一块连农夫渔父都瞧不上、接连几年都卖不出去的"唐氏之弃地"，这就不能不令作者大为感慨，并由此联及自己流落他乡的命运来。细读柳宗元的游记作品，其中呈现的大多是奇异美丽却遭人忽视、为世所弃的自然山水，诸如永州龙兴寺之东丘，"奥之宜者也，其始龛之外弃地"（《永州龙兴寺东丘记》）；小石城山工夺造化，却"不为之中州，而列是夷狄，更千百年不得一售其伎"（《小石城山记》）；袁家渴林木参差，涧水百态，而"永之人未尝游焉"（《袁家渴记》）；石渠风摇声激，美不胜收，却"未始有传焉者"（《石渠记》）；即使偶尔出州，才行数十步，也可看到"有弃地在道南"（《柳州东亭记》）。"弃地"如此之多，一方面固然与唐代永州、柳州的荒远僻陋有关，是实际情况的反映；但另一方面又深寓着作者的主观意图，也就是说，他是有意识地专门选择这些弃地一再加以表现的，他是在借弃地来象征弃人的。在地与人之间存在着一种深层的内在关联：一看到弃地，身遭贬谪的作者便会自然联想到自己被社会抛弃的命运；一想到自己的命运，便不由地将被弃的主观情感外射到所见到的弃地之中；而弃地的大量存在，无疑愈发加强了他由地到人、又由人到地的定向思维。同时，作者在此也并未将地与人作简单的比附，而是用对比、衬托的手法先极力凸显自然山水之美，然后反跌出如此之美的自然山水竟然被弃的悲惨遭遇，从而对被象征之主体——被贬谪者才华卓荦却不为世用、流落遐荒的命运作了益发突出的展现。如果说，本文所谓"唐氏之弃地"，就广泛的象征意义论，已足可引起人们对"唐室之弃人"的联想，那么，文章末尾所谓"我与深源、克己独喜得之，是其果有遭乎？书于石，所以贺兹丘之遭也"，便将此象征意图以及对自我命运的悲叹更为直截了当地表现出来。林云铭评云："末段以贺兹丘之遭，借题感慨，全说在自己身上。……乃今兹丘有遭，而己独无遭，贺丘所以自吊。"（《古文析义》初编卷五）这就是说：既悲丘之不遇，又悲己之不遇；丘虽见弃于世人，尚可碰到知音的赏识，可自己竟连这样的机会都没有，相比之下，不是人的遭遇更惨于丘吗？
在叙述上，此文"一段先叙小丘，次叙买丘，又次叙辟芜刈秽，又次叙赏游此丘，末后从小丘上发出一段感慨，不挽越一笔，不倒用一笔"（孙琮《山晓阁选唐大家柳柳州全集》卷三），可谓颇具章法。在描写上，治理小丘后从"嘉木立"至"渊然而静者与心谋"一段文字最为精当，且极具情韵，犹如雪天琼枝，既摇曳多姿，又冰清玉洁，诚为不可多得的写景妙文。

至小丘西小石潭记

⁰¹

注·释

● 01·小丘：即前篇所记钻鉧潭西小丘。小石潭：因潭底是石，故名。本篇为"永州八记"的第四篇。

● 02·篁（huáng）竹：成片的竹子。

● 03·如鸣珮环：如同珮、环撞击时发出的清脆响声。珮环，古人腰带上所佩的玉制饰物。

● 04·清冽（liè）：清澈寒冷。

● 05·"全石"二句：谓潭底是整块的岩石，岩石在靠近岸边处向上卷出水面。

● 06·坻（chí）：水中高地。屿：岛屿状的高地，大于坻。嵁（kān）：不平的岩石。岩：高峻的岩石。

● 07·"蒙络"二句：谓茎蔓交织缠绕在一起，摇动下垂，高低不齐地随风飘荡。

● 08·可：大约。空游无所依：好像在空中游动，全无依托。

● 09·俶（chù）尔：忽然。翕（xī）忽：迅捷的样子。

● 10·斗折蛇行：形容溪流曲折如北斗七星，蜿蜒如游蛇移动。明灭可见：谓在阳光照射下，溪水或明或暗。

● 11·犬牙差互：像狗牙一样交错不齐。

从小丘西行百二十步，隔篁竹闻水声，⁰²如鸣珮环，⁰³心乐之。伐竹取道，下见小潭，水尤清冽。⁰⁴全石以为底，近岸卷石底以出，⁰⁵为坻为屿，为嵁为岩。⁰⁶青树翠蔓，蒙络摇缀，参差披拂。⁰⁷潭中鱼可百许头，皆若空游无所依。⁰⁸日光下澈，影布石上，怡然不动；俶尔远逝，往来翕忽，⁰⁹似与游者相乐。

潭西南而望，斗折蛇行，明灭可见。¹⁰其岸势犬牙差互，¹¹不可知其源。坐潭上，四面竹树

● *12* · 凄神寒骨：心神凄冷，寒气透骨。
悄怆幽邃：寂静幽深，使人感到忧伤。悄，
静寂。怆，忧伤。邃，深。
● *13* · 吴武陵、龚古：作者友人，吴武陵
元和三年（808）坐事被贬至永州，深得作
者推奖。龚古事迹不详。宗玄：作者从弟。
● *14* · 隶而从者：跟着来的。隶，依附。
崔氏二小生：作者姊夫崔简的两个未成年
的儿子。

环合，寂寥无人，凄神寒骨，
悄怆幽邃。[12] 以其境过清，不可
久居，乃记之而去。

同游者吴武陵、龚古、余弟宗
玄。[13] 隶而从者崔氏二小生，曰
恕己，曰奉壹。[14]

品·评　在"永州八记"的前三记中，《始得西山宴游记》侧重写西山之奇伟怪特，《钴
鉧潭记》侧重写溪水之屈折荡击，《钴鉧潭西小丘记》侧重写众石之异态奇状，
而本篇则侧重写潭水之清洌明净。

清洌明净到什么程度呢？未及见水，即先闻"如鸣珮环"般的水声，由这清脆
响亮的水声，即可揣知水的质地，所以"心乐之"。一个"乐"，可见水声对作
者的吸引，于是自然过渡到"伐竹取道，下见小潭，水尤清洌"，可谓全文之

眼目，具承上启下之功用。清冽前着一"尤"字，既回应前写之水声和心乐，又说明水清之程度，为后文的描写埋下伏笔。接着转笔写潭的构造和周边环境："全石以为底，近岸卷石底以出，为坻为屿，为嵁为岩。青树翠蔓，蒙络摇缀，参差披拂。"表面看来，这些描写似与水之清冽无甚关系，实际上却是对水清原因的巧妙揭示。试想，小潭的整个潭底全由一块大石构成，没有一点泥沙杂物，连岸边也被此石所包卷，而潭的四周有石坻、石屿、石嵁、石岩和青树翠蔓所环绕，清新绝尘，幽雅宁静，则这种天造地设的石潭中的水能不清冽么？

潭中不仅有清冽的水，还有百许头鱼，而这些鱼"皆若空游无所依"。"空游"者，若游于空中而无任何依托之物也；鱼之所以像是在空中游动，根本的原因还在于水清，而且是极度的清澈，没有丝毫杂质，只有如此，才能给人造成"空游"的错觉。郦道元《水经注》有"渌水平潭，清洁澄深，俯视游鱼，类若乘空"的话，当为柳宗元此句所本；但柳宗元并未止步于此，而是更进一层，用"日光下澈，影布石上，怡然不动；俶尔远逝，往来翕忽，似与游者相乐"诸句，既写潭中鱼之乐，借以暗点人的愉悦心情，关照前文"心乐"二字，复写潭中水之清，将"空游"的含义推向深入。因为水清，所以日光可以穿越水面，直射潭底，使得鱼影布于石上。鱼在水中静止不动时，其布于石上之影也"怡然不动"；鱼迅捷游走时，其布于石上之影也"往来翕忽"。写鱼而兼及鱼之影，写鱼则是为了写水之清，将景物从平面变为立体，从一维转为多维，潭上之日光，水中之游鱼，石上之鱼影，看似有别而实则统一，它们聚合一途，从不同角度印证了开篇所说"水尤清冽"，而在表现手法和描写的深入度上，则"穷形尽相，物无遁情，体物直到精微地步矣"（林纾《韩柳文研究法·柳文研究法》）。

写完小潭，文章宕开一笔，以"望"字领起，转写西南方向的小潭之源，仅用"斗折蛇行，明灭可见"诸句总括远景，虚神笔罩，其源之不可知已在意中。源既不可，潭的四周又"竹树环合，寂寥无人"，作者顿感"凄神寒骨，悄怆幽邃"，以至"以其境过清，不可久居"而匆匆"记之而去"。后录《与李翰林建书》中曾谈到作者因被拘一隅"暂得一笑，已复不乐"的心境，本文所写，正是这种心境的典型体现。从开篇的"心乐之"到中篇的"似与游人相乐"再到"凄神寒骨"的"悄怆"之感，反映了作者游览山水时的情感发展曲线，也间接、含蓄地表现了作者内心的寂寞和处境的孤独。

袁家渇记

01

注·释

●01·袁家渇（hè）：水名，在永州城南十里。本篇与后面的《石渠记》《石涧记》《小石城山记》均作于元和七年（812），较"前四记"晚三年，习惯上将之合称"后四记"。

●02·朝阳岩：在永州城西南，唐诗人元结曾于代宗永泰二年（766）至此游览并命名，今存《朝阳岩铭并序》。芜江：不详。

●03·反流：反向流动，即与江水一般东流的方向相反，而向西流，故称"反流"。

●04·褐（hè）：渇的注音字。

●05·南馆高嶂：未详，疑为山名，在袁家渇上游。嶂，似屏障的山峰。

●06·百家濑（lài）：水名，《湖南通志》卷十八谓濑在零陵县南里许，"一泓寒碧，其容如练"。

●07·重（chóng）洲：一个接一个的沙洲。洲，水中突起的陆地。

●08·浅渚（zhǔ）：稍稍露出水面的陆地。

●09·间厕：夹杂、错杂。

●10·"平者"二句：谓水势平缓处呈深黑色，水势峻急时则激起白色浪花。峻，指浪高。沸，水翻腾、喷涌的样子。

●11·若穷：好像到了尽头。无际：无边。

由冉溪西南水行十里，山水之可取者五，莫若钴鉧潭。由溪口而西，陆行，可取者八九，莫若西山。由朝阳岩东南水行，至芜江，*02*可取者三，莫若袁家渇。皆永中幽丽奇处也。

楚、越之间方言，谓水之反流者为"渇"。*03*音若"衣褐"之"褐"。*04*渇上与南馆高嶂合，*05*下与百家濑合。*06*其中重洲小溪，*07*澄潭浅渚，*08*间厕曲折，*09*平者深黑，峻者沸白。*10*舟行若穷，忽又无际。*11*有小山出水中，山皆美石，上生青丛，冬

● 12 · 蔚然：草木茂盛貌。

● 13 · 砾（lì）：碎石。

● 14 · 枫、楠（nán）、石楠、楩（pián）、楮（zhū）、樟、柚（yóu）：多为生于南方之常绿乔木。

● 15 · 兰芷（zhǐ）：两种香草。

● 16 · 异卉（huì）：奇特的花草。

● 17 · 类：像、似。合欢：一名马缨花、榕花，落叶乔木。蔓生：像草本植物一样依附于他物生长。

● 18 · 轇轕（jiāo gé）：纵横交织、错杂盘结。

● 19 · 掩苒（rǎn）：风将草木吹得倒向一边的样子。

● 20 · 纷红骇绿：形容风将红花绿草吹得纷乱摇动。

● 21 · 蓊葧（wěng bó）：形容花香浓郁、喷放。

● 22 · 冲涛旋濑：谓风掀起浪涛，使急流回旋。濑（lài），急流。

● 23 · 摇扬葳蕤（wēi ruí）：谓风摇荡着茂盛的草木。葳蕤，草木茂盛枝叶下垂貌。

● 24 · 无以穷其状：难以穷尽其状态，即不能用笔墨将其千姿百态都表现出来。

● 25 · "不敢"二句：谓自己不敢独自享用如此美景，将其写出来，传给世人。专，独占。出，写出来。

● 26 · "其地"二句：谓渴的主人是世代居于此的袁氏，所以用"袁家渴"来命名。

夏常蔚然。 12 其旁多岩洞，其下多白砾， 13 其树多枫、楠、石楠、楩、楮、樟、柚， 14 草则兰芷。 15 又有异卉， 16 类合欢而蔓生， 17 轇轕水石。 18 每风自四山而下，振动大木，掩苒众草， 19 纷红骇绿， 20 蓊葧香气， 21 冲涛旋濑， 22 退贮溪谷；摇扬葳蕤， 23 与时推移。其大都如此，余无以穷其状。 24

永之人未尝游焉，余得之不敢专也，出而传于世。 25 其地主袁氏，故以名焉。 26

《袁家渴记》作于元和七年（812），是"永州八记"中"后四记"的首篇。在时间上与"前四记"隔了三年，在表现手法和描写重点上，也与前四记有所不同。前四记多是入笔揽题，直奔对象；本文则先作背景铺垫，在诸胜境的比较中将对象推至前台。前人说这种手法来自太史公，不为无见。试比较之：

> 西南夷君长以什数，夜郎最大；其西靡莫之属以什数，滇最大；自滇以北君长以什数，邛都最大。此皆魋结耕田有邑聚。（《史记·西南夷列传》）

> 由冉溪西南水行十里，山水之可取者五，莫若钴鉧潭。由溪口而西，陆行，可取者八九，莫若西山。由朝阳岩东南水行，至芜江，可取者三，莫若袁家渴。皆永中幽丽奇处也。（《袁家渴记》）

二文开篇均放开眼界，首先对不同处所作散点扫描，继而凝聚视线，从若干处所的同类中分别择取最著者，然后对其共同特点予以总括性的突出强调。这种方法，易于使人既周览全局，又得其关键，颇具画龙点睛之妙。不过，柳宗元虽受司马迁的影响，却又能自出机杼，在叙述中将地理方位更加细化，用三个"可取"和"莫若"，将钴鉧潭、西山和袁家渴从众多景点中拈举出来，而后将笔墨倾注到袁家渴上，全力展示其幽丽秀美的风姿。

进一步看，前四记的描写重点分别是山之怪特、溪之屈折、石之异态、水之清冽，而本文则将描写重点指向了水中小山、山上草木尤其是"自四山而下"的劲风。风无影无形，不易描状，于是借草木受风吹拂后的情状表现之；草木受风的情状在一般人眼中大多是一样的，但在作者笔下却声色兼备、异彩纷呈。但见此风由上至下，呼啸而来，大树摇动，众草披拂，花卉们惊恐万状，红色的花瓣纷纷飘洒，绿色的枝叶不住地颤抖，一阵浓郁的香气也就在这风吹花乱中洒满山林之间。这样一幅气象万千的场景，作者只用了"振动大木，掩苒众草，纷红骇绿，蓊葧香气"十六个字来表现，可谓惜墨如金，但它造成的效果，却奇警异常，使人在风声、树响、草动、花香之视觉、听觉和味觉的多重感受中，回味无穷。写了山中草木的受风情形，作者并未止笔，接着又用"冲涛旋濑，退贮溪谷；摇扬葳蕤，与时推移"四句写风继续下行，经过山脚水面时激起的浪涛和急流，以及水波退回溪谷后摇荡岸边草木、久久不息的情状。由此既形象地展示出与前不同的另一幅风水草木交织的景观，又借此山风，将山上山下、林木溪水连成一体，将文意重又收束于袁家渴的岸边水面，其构思立意之巧妙，令人叹为观止。

这篇游记在造语设色上继承了前四记的特点，既简洁精当之至，又极富诗情画意。如用"平者深黑，峻者沸白"写平缓的水面和峻急的水势，用"舟行若穷，忽又无际"写水流的曲折多变和行舟者的感觉，均切合实景而兼具神韵。林纾说"须含一股静气，又须十分画理，再著以一段诗情，方能成此杰构"（《韩柳文研究法·柳文研究法》），沈德潜谓"舟行"二句较王维"安知清流转，忽与前山通"（按：此二句见王维《蓝田山石门精舍》）的"神来之句"还要胜出一筹（《唐宋八家文读本》卷九），都是从这个角度发表的颇有见地的意见。

石渠记

01

注·释

●01· 石渠：由石块构成的渠道。此为"永州八记"的第六篇、"后四记"的第二篇，元和七年（812）作。

●02· 渴（hè）：即袁家渴。

●03· 不能：不足，不到。

●04· 桥：作动词用，建桥，搭桥。

●05· 幽幽然：深远貌。

●06· 鸣：泉水声。乍：忽然。细：小。

●07· 广：宽。或：有的。咫尺：一尺左右，古时八寸为咫。

●08· 倍尺：两尺。

●09· 可：大约。

●10· "其流"二句：谓水流遇到大石，便从石底流出。抵，触，遇到。伏出，潜伏而出。

●11· 逾石：漫过石头。

●12· 石泓：石底的深水潭。

●13· 昌蒲：即菖蒲，水草名。被：覆盖。

●14· 青鲜：即青苔。鲜，同"藓"，苔藓。

●15· 陷：落。

●16· 北：向北。堕：落。

●17· 幅员：面积。减：少于，不到。

●18· 倏（shū）鱼：鱼名，即白鱼。

●19· 纡（yū）余：迂回延伸。

●20· 睨（nì）：斜视，此谓看上去。

●21· 卒：最终。渴：即袁家渴。

●22· 其侧：石渠两岸。卉：草。箭：竹。

●23· 列坐：并排而坐。庥（xiū）：同"休"，休息。

●24· 巅：物的顶或者末，此指树和竹的梢头。

自渴西南行，^{02} 不能百步，^{03} 得石渠，民桥其上。^{04} 有泉幽幽然，^{05} 其鸣乍大乍细。^{06} 渠之广，或咫尺，^{07} 或倍尺，^{08} 其长可十许步，^{09} 其流抵大石，伏出其下。^{10} 逾石而往，^{11} 有石泓，^{12} 昌蒲被之，^{13} 青鲜环周。^{14} 又折西行，旁陷岩石下，^{15} 北堕小潭。^{16} 潭幅员减百尺，^{17} 清深多倏鱼。^{18} 又北曲行纡余，^{19} 睨若无穷，^{20} 然卒入于渴。^{21} 其侧皆诡石怪木、奇卉美箭，^{22} 可列坐而庥焉。^{23} 风摇其巅，^{24} 韵动崖谷。²⁵ 视之既静，其听始远。²⁶ 余从州牧得之，²⁷ 揽去翳朽，²⁸ 决疏土石，²⁹ 既崇而焚，³⁰ 既酾而盈。³¹ 惜其未始有传焉者，³² 故累记其所属，³³ 遗之其人，³⁴ 书之其阳，³⁵ 俾后好事者求之得以易。³⁶ 元和七年正月八日，蠲渠至大石。³⁷ 十月十九日，逾石得石泓小潭。渠之美于是始穷也。³⁸

● 25·韵：指风吹动草木等发出和谐而优美的声响。

● 26·"视之"二句：谓眼看着竹树等都已停止摆动，风静声寂，可一听，回荡在山谷的声音才开始传至远方。听，指听到的声音。

● 27·州牧：即永州刺史。据韩醇注及郁贤皓《唐刺史考全编》卷一七一《江南西道·永州》，知元和七八年间永州刺史为韦彪。柳宗元作有《永州韦使君新堂记》。

● 28·揽去：取去，清除。翳朽：遮蔽在渠水上的腐枝枯叶。翳（yì），遮蔽。

● 29·决疏：开通，疏通。

● 30·既崇而焚：意谓把枯木烂枝等堆高，然后烧掉。崇，堆高。

● 31·酾（shī）：疏导，畅通。盈：水满。

● 32·传焉者：记下美景使它流传的文章。

● 33·累记其所属：一一记下它所有的景致。

● 34·遗（wèi）：赠送。

● 35·其阳：石渠北面。山南水北为阳。

● 36·俾（bǐ）：使。好事者：好游山水之人。

● 37·蠲（juān）渠：清除渠中杂物。蠲，除，清除。

● 38·穷：穷尽，完毕。

随势曲折，富于变化，行于所当行，止于所当止，既有动态之姿，又有静态之美。先写一股泉水汩涌而出，鸣声清洌，流触大石，便伏出其下；次写石泓，在昌蒲的覆盖、青苔的环绕下显得清静幽绿；然后写石潭，幅员稍广，清深多鱼；最后写石渠景尽，"卒入于渴"。随着诗人"得石渠""逾石而往""又折西行""又北曲行纤余"，移步换景，石渠的景致随之变化，而且各有特色和神韵。《山晓阁选唐大家柳柳州全集》卷三对此记的评价说得好："接《袁家渴记》读去，便见妙境无穷。篇中第一段写石渠幽然有声，确是写出石渠，不是第二段石泓。第二段写石泓澄然以清，确是写出石泓，不是第三段石潭。第三段写石潭渊然以深，确是写出石潭，亦不是第一段第二段石渠石泓，洵是化工肖物之笔。"

二是石渠周围的景致。虽然只是寥寥几笔，却将小石渠的风景点染得如诗、如画。"诡石怪木、奇卉美箭"，与渠中幽泉、清泓和深潭相映成趣。特别是其中对风的描写："风摇其巅，韵动崖谷。视之既静，其听始远。"显得流走回荡，韵致悠远。沈德潜在《唐宋八家文读本》中将之与前篇《袁家渴记》比较，说："亦善写风，前篇骚动，此篇静远。"文章对石渠的描写在"有泉幽幽然，其鸣乍大乍细"的泉声中开篇，又在风声中收束，余音绵绵不尽。石渠之美，已不仅仅存在于单纯的石渠，而是融化在这一片诗情画意之中。

从平凡景物中发现并写出不平凡之美，这是读这篇游记最强烈的一个感受。如此境界的达成，不仅仅是由于作者的那一颗诗心，更是因为其超凡卓绝的笔力。一位美国学者在论及柳宗元山水文学的创作时说："对某些人来说，流亡是一种解放，一种批评的距离，一个更新的自我，一种文化甚或语言的再生。"（司马德琳《贬谪文学与韩柳的山水之作》，《文学遗产》1994 年第 4 期）这一评论，对柳宗元被贬后山水游记的创作来说，是比较恰当的。

石涧记

01

石渠之事既穷，*02* 上由桥西北，下土山之阴，*03* 民又桥焉。其水之大，倍石渠三之一。*04* 亘石为底，达于两涯。*05* 若床若堂，*06* 若陈筵席，*07* 若限阃奥。*08* 水平布其上，流若织文，*09* 响若操琴。*10* 揭跣而往，*11* 折竹箭，扫陈叶，排腐木，可罗胡床十八九居之。*12* 交络之流，*13* 触激之音，*14* 皆在床下；翠羽之木，*15* 龙鳞之石，均荫其上。*16* 古之人其有乐乎此耶？后之来者，有能追余之践履耶？*17* 得

- 01·石涧：涧底为石，故名。涧，两山间之水曰涧。此文为"永州八记"第七篇、"后四记"第三篇，与《石渠记》同时作。
- 02·事：谓景致。既穷：已尽。
- 03·阴：山北为阴。
- 04·倍：多，增加。三之一：即三分之一。
- 05·"亘石"二句：谓以石板为底，延伸至涧的两岸。亘石，大的石板。亘（gèn），空间上延续不断貌。
- 06·若：像。
- 07·陈：排列。
- 08·限：界，限制。阃（kǔn）奥：深隐的内室。阃，门槛。
- 09·织文：锦绣上的花纹。
- 10·操琴：弹琴。
- 11·揭跣（xiǎn）：提起衣裳赤脚涉水。跣，赤足。
- 12·罗：罗列。胡床：由胡地传入的一种轻便坐具，可折叠，又称交椅、交床。居：坐。
- 13·交络：交织成花纹。
- 14·触激之音：谓水流撞击所发出的声音。
- 15·翠羽：翠鸟的羽毛，用以形容枝叶翠绿而有光泽。
- 16·荫（yìn）：遮蔽。
- 17·追：追随。践履：足迹，踪迹。

●18・渴（hè）：即袁家渴。

●19・百家濑：水名，见前录《袁家渴记》注。

●20・可乐者：可供游乐的地方。数焉：有几处。

意之日，与石渠同。

由渴而来者，[18]先石渠，后石涧；由百家濑上而来者，[19]先石涧，后石渠。涧之可穷者，皆出石城村东南，其间可乐者数焉。[20]其上深山幽林，逾峭险，道狭不可穷也。

品·评

"由渴而来者，先石渠，后石涧"，《石渠记》之后，便是这篇《石涧记》。石渠和石涧同样都是石态水容，所以从描写景物对象这一层来说，很容易让文章陷入雷同。但是，由于作者在描写方式上进行了改变，这篇《石涧记》读来也能给人以全新的审美感受。

在《石渠记》中，石渠虽小，但作者随水流所至，移步换景，最终使之展现出了无穷的景致。此篇写石涧，"水之大，倍石渠三之一"，作者则使用了凝神聚焦法，将笔墨完全集中在涧底的大石和石上平布的水中。写石之大："亘石为底，达于两涯。"写石之形："若床若堂，若陈筵席，若限阃奥。"再写石上的水纹、水声："流若织文，响若操琴。"石之奇特，纹之优美，声之动听，描绘细致入微、形象生动，让人如见其景，如闻其声。然而，作者并不言尽于此，紧接着，又由实转虚，继而想象并抒写"可罗胡床十八九居之"的美景和感受："交络之流，触激之音，皆在床下；翠羽之木，龙鳞之石，均萌其上。"坐于胡床，下有交织成花纹的水流、清越的声响，上有翠绿的枝叶、斑纹的岩石，此情此景，身居其中，能不让人心赏而陶醉？泼墨至此，文中的景物虚实相生，石涧之美，已昭然于笔下。故而诗人完全乐于此境，其怡然自得的心情脱口而出："古之人其有乐乎此耶？后之来者，有能追余之践履耶？"

从整体上看，《石渠记》有曲折变化之美，而《石涧记》则有酝酿神秀之容，两者各有特色、各臻其妙。《山晓阁选唐大家柳柳州全集》卷三云："读《袁家渴》一篇，已是穷幽选胜，自谓极尽洞天福地之奇观矣。不意又有《石渠记》一篇，另辟一个佳境。读《石渠记》一篇，已是搜奇剔怪，洞天之中，又有洞天，福地之内，又有福地，天下之奇观，更无有愈于此矣。不意又有《石涧记》一篇，另辟一个佳境。真是洞天之中，有无穷洞天，福地之内，有无穷福地。不知永州果有此无限妙丽境界，抑是柳州胸中笔底真有如此无限妙丽结撰，令人坐卧其间，能不移情累月。从古游地，未有如石涧之奇者。从古善游人，亦未有如子厚之好奇者。"是为有识之见。

小石城山记 [01]

自西山道口径北，[02] 逾黄茅岭而下，[03] 有二道：其一西出，[04] 寻之无所得；其一少北而东，[05] 不过四十丈，土断而川分，[06] 有积石横当其垠。[07] 其上为睥睨梁欐之形，[08] 其旁出堡坞，[09] 有若门焉。窥之正黑，[10] 投以小石，洞然有水声，[11] 其响之激越，[12] 良久乃已。环之可上，[13] 望甚远，无土壤而生嘉树美箭，[14] 益奇而坚，其疏数偃仰，类智者所施设也。[15]

噫！吾疑造物者之有无久矣。

●16•诚：确实。

●17•中州：中原地区。

●18•夷狄：古时汉族对中原以外少数民族的统称。这里指蛮荒偏远之地。

●19•"更千"句：谓人迹少至，千百年来也不能向人们展示它奇妙的景色。更，历经。售，表现，显露。伎，同"技"，造物者的技巧，即指小石城山的奇景。

●20•神者：即造物者。傥同"倘"，或许。如是：如此。

●21•或：有人。

●22•"以慰"句：意谓这美景是用来慰藉那些贤明而不幸受辱来到此地的人的。以，用来。

●23•"或曰"三句：有人说，这地方的天地灵气不成就伟人，而唯独造就这样的美景，所以永州人少而多美石。气之灵，天地之灵气。为，造就。楚之南，这里指永州。

●24•是二者：这两种说法。

及是，愈以为诚有。[16]又怪其不为之中州，[17]而列是夷狄，[18]更千百年不得一售其伎，[19]是故劳而无用。神者傥不宜如是，[20]则其果无乎？或曰：[21]"以慰夫贤而辱于此者。"[22]或曰："其气之灵，不为伟人而独为是物，故楚之南少人而多石。"[23]是二者，[24]余未信之。

品·评　读柳宗元前面的山水游记，只觉笔随景移，字为景设。虽时常有一种被弃的孤独感流注其间，但同时也可以领略到作者"施施而行，漫漫而游"的轻松和解脱。登上西山，他感叹道："知是山之特立，不与培塿为类，悠悠乎与颢气俱，而莫得其涯；洋洋乎与造物者游，而不知其所穷。"（《始得西山宴游记》）游览小丘，他感觉到："枕席而卧，则清泠之状与目谋，瀯瀯之声与耳谋，悠然而虚者与神谋，渊然而静者与心谋。"（《钴鉧潭西小丘记》）欣赏石涧，他得意道：

"古之人其有乐乎此耶？后之来者，有能追余之践履耶？"（《石涧记》）这种"心凝神释，与万物冥合"的忘我境界，这种境与神谐、乐而忘形的愉悦心境，使柳宗元的游记少了一份沉重和凝滞，而多了一份俊逸和通脱，故为后人赏爱。而在这篇游记中，作者于写景之后，则用了整段文字直发议论，其胸中不平之气和借山水以自遣之意，十分明显。

第一段对小石城山的描写，仍随着作者探寻、发现和游览的路线移步换景，逐步展现和推进。开篇先写搜寻寻胜的路径，在经过作者的一番认真追踪之后，小石城山终于出现。接着便把镜头对准小石城山，以寥寥数语，交待小石城山之形状、布局及其上、其旁的景观，使得小石城山的全貌宛然如在目前。将作者笔下的小石城山与此前所写诸景相比，如果说西山壮丽，钴鉧潭、小石潭、石渠等秀美，那么此小石城山则可以用一"奇"字来概括。文章一开始的不懈追"寻"已为其作了必要的铺垫，而作者游览之后的感受："益奇而坚，其疏数偃仰，类智者所施设也。"更是直接道出了对遇景之"奇"的赞叹。而这一切，都是为下面的议论作十足的准备。

在第二段中，作者便借此奇丽之景，以"造物者之有无"为题，用自问自答的方式生发议论。先是以"疑其有无"提出问题，接着肯定地说"以为诚有"，然后又用"劳而无用"去否定这个"诚有"，接着又借他人之口用两个"或曰"去作解释，最后用"余未信之"加以否定。这样的肯定、否定，接踵而来，正是作者心中矛盾、迷惑和复杂心情的直接体现。而造成这种矛盾和不解的根源，就在于："又怪其不为之中州，而列是夷狄，更千百年不得一售其伎，是故劳而无用。"这表面上是在说，小石城山的景色固然奇丽，但无人赏识，也是形同虚设。但字里行间，作者借题发端、传达自己怀才不遇的弦外之音已是十分明显。而到了后面，作者借他人之口说出："以慰夫贤而辱于此者。"其无辜被贬的抑郁不平之气，已溢于毫端。

柳宗元被贬永州后，徜徉于山水间，永州那奇崛的山水几乎就是他自己被弃绝不用之美才的写照。而此篇借山水以自遣的意味尤浓，使得它在"永州八记"中显得格外突出。又因它是"永州八记"的最后一篇，自然会被视作这组游记一个带有总结性质的收束。故而后人对此篇题旨和特色多有论及，兹摘录数则以供参考：

> 柳州诸记，多描写景态之奇，与游赏之趣。此篇正略叙数语，便把智者施设一句，生出造物有无两意疑案。盖子厚迁谪之后，而楚之南实无一人可与语者，故借题发意，用寄其以贤而辱于此之慨。（《古文析义》卷十三）

> 借之瑰玮，以吐胸中之气。柳州诸记，奇趣逸情，引人以深。而此篇议论，尤为崛出。（《古文观止》卷九）

> 前幅一段，径叙小石城。妙在后幅，从石城上忽信一段造物有神，忽疑一段造物无神，忽捏一段留此石以娱贤，忽捏一段不钟灵于人而钟灵于石，诙谐变幻，一吐胸中郁勃。（《山晓阁选唐大家柳柳州全集》卷三）

227

游黄溪记
01

北之晋，*02* 西适豳，*03* 东极吴，*04* 南至楚越之交，*05* 其间名山水而州者以百数，*06* 永最善。环永之治百里，*07* 北至于浯溪，*08* 西至于湘之源，*09* 南至于泷泉，*10* 东至于黄溪东屯，*11* 其间名山水而村者以百数，黄溪最善。*12*

黄溪距州治七十里，*13* 由东屯南行六百步，至黄神祠。*14* 祠之上，两山墙立，*15* 丹碧之华叶骈植，*16* 与山升降，*17* 其缺者为崖峭岩窟。*18* 水之中，皆小石平布。黄神之上，揭水八十步，*19*

注·释

- *01*·黄溪：水名，今湖南零陵东，源出湖南南部的阳明山，北流至祁阳，与白水汇合后流入湘江。文作于元和八年（813）柳宗元随永州刺史到黄神祠求雨之后。
- *02*·之：至，到。晋：周代诸侯国名，在今山西、河北南部和陕西中部等地。
- *03*·适：到。豳（bīn）：同"邠"，周代诸侯国名，在今陕西邠州一带。
- *04*·极：至。吴：周代诸侯国名，在今长江下游一带。
- *05*·楚：周代诸侯国名，在今湖北和湖南一带。战国时为七雄之一，扩展至今河南、安徽、江苏、浙江、江西和四川。越：周代诸侯国，在今浙江一带。交：交界地带。
- *06*·名山水：以山水而闻名。
- *07*·治：治理、管辖。
- *08*·浯（wú）溪：水名，源出今湖南祁阳西南松山，东北流入湘江。
- *09*·湘之源：湘水的源头，在今广西兴安的海洋山。
- *10*·泷（shuāng）泉：水名，在今湖南南部。
- *11*·黄溪东屯：村名，当在黄溪之东。
- *12*·黄溪最善：意谓黄溪所在的村子风景最好。
- *13*·州治：州级行政官署所在地。唐时永州州治在零陵。
- *14*·黄神祠：祠堂名，求雨之所。黄神，王莽的同宗，因避王莽之祸到永州，死后为当地百姓奉为神，并为之建祠。
- *15*·墙立：如墙壁一样耸立。
- *16*·丹碧之华叶：红绿的花叶。华，同"花"。骈植：并列栽植。
- *17*·与山升降：谓花叶满山，随山势高低起伏。
- *18*·缺：指没有生长花木。崖峭：峭壁。岩窟：山洞。
- *19*·揭水：提起衣裳涉水。

至初潭，最奇丽，殆不可状。[20]
其略若剖大瓮，[21] 侧立千尺，溪
水积焉。黛蓄膏渟，[22] 来若白
虹，[23] 沉沉无声，[24] 有鱼数百尾，
方来会石下。[25] 南去又行百步，
至第二潭。石皆巍然，[26] 临峻
流，[27] 若颏颔断腭。[28] 其下大石
杂列，可坐饮食。有鸟赤首乌
翼，大如鹄，[29] 方东向立。[30] 自
是又南数里，[31] 地皆一状，树
益壮，石益瘦，水鸣皆锵然。[32]
又南一里，至大冥之川，[33] 山舒
水缓，有土田。始黄神为人时，[34]

- 20·殆不可状：几乎无法形容。殆，几乎。状，形容，描绘。
- 21·剖：破开。瓮：一种盛水、酒等的陶器。
- 22·黛：青黑色。蓄：积聚。膏渟（tíng）：如膏状物一样不流动，此形容潭水浓深重的青绿色。渟，水停止不流。
- 23·来若白虹：谓流入初潭之溪水的色泽、形态像白虹一样。
- 24·沉沉无声：谓溪水注入潭中没有声响。
- 25·方：正，正在。会：集聚。
- 26·巍然：高峻貌。
- 27·峻流：急流。
- 28·颏（kē）、颔（hàn）：均指下巴。龂（yín）：牙龈。腭（è）：口腔上壁。此皆用来形容山石参差怪异之状。
- 29·鹄：天鹅。
- 30·方：正，正好。
- 31·是：此地。
- 32·锵（qiāng）然：像金石相击发出的声音，形容水声清亮激越。
- 33·大冥之川：广阔的平地。冥，深远。川，平地。
- 34·"始黄神"句：谓黄神这个人在世时。

传者曰："黄神王姓，莽之世也。[35] 莽既死，神更号黄氏，[36] 逃来，[37] 择其深峭者潜焉。"[38] 始莽尝曰："余黄虞之后也。"[39] 故号其女曰黄皇室主。[40] 黄与王声相迩，[41] 而又有本，[42] 其所以传言者益验。[43] 神既居是，民咸安焉。以为有道，死乃俎豆之，[44] 为立祠。后稍徙近乎民，[45] 今祠在山阴溪水上。[46] 元和八年五月十六日，既归为记，以启后之好游者。

● 35 · 莽之世：是王莽的同宗。莽，即王莽，字巨君，西汉末以外戚掌握政权，初始元年篡位称帝，改国号为"新"。后刘秀等起兵讨之，王莽兵败自杀。世，世系，世族。

● 36 · 更号：改姓。

● 37 · 逃来：逃至永州。

● 38 · 潜：隐藏，隐居。

● 39 · "始莽"句：据《汉书·王莽传》，王莽篡位时，曾谓"予以不德，托于皇初祖考皇帝之后、皇始祖考虞帝之苗裔"，自称为虞帝的后代。

● 40 · 黄皇室主：王莽之女为汉平帝皇后，王莽篡位后，更号为黄皇室主。

● 41 · 相迩：相近。

● 42 · 本：依据。即史传所说的王姓是皇帝的后裔。

● 43 · 验：验证，应验。

● 44 · 俎（zǔ）豆：俎和豆本是古代祭祀用的器具，此指祭祀、崇奉。

● 45 · 徙：迁移。近乎民：离百姓所居更近一些。

● 46 · 山阴：山的北面，古以山北水南为阴。溪：指黄溪。

此篇是作者继"永州八记"之后的又一篇力作。林纾在《韩柳文研究法》中曾盛赞此文,认为:"《黄溪》一记,为柳州集中第一得意之笔。虽合荆、关、董、巨四大家,不能描而肖也。"

文章开篇为黄溪安排了一个烘云托月式的出场,黄溪之美已声势俱足,呼之欲出。这不禁让人想起宋玉在著名的《登徒子好色赋》中对东邻女子美貌的渲染:"天下之佳人,莫若楚国;楚国之丽者,莫若臣里;臣里之美者,莫若臣东家之子。"再看此文,"一起先从齫晋吴楚,四面写来,抬出永州。次从永州名胜,四面写来,抬出黄溪,便见得黄溪不独甲出一个永州,早已甲出于天下,地位最占得高"(《山晓阁选唐大家柳柳州全集》卷三)。这种极尽烘托、先声夺人的铺垫手法与宋玉之笔异曲同工,已将黄溪之美渲染到极致。

接下来,作者便着力刻画黄溪的美景,虽惜墨如金,但可谓神来之笔。先写山景,两山壁立,丹碧起伏,已若出丹青之手。次写初潭、二潭,景色愈奇绝,而"凡写石,写泉,写树,处处换笔,便处处另换一个洞天福地。坐卧其间,此身恍在黄溪深处,真是仅事。一路逐段记步记里,自成章法"(《山晓阁选唐大家柳柳州全集》卷三)。特别是初潭,虽云"最奇丽,殆不可状",但对其描写至为生动传神。《林纾选评古文辞类纂》卷九对此段分析得好:"山水之记,本分两种,欧公体物之工不及柳,故遁为咏叹追思之言,亦自饶风韵。柳州则札硬砦,打死仗,山水中有此状便写此状,如画工绘事,必曲尽物态然后已。剖大瓮侧立者,石壁内陷,作穹圆状,其下半浸入溪中,故溪水来即其下。石之上半如宕而有阴,故下半之水作黛色。渟,止水也。水入瓮中,又安得流?所谓沉沉无声者是也。鱼之来会,亦无心至此。用一'会'字,新颖极矣。"对柳宗元的生花妙笔理解得很是贴切。

最后补出黄神之事,并说明黄神祠的由来,不仅为山水游记增添了历史况味,同时也交代了柳宗元此行的缘起,从而使文章结构显得完备、周密。

柳州山水近治[01]

可游者记

注·释

- 01·近治：指靠近州治的城郊一带。治，州治，州衙门所在地。
- 02·浔水：即柳江，一名黔江，环绕柳州城西、南、东三面而过。
- 03·徙：迁移。
- 04·直平：直而平，犹言平坦。
- 05·水汇：水流迂回、环绕。
- 06·崭然：山险峻貌。
- 07·支川：支流。
- 08·"浔水"句：谓浔水因支流的力量而从向北流改为向东流。
- 09·可砚：可以做砚石。
- 10·绝：渡过、穿过。
- 11·无麓：指山势陡峭，下无缓坡。麓，山脚。广：宽。寻：古代度量单位，一寻为八尺。
- 12·甑（zèng）：古时蒸饭用的一种陶制炊器，底部有孔，俗叫甑子。
- 13·负：依靠、背靠。

古之州治，在浔水南山石间。[02]今徙在水北，[03]直平四十里，[04]南北东西皆水汇。[05]

北有双山，夹道崭然，[06]曰背石山。有支川，[07]东流入于浔水。浔水因是北而东，[08]尽大壁下。其壁曰龙壁。其下多秀石，可砚。[09]

南绝水，[10]有山无麓，广百寻，[11]高五丈，下上若一，曰甑山。[12]山之南，皆大山，多奇。又南且西曰驾鹤山，壮耸环立，古州治负焉。[13]有泉在坎下，恒盈

- 14 • 恒：常。盈：满。《清一统志·柳州府·山川》谓驾鹤山"下有长塘，冬夏不涸"。
- 15 • 正方而崇：指其形状方正而且高。崇，高。屏：屏风。
- 16 • 北沉浔水濑下：谓其北面山脚插入柳江急流之中。濑，湍急的水。
- 17 • 宇：屋檐，指石穴上向外突出像屋檐的岩石。
- 18 • 流石：指熔洞中下垂的钟乳石。
- 19 • 茄（jiā）房：莲蓬，指倒圆锥形的钟乳石。
- 20 • 少半：小于一半。
- 21 • 常：古度量单位，八尺为寻，倍寻为常，即十六尺。常有四尺：即十六尺外又加四尺。
- 22 • 窍：孔、洞。
- 23 • 烛：用作动词，用烛光照明的意思。

而不流。¹⁴ 南有山，正方而崇，类屏者，¹⁵ 曰屏山。其西曰四姥山，皆独立不倚，北沉浔水濑下。¹⁶

又西曰仙弈之山。山之西可上，其上有穴，穴有屏，有室，有宇。¹⁷ 其宇下有流石成形，¹⁸ 如肺肝，如茄房，¹⁹ 或积于下，如人，如禽，如器物，甚众。东西九十尺，南北少半。²⁰ 东登入小穴，常有四尺，²¹ 则廓然甚大。无窍，²² 正黑，烛之，²³ 高仅见其宇，皆流石怪状。由屏南室中入小穴，倍常而上，[24] 始黑，已而大明，为上室。由上室而上，有穴，北出之，乃临大野，[25] 飞鸟皆视其背。[26] 其始登者，得石枰于上，[27] 黑肌而赤脉，[28] 十有八道，可弈，故以云。[29] 其山多柽，多楮，多筼筜之竹，多橐吾。[30] 其鸟多秭归。[31]

石鱼之山，全石，无大草木，山小而高，其形如立鱼，[32] 尤多秭归。西有穴，类仙弈。入其穴，东出，其西北灵泉在东趾下，[33] 有麓环之。泉大类毂雷

● 24 · 倍常：倍于常、常的翻倍，即三十二尺。

● 25 · 大野：宽广的原野。

● 26 · "飞鸟"句：谓站在洞口下视飞鸟，看到的是鸟的背部。这里是说洞口很高。

● 27 · 石枰（píng）：石头棋盘。

● 28 · 黑肌：黑色的石面。赤脉：红色的线条。

● 29 · "可弈"二句：谓在此石头棋盘上可以下棋，所以叫仙弈山。

● 30 · 柽（chēng）：落叶小乔木，又名观音柳、红柳。楮（zhū）：常绿乔木，质地坚硬。筼筜（yún dāng）：一种皮薄、节长而竿高的竹子。橐（tuó）吾：多年生草木，根可入药。

● 31 · 秭（zǐ）归：亦作子规，杜鹃的别名。

● 32 · 立鱼：站立的鱼。

● 33 · 灵泉：《清一统志·柳州府·山川》谓石鱼山"山半有立鱼岩，岩之东麓，灵泉出焉"。趾：脚。

● 34·"泉大"句：谓泉水的声音很像车轮滚动时发出的雷一样的鸣响。毂（gǔ）：车轮中间车轴贯入处的圆木。

● 35·洄：漩流。

● 36·伏：隐藏、潜伏。

● 37·石鲫（jì）：鲫鱼的一种。鲦（tiáo）：一种白色的小鱼。

● 38·西：当作"面"。

● 39·变见：变化隐现。见，通"现"。

● 40·俎（zǔ）鱼、豆觞（zhì）：俎、豆等祭祀礼器中盛放的鱼、肉。俎、豆皆为古代祭祀时盛放祭品的器具，多为木制。修形：干肉和羹汤。修，干肉。形，通"铏"，盛羹的器具。糈（xǔ）：祭神用的精米。稌（tú）：同"稌"，稻。阴酒：曲酒。

● 41·虔则应：恭敬诚心就有显应。

● 42·峨山：即鹅山，山形似鹅，故名。

● 43·峨水：即鹅水。

鸣，[34] 西奔二十尺，有洄，[35] 在石涧，因伏无所见，[36] 多绿青之鱼，多石鲫，多鲦。[37]

雷山，两崖皆东西，[38] 雷水出焉。蓄崖中曰雷塘，能出云气，作雷雨，变见有光。[39] 祷用俎鱼、豆觞、修形、糈稌、阴酒，[40] 虔则应。[41] 在立鱼南，其间多美山，无名而深。

峨山在野中，[42] 无麓，峨水出焉，[43] 东流入于浔水。

与谪居永州时相比，柳宗元刺史柳州后出游山水的次数有所减少，所作山水游记在描写方法上也有了一些变化，这些变化，在这篇《柳州山水近治可游者记》中即有反映。

此文不像"永州八记"那样集中笔墨写某一个景点，而是采取散点扫描的方法，将柳州州治附近的奇山异水悉数纳入视野之中，由北而南而西，有条不紊地顺序写来，形散而神聚，文长而笔精，"全是记事，不着一句议论感慨，却淡宕风雅"（《山晓阁选唐大家柳柳州全集》卷三引茅坤语）。

在行文中，作者写山重于写水；其所写之山中，有名号者即有双山、背石山、甑山、驾鹤山、屏山、四姥山、仙弈之山、石鱼之山、雷山、峨山十座山峰，它们或"夹道崭然"，或"正方而崇"，或"有山无麓""下上若一"，或"全石，无大草木""其形如立鱼"，均造型奇特，面目各异，就中尤以仙弈山石穴的描写最具特色。石穴在仙弈山西侧，"穴有屏，有室，有宇。其宇下有流石成形，如肺肝，如茄房，或积于下，如人，如禽，如器物，甚众"。这段描写，先已使人为其天造地设的结构和琳琅满目的造型感到惊异了，而当由西向东通过九十尺长的洞穴后，发现其东部还有阔达二十尺的小穴，用火来照，"皆流石怪状"。再由屏南室中入小穴，向上攀登，则"始黑，已而大明，为上室"。由上室复往上走，"有穴，北出之，乃临大野"。真是洞中有洞，室上有室，忽暗忽明，曲径通幽，令人有奇不胜览、美不胜收之感。至于从穴中北出俯临大野之后，作者更以神来之笔写道："飞鸟皆视其背。"人站在洞口向下观望，看到的全是飞鸟的背部。有此一句交代，则洞穴所处位置之高，作者登临地点之险，俯首下瞰飞鸟之畅，均已尽在不言之中。

由此看来，这篇游记虽纵览全局，却有面有点，点面结合，面铺得广，点写得细，由此形成粗犷与精美兼备、叙述与描写并行的特点。后人称此文为柳州山水的最佳导游词，信然。

与太学诸生喜诣阙留阳城司业书 [01]

二十六日，集贤殿正字柳宗元敬致尺牍太学诸生足下：[02] 始朝廷用谏议大夫阳公为司业，诸生陶煦醇懿，熙然大洽，[03] 于兹四祀而已，[04] 诏书出为道州。[05] 仆时通籍光范门，[06] 就职书府，闻之悒然不喜。[07] 非特为诸生戚戚也，乃仆亦失其师表，而莫有所矜式焉。[08] 既而署吏有传致诏草者，[09] 仆得观之。盖主上知阳公甚熟，嘉美显宠，勤至备厚，乃知欲烦阳公宣风裔土，覃布美化于黎献也。[10] 遂宽

注·释

●01·文作于贞元十四年（798）九月二十六日，其时作者为集贤殿正字。因闻太学生诣阙救阳城事，故遗书以勉励其志。太学：国学，我国古代设于京城的最高学府。诣：前往、到。阙（què）：宫门、城门两侧的高台，中间有道路，台上起楼观。此借指宫廷。阳城：字亢宗，进士及第后隐于中条山，德宗召拜为谏议大夫，因疏留陆贽，力阻裴延龄为相，著直声。改国子司业，出为道州刺史。司业：学官名，隋以后国子监置司业，为监内的副长官，协助祭酒，掌儒学训导之政。

●02·集贤殿：唐宫殿名，开元中置。殿内设书院，有修撰、校理等官，掌刊辑经籍、搜求佚书。正字：官名，北齐始置，与校书郎同主雠校典籍，刊正文章。尺牍（dú）：古代用以书写的长一尺的木简，此指书信。

●03·"诸生"二句：谓受到陶冶而性情质朴淳美，心情舒畅融洽。

●04·祀：年。

●05·道州：唐代州名，治所在弘道，辖境相当今湖南道县、宁远以南的潇水流域。

●06·通籍光范门：在光范门内任职。通籍，指初作官，意谓朝中已有了名籍。光范门，《雍录》卷四谓："光范门在大明宫含元殿之西。……夫既有登闻鼓，即外人可得而进。故韩愈上宰相书得以伏光范门外，以宰相退朝路必出此也。"

●07·悒（yì）然：郁闷貌。

●08·矜式：敬重和取法。

●09·诏草：诏书的草稿，亦指诏书。

●10·覃布：广布。黎献：黎民中的贤者，此泛指百姓。

● 11・不讳：不隐讳，无需避忌。

● 12・下执事：指朝廷主管其事者。

● 13・南：指南贬道州事。

● 14・抱关：监门，借指小吏的职务。掌管：掌握管理。

● 15・恳悃至愿乞留如故者：恳切诚挚地请求留下阳城，恢复他原有的职务。

● 16・抃（biàn）：鼓掌，拍手表示欢欣。

● 17・李元礼：东汉李膺，字元礼，曾任司吏校尉，因与宦官斗争而为太学生崇仰，《后汉书》卷六十七《党锢列传》载："学中语曰：'天下模楷李元礼。'"嵇叔夜：嵇康，字叔夜，因与司马氏政权不合作，被诬以罪名而斩。《晋书》卷四十九本传载："康将刑东市，太学生三千人请以为师，弗许。"

然少喜，如获慰荐于天子休命。然而退自感悼，幸生明圣不讳之代，[11] 不能布露所蓄，论列大体，闻于下执事，[12] 冀少见采取，而还阳公之南也。[13] 翌日，退自书府，就车于司马门外，闻之于抱关掌管者，[14] 道诸生爱慕阳公之德教，不忍其去，顿首西阙下，恳悃至愿乞留如故者百数十人。[15] 辄用抚手喜甚，震抃不宁，[16] 不意古道复形于今。仆尝读李元礼、嵇叔夜传，[17] 观其言太学生徒仰阙赴诉者，仆

- *18·迄（qì）：* 同"讫"，至、到。为"迄今"一词的省略。
- *19·见赐：* 受人馈赠的谦辞。
- *20·於戏：* 呜呼，感叹词。
- *21·植志持身：* 立志修身。
- *22·朋曹：* 犹朋辈、团伙。曹，同辈、侪类、同类。
- *23·"有堕"三句：* 谓有人懒惰懈怠、败坏学业而求俸禄，有人夸饰自我恶言相向争讼不已，有人在长辈、上司面前清高倨傲、辱骂官吏。堕窳（yǔ），懈怠无力。口食，指俸禄。斗讼，争讼。诼（suì），责骂。有司，官吏。古代设官分职，各有专司，故称。
- *24·沓沓（tà）：* 嘈杂的样子。
- *25·乡闾家塾：*《礼记·学记》："古之教者，家有塾，党有庠，术有序，国有学。"相传周代以二十五家为一闾，闾有巷，巷首门边设家塾，用以教授居民子弟。后指聘请教师来家教授自己子弟的私塾。

谓迄千百年不可睹闻，[18] 乃今日闻而睹之，诚诸生见赐甚盛。[19] 於戏！[20] 始仆少时，尝有意游太学，受师说，以植志持身焉。[21] 当时说者咸曰："太学生聚为朋曹，[22] 侮老慢贤，有堕窳败业而利口食者，有崇饰恶言而肆斗讼者，有凌傲长上而诼骂有司者，[23] 其退然自克，特殊于众人者无几耳。"仆闻之，恂骇怛悸，良痛其游圣人之门，而众为是沓沓也。[24] 遂退托乡闾家塾，[25] 考厉志业，过太学之

239

●26·踢(jú):小心翼翼,谨慎从事貌。

●27·乖刺(là):违忤、不相符。

●28·桀害:横暴祸害。

●29·"其无"二句:谓莫非是因了阳城的陶冶训导,发生了明显效果后才出现这种情况?无乃,莫非、恐怕是。渐渍,浸润。引申为渍染、感化。

●30·曩(nǎng):先时、以前。狂惑:狂妄昏惑。

●31·污:污垢、污秽,这里指品行不好的人。

门而不敢踢顾,²⁶尚何能仰视其学徒者哉!今乃奋志厉义,出乎千百年之表,何闻见之乖刺欤?²⁷岂说者过也,将亦时异人异,无向时之桀害者耶?²⁸其无乃阳公之渐渍导训,明效所致乎?²⁹夫如是,服圣人遗教,居天子太学,可无愧矣。

於戏!阳公有博厚恢弘之德,能并容善伪,来者不拒。曩闻有狂惑小生,³⁰依托门下,或乃飞文陈愚,丑行无赖,而论者以为言,谓阳公过于纳污,³¹无人师之道。是大不然。仲尼吾党狂狷，南郭献讥，³²曾参徒七十二人，致祸负刍；³³孟轲馆齐，从者窃屦。³⁴彼一圣两贤人，继为大儒，然犹不免，如之何其拒人也？³⁵俞、扁之门，不拒病夫；³⁶绳墨之侧，不拒枉材；³⁷师儒之席，不拒曲士，³⁸理固然也。且阳公之在于朝，四方闻风，仰而尊之，贪冒苟进邪薄之夫，庶得少沮其志，³⁹不遂其恶，虽微师尹之位，而人实具瞻焉。⁴⁰与其宣风一方，

- 32·"仲尼"二句：谓孔子门徒中也有狂狷杂行之人，以致招来了南郭惠子的讥嘲。《论语·公冶长》："子在陈曰：'归与！归与！吾党之小子狂简，斐然成章，不知所以裁之。'"《荀子·法行》："南郭惠子问于子贡曰：'夫子之门何其杂也？'子贡曰：'君子正身以俟，欲来者不距，欲去者不止。且夫良医之门多病人，檃栝之侧多枉木，是以杂也。'"
- 33·"曾参"二句：谓曾参及其门徒七十人遇到负刍作乱，便自顾自地早早离去。事见《孟子·离娄下》，文长不录。
- 34·"孟轲"二句：谓孟轲弟子中也有偷别人鞋子的人。《孟子·尽心下》："孟子之滕，馆于上官。有业屦于牖上，馆人求之弗得。或问之曰：'若是乎从者之廋也？'曰：'子以是为窃屦来与？'曰：'殆非也。''夫予之设科也，往者不追，来者不距。苟以是心至，斯受之而已矣。'"
- 35·"彼一圣"四句：谓像孔子这样的圣人和曾参、孟子这样的贤人，都相继成为大儒，其弟子中还不免有品行不好者，那么为何一定要求阳城拒绝求学者呢？
- 36·俞、扁：俞跗、扁鹊，皆古时良医。
- 37·绳墨：木工画直线用的工具，借指工匠。枉材：弯曲的木材。
- 38·师儒：儒者、经师。曲士：乡曲之士，比喻孤陋寡闻的人。
- 39·沮（jǔ）：终止，阻止。
- 40·"虽微"二句：谓阳城虽无周太师尹氏的地位，但实际上却为众人所瞻望。微，无、没有。师尹，指周太师尹氏。《诗·小雅·节南山》："赫赫师尹，民具尔瞻。"

覃化一州，其功之远近，又可量哉！诸生之言，非独为己也，于国体实甚宜，愿诸生勿得私之。[41] 想复再上，故少佐笔端耳。勖此良志，[42] 俾为史者有以纪述也。[43] 努力多贺。柳宗元白。

品·评 这是一篇写给太学生的书信体文章，作于贞元十四年（798）九月二十六日，从中可以清晰地感触到青年柳宗元的激切心性及其鲜明的政治态度。

事件的起因是阳城被贬，而阳城被贬的远因又和陆贽遭黜有关。陆贽为贞元中期有名的贤相，精于吏事，兼擅文章，"事有不可，极言无隐"，结果为权奸裴延龄所谮，贞元十年（794）罢相，十一年（795）被贬忠州别驾。时"上怒未解，中外惴恐，以为罪且不测，无敢救者"，惟谏议大夫阳城拍案而起，声言："不可令天子信用奸臣，杀无罪人！"遂率拾遗王仲舒、归登等守住延英门，上疏论延龄奸佞，陆贽无罪，并慷慨陈辞："脱以延龄为相，城当取白麻坏之，恸哭于庭。"（《资治通鉴》卷二三五德宗贞元十一年条）由于德宗信用裴延龄，阳城遂被降职为国子司业，后又因与言事得罪的太学生薛约交往，于十四年（798）被贬为道州刺史。阳城被贬，群情激愤，太学生一百六十余人"投业奔走，稽首阙下，叫阍吁天，愿乞复旧"（《柳宗元集》卷九《国子司业阳城遗爱碣》）。当时柳宗元初为集贤殿书院正字，听到这一消息，先是为失去师表"悒然不喜"，旋即又为太学生们大义凛然的举动"抚手喜甚""震抃不宁"，遂挥笔写下这封书信，表达了自己坚决声援之意。

在信中，作者先简略交代了自阳城为国子司业后"诸生陶煦醇懿，熙然大洽"的局面，接着转写听到阳城被贬道州的消息，自己与诸生同样悲愤的心情。下文再转一笔，说从诏书来看，皇帝贬阳城为道州刺史也有让他到边远之地教化民众的意图，"遂宽然少喜"；继之用"然而"又转一笔，说自己生于明圣不讳之代，却不能为阳城之贬一进微言，故"退自感悼"。正是在这感情激烈冲突的当口，闻知太学生的请愿事件，不禁"抚手喜甚，震抃不宁"。这八个字，活画出了作者当时振奋激动的情态，而且对前文"宽然少喜"的内容作了直接的否定。前面的"宽然少喜"是无奈中的强自宽慰，这里的"抚手喜甚"则是发自内心的巨大激动。在短短一段文字中，作者由"怛然不喜"到"宽然少喜"，再到"退自感悼"，最后到"抚手喜甚"，经历了多次感情起伏，文意也一转再转，波澜跌宕。那么，作者在听到这一消息后，为什么会如此振奋呢？其根本原因即在于"不意古道复形于今"，也就是说，传统儒家坚持正义、守护理想的精神在今日的太学生身上又得到了复现，这怎能不令人兴奋呢！当年东汉李膺率三万太学生与宦官斗争而被捕，晋人嵇康将刑东市，有三千太学生群起救援，那是何等壮烈的场面！其中又体现了怎样一种大无畏的精神！这种场面和精神，"讫千百年不可睹闻，乃今日闻而睹之"，作者认为这是一种莫大的荣幸，而这种荣幸的获得又缘于此次太学生的集体行动，因而他怀着深深的感激说道："诚诸生见赐甚盛。"

在对太学生的行动作了高度评价之后，下文笔锋一转，对此前太学聚为朋曹、侮老慢贤等弊端深加针砭，这是一抑；接着笔锋又转："今乃奋志厉义，出乎千百年之表，何闻见之乖剌欤？"这是一扬。作者是深明文章的抑扬之道的，也极善于制造文章的波澜，通过这一抑一扬、一贬一褒，着力表现出太学由昔至今的变化；而其所以会发生这种变化，"无乃阳公之渐渍导训，明效所致乎？"既交代变化之因，又将文章主线拉回到阳城身上。

下文紧承上文拉回的主线，围绕阳城展开议论。先从正面点出阳城的"博厚恢弘之德"和"能并容善伪，来者不拒"的宽和心性，接着征引历史上孔子、曾参、孟轲三人的有关事例，对所谓阳城"过于纳污，无人师之道"的说法进行批驳；由此再进一步，回应篇首诏书内容，指出与其让阳城到荒远之地去"宣风一方，覃化一州"，远不如让他回到朝廷，以其人格力量影响全国，抑制那些"贪冒苟进邪薄之夫"。最后，复由阳城转回太学生的救援举动，郑重申言："诸生之言，非独为己也，于国体实甚宜。"走笔至此，全文经过多次回环曲折，不惟理深意明，而且神完气足，于是在"勖此良志""努力多贺"的祝愿中戛然打住。

这封声援太学生的信函，某种程度上也可视为柳宗元明确表述政治观点的一篇宣言。那"震抃不宁"的心情，激情洋溢的文字，向善如渴、嫉恶如仇的态度，既表现了这一事件对他的强烈刺激，也反映出他的刚直心性与事件性质的深层吻合。七年之后，柳宗元以大无畏的气概参加到永贞革新中去，在唐代历史上演出了轰轰烈烈的一幕，与他早年这种心性，实在有着必然的关联。

与李翰林建书

01

注·释

● *01*·李翰林建：即李建，字杓（biāo）直。德宗贞元末以校书郎充任翰林学士，擢左拾遗，后官至工部尚书。据文中"前过三十七年"语，本文当作于元和四年（809），时在永州。

● *02*·州传（zhuàn）：州中的驿车。

● *03*·梦得：刘禹锡字，时禹锡贬任朗州司马。

● *04*·勤厚：恳切深厚。

● *05*·"庄周言"四句：谓隐于草野的人，听到人的脚步声都感到高兴。蓬蒿（diào），蓬蒿蒿草。跫（qióng）然，高兴貌。

● *06*·比（bǐ）：近来。

● *07*·痞（pǐ）疾：因郁闷而导致胸腹间气结不舒的病。稍已：稍见好转。

● *08*·槟榔：常绿乔木，果实可入药，有消积、行气之效。余甘：即橄榄。壅隔：阻塞不通。大过：太过分。

● *09*·髀痹（bì bì）：大腿疼痛麻木。髀，大腿或大腿骨。

杓直足下：州传遽至，⁰² 得足下书，又于梦得处得足下前次一书，⁰³ 意皆勤厚。⁰⁴ 庄周言：逃蓬蒿者，闻人足音，则跫然喜。⁰⁵ 仆在蛮夷中，比得足下二书，⁰⁶ 及致药饵，喜复何言！仆自去年八月来，痞疾稍已。⁰⁷ 往时间一二日作，今一月乃二三作。用南人槟榔余甘，破决壅隔大过，⁰⁸ 阴邪虽败，已伤正气。行则膝颤，坐则髀痹，⁰⁹ 所欲者补气丰血，强筋骨，辅心力，有与此宜者，更致数物。忽得良

● 10 • 偕至：指将药与药方一起寄来。
● 11 • 越：古代江浙闽粤之地，为越族所居，统称百越。这里泛指荒僻的南方。
● 12 • 蝮虺（huǐ）：蝮蛇。大蜂：一种毒蜂。
● 13 • 射工：一名蜮（yù），南方水中的一种毒虫，据说可在水中以毒气射人或人影，射中后人即生疮。沙虱：一种能钻入人皮肤内的微小的虫。
● 14 • 疮痏（wěi）：疮疤。
● 15 • 圜（yuán）土：监狱。
● 16 • 支体：即肢体。

方偕至，[10] 益善。

永州于楚为最南，状与越相类。[11] 仆闷即出游，游复多恐。涉野则有蝮虺大蜂，[12] 仰空视地，寸步劳倦；近水即畏射工沙虱，[13] 含怒窃发，中人形影，动成疮痏。[14] 时到幽树好石，暂得一笑，已复不乐。何者？譬如囚拘圜土，[15] 一遇和景，负墙搔摩，伸展支体，[16] 当此之时，亦以为适，然顾地窥天，不过寻丈，终不得出，岂复能久为舒畅哉？明时百姓，皆获欢乐；

●17·怆怆：忧伤痛苦。
●18·理世：治世。下执事：等级低下的官吏。
●19·"仆曩时"三句：谓我当年因参加革新而遭贬之事，您身为翰林学士正在朝中，已看到了事情的全部经过。禁中，宫中。
●20·癃（lóng）残：瘦弱多病。顽鄙：冥顽鄙野。
●21·尧人：尧民，指太平盛世的百姓。立事程功：建功立业。
●22·量移：将被贬至偏远地方的官员调到离京师较近的稍好一点的处所。差轻罪累：稍微减轻一些罪过。

仆士人，颇识古今理道，独怆怆如此。¹⁷诚不足为理世下执事，¹⁸至比愚夫愚妇又不可得，窃自悼也。

仆曩时所犯，足下适在禁中，备观本末，¹⁹不复一一言之。今仆癃残顽鄙，²⁰不死幸甚。苟为尧人，不必立事程功，²¹唯欲为量移官，差轻罪累，²²即便耕田艺麻，取老农女为妻，生男育孙，以共力役，时时作文，以咏太平。摧伤之余，气力可想，假令病尽已，身复壮，悠悠人

● 23 · 越不过：至多不过。客：过客。《古诗十九首》："人生天地间，忽如远行客。"

● 24 · 审：确实。

● 25 · 战悸：颤抖心跳。

● 26 · 言少次第：语言缺少顺序。

● 27 · "贫者"句：语出《列子·天瑞》："贫者士之常也，死者人之终也，处常得终，当何忧哉？"

● 28 · 羸（léi）馁：疲弱饥饿。饴：用米做成的糖稀。

● 29 · 常州：指李建之兄李逊，李逊时任常州刺史，故借以代称。煦（xù）：阳光温暖，这里引申为关怀照顾。

● 30 · 众人：一般人。此句谓自己不敢以一般人来看待李逊。

世，越不过为三十年客耳。²³ 前过三十七年，与瞬息无异。复所得者，其不足把玩，亦已审矣。²⁴ 杓直以为诚然乎？

仆近求得经史诸子数百卷，尝候战悸稍定，²⁵ 时即伏读，颇见圣人用心、贤士君子立志之分。著书亦数十篇，心病，言少次第，²⁶ 不足远寄，但用自释。贫者士之常，²⁷ 今仆虽羸馁，亦甘如饴矣。²⁸

足下言已白常州煦仆，²⁹ 仆岂敢众人待常州耶！³⁰ 若众人，即

●32· 裴应叔：裴垍，字应叔，柳宗元姊夫裴墐之弟。萧思谦：萧俛，字思谦。此前柳宗元曾分别寄书与二人。

●33·"相戒"句：谓请告诫几位友人，不要让别人看到。柳宗元被贬前后曾屡受指责中伤，不愿为此再生事端，故云。

●34· 敦诗：崔群字，贞元八年（792）进士，元和二年（807）自右阙补任翰林学士。近地：近密之地，指翰林院。简人事：减少人事往来。

●35·"勉尽"三句：谓希望你努力尽心，辅助朝廷成就功业，以宽免我这样的有罪之人。一王之法，一代王朝的法度。宥（yòu），宽免。

●36· 不悉：不再详说。

不复煦仆矣。然常州未尝有书遗仆，[31] 仆安敢先焉？裴应叔、萧思谦仆各有书，[32] 足下求取观之，相戒勿示人。[33] 敦诗在近地，简人事，[34] 今不能致书，足下默以此书见之。勉尽志虑，辅成一王之法，以宥罪戾。[35] 不悉。[36] 宗元白。

品·评　柳宗元被贬永州后，心情始终处于哀伤悲怨之中。地域的荒远僻陋和异质文化的隔膜，使他具有一种强烈的被抛弃、被拘囚和生命荒废的感受；耿直的性格，使他对当年因正道直行却无罪被贬的遭遇耿耿不能忘怀；曾经具有的许身报国的理想时时涌动于胸中，总希望能有东山再起的一天。出于这些原因，从元和四年（809）始，他先后给朝中故旧亲友写了不少书信，如《寄许京兆孟容书》《与杨京兆凭书》《与裴墐书》《与萧翰林俛书》等，大都叙述自己在贬地的处境、心情和愿望，希望友人理解并一伸援手，使自己能早日脱离谪籍，重返京城。这封写给李建的信，就是其中较有代表性的一篇。

文章开篇即用庄子的话把自己比作"逃蓬藋者"，而将得到李建来信比作"闻人足音，则蹙然喜"，深刻地表现了作者被贬后几乎与世隔绝的孤独处境和似喜实悲的心情。下面由李建寄药饵一事，引出自己"行则膝颤，坐则髀痹"的身体状况，为后文"悠悠人世，越不过为三十年客耳"的人生叹喟预作铺垫。身体如此之差，心绪更为不佳。由于永州地处偏远，环境恶劣，蝮虺、大蜂、射工、沙虱所在多有，想借出游排解郁闷，也只能小心翼翼，恐畏多端。偶尔遇到"幽树好石"，也只是"暂得一笑，已复不乐"。在这里，"乐"是暂时的，"不乐"是永久的，暂时的"乐"难以冲淡永久的"不乐"，而且这"不乐"因有"乐"的短暂对照衬托，益发显得深重无边。用作者的话说，这就好比被拘囚于"圜土"——监狱，"顾地窥天，不过寻丈，终不得出，岂复能久为舒畅哉？"比喻非常贴切，象征含意无穷，但这比喻本身也是极其哀凉的。

环境如此恶劣，身体如此衰弱，往日强加的政治罪名又如此沉重，使作者由衷地萌发出"不死幸甚"的感慨。他的愿望，就是能减轻罪罚，稍移近地，哪怕做一个平民百姓也行。因为在他看来，人生"与瞬息无异"，现在已经三十七岁，且不说疾病缠身，即令身体复壮，也顶多再活三十年，"заг所得者，其不足把玩，亦已审矣"。既然如此，还有什么必要与他人较短量长呢？由此，文章自然转到眼下自己所务之事上来：阅读经史，探讨古道，著书立说，既在孤寂的生活中以自慰，亦借以使自己的思想突破时空的限制，传播久远。"贫者士之常，今仆虽羸馁，亦甘如饴头"，这种认识和态度，可以说是作者身在困境而又能在一定程度上超越困境的一个基本支撑点。文章以此作结，虽悲伤而并不绝望，表现出作者的毅力和韧性。

这篇书信的一大特点是真切自然，在向友人毫无拘束的陈述中，将自己的境遇、情怀一一道来，貌似琐屑，实则文字简洁，层次分明，尤以哀痛之情一线贯穿，使整个叙述、陈说具有一种内在的灵性，属于无意作文而文自工的一篇佳作。

与吕道州温论《非〈国语〉》书 ⁰¹

四月三日，宗元白化光足下：⁰² 近世之言理道者众矣，⁰³ 率由大中而出者咸无焉。⁰⁴ 其言本儒术，⁰⁵ 则迂回茫洋而不知其适；⁰⁶ 其或切于事，⁰⁷ 则苛峭刻核，⁰⁸ 不能从容，卒泥乎大道，⁰⁹ 甚者好怪而妄言，¹⁰ 推天引神，¹¹ 以为灵奇，¹² 恍惚若化而终不可逐。¹³ 故道不明于天下，而学者之至少也。

吾自得友君子，¹⁴ 而后知中庸之门户阶室，¹⁵ 渐染砥砺，¹⁶ 几乎道真。¹⁷ 然而常欲立言垂文，¹⁸

注·释

● 01 · 吕道州：即吕温，曾任道州刺史，故称。详见前录《同刘二十八哭吕衡州兼寄江陵李元二侍御》诗题注。吕温于元和三年（808）被贬均州刺史，再贬道州刺史，元和五年（810）转衡州刺史，则此书当作于元和四年（809）之四月三日。

● 02 · 化光：吕温字化光。

● 03 · 理道：治国理世之道。

● 04 · 大中：即大中之道。柳宗元常用它来概括自己的政治、哲学思想。咸无：全无。

● 05 · 本：依据。

● 06 · 迂回茫洋：拐弯抹角，漫无边际。适：至，归向。

● 07 · 或：有的。切：接近。事：事实。

● 08 · 苛峭刻核：苛刻严峻，烦琐考核。

● 09 · 卒：最终。泥：不通。

● 10 · 甚者：更严重的是。

● 11 · 推天引神：搬出天命，引出鬼神。

● 12 · 灵奇：神奇。

● 13 · 若化：好像进入化境。化，最高的境界。终不可逐：结果不可捉摸。逐，求，追求。

● 14 · 君子：此指吕温。

● 15 · 中庸：儒家以中庸为最高道德标准。《论语·雍也》："中庸之为德也，其至矣乎！"门户阶室：学习的门径。

● 16 · 渐染：浸染，受影响。砥砺：磨砺，磨炼。

● 17 · 几乎：接近于。道真：道的真谛。

● 18 · 立言垂文：著书立说流传后世。

则恐而不敢。今动作悖谬，[19] 以为僇于世，[20] 身编夷人，[21] 名列囚籍。以道之穷也，[22] 而施乎事者无日，[23] 故乃挽引，[24] 强为小书，[25] 以志乎中之所得焉。[26] 尝读《国语》，[27] 病其文胜而言尨，[28] 好诡以反伦，[29] 其道舛逆。[30] 而学者以其文也，咸嗜悦焉，伏膺呻吟者，[31] 至比六经，[32] 则溺其文必信其实，[33] 是圣人之道翳也。[34] 余勇不自制，[35] 以当后世之讪怒，[36] 辄乃黜其不臧，[37] 救世之谬。[38] 凡为六十七

● 19·悖谬：荒谬错误，不合事理。
● 20·僇（lù）：辱。
● 21·夷人：古代对边远地区少数民族的蔑称。
● 22·穷：困厄不通。
● 23·施乎事：即行于世。无日：没有希望。
● 24·挽引：挽袖执笔
● 25·强：勉强，凑合，自谦之词。
● 26·志：记述。中：内心。
● 27·《国语》：先秦散文，相传为春秋时左丘明所著。
● 28·病：患。文胜而言尨（máng）：文辞华美而内容杂乱。尨，杂乱。
● 29·诡：怪异。伦：常理，事理。
● 30·舛（chuǎn）逆：错乱背理。
● 31·伏膺：衷心信服。呻吟：诵读吟咏。
● 32·六经：指《诗》《书》《礼》《易》《乐》《春秋》六部儒家经典。
● 33·文：文采。实：内容。
● 34·是：这样，因此。圣人之道：即大中之道。翳：遮蔽。
● 35·勇不自制：抑制不住自己的勇气。
● 36·当：承担。讪怒：讥笑怒骂。
● 37·黜：贬斥。臧（zāng）：好。
● 38·救：纠正。

● *39* · 既就：完成后。

● *40* · 累日：连日。怏怏然：闷闷不乐的样子。

● *41* · 如其：至于。果：究竟。

● *42* · 及道：懂得大中之道。及，达到。

● *43* · 果：诚然。

● *44* · 忽：忽视。

● *45* · 尽：去掉。瑕颣（xiá lèi）：书上的毛病缺点。瑕，玉上的斑点。颣，丝上的疙瘩。

● *46* · 别白：辨明。中正：指大中之道。

● *47* · 度（duó）：揣度，估计。成吾书：帮助我完成这部书。

● *48* · "辄令"句：于是派人给你送去一份书稿。一通，一份。

● *49* · 惟：希望。少：稍微。留视：留意，注意。役虑：花费心思。

● *50* · 以卒相之：以便最后帮助完成它。相，帮助。

● *51* · 往时：过去。致用：李景俭，字致用，王叔文革新集团成员之一。《〈孟子〉评》：李景俭评论《孟子》的一本书，今亡佚。

● *52* · 韦词：人名，与柳宗元同时。

● *53* · 路子：路随，字南式。唐宪宗时担任左补阙、起居郎、司勋员外郎兼史馆修撰，后官至宰相。

篇，命之曰《非〈国语〉》。既就，[39] 累日怏怏然不喜，[40] 以道之难明而习俗之不可变也，如其知我者果谁欤？[41] 凡今之及道者，[42] 果可知也已。[43] 后之来者，则吾未之见，其可忽耶？[44] 故思欲尽其瑕颣，[45] 以别白中正。[46] 度成吾书者，[47] 非化光而谁？辄令往一通，[48] 惟少留视役虑，[49] 以卒相之也。[50]

往时致用作《〈孟子〉评》，[51] 有韦词者告余曰：[52] "吾以致用书示路子，[53] 路子曰：'善则善矣，然昔人为书者，岂若是摭前人

● 54・摭：挑剔。

● 55・贤斯言：认为这句话说得好。

● 56・志：用意。

● 57・"盖求"句：谓只是想探求正确的思想而将之广布于世罢了。中，大中之道。

● 58・是书：指《非〈国语〉》。

● 59・非左氏：批判左丘明。

● 60・二子：指韦词和路随两人。

● 61・固：本来。好言者：好发议论的人。

● 62・犹出乎是：还说出这样的话来。

● 63・滋众：更多。滋，更加。

● 64・"则余"句：那么我对世人理解我文章的希望也就更小了。狭，小。

● 65・卒如之何：到底怎么办呢？

● 66・苟：如果。悖：违背。

● 67・启：启发。虑：思虑。

● 68・用是罪余：因为这件事而加罪于我。用，因。是，指作《非〈国语〉》一书。

● 69・累：连续。憾：悔恨。恧（nǜ）：惭愧。

● 70・"于化光"句：谓在你看来，怎么样呢？

● 71・"激乎"句：谓内心激动，说出来的话肯定激烈。中，心中。厉，激烈，过火。外，指说出来的话。

● 72・不思而得：不用思考也能理解。

耶？'"[54] 韦子贤斯言也。[55] 余曰："致用之志以明道也，[56] 非以摭《孟子》，盖求诸中而表乎世焉尔。"[57] 今余为是书，[58] 非左氏尤甚。[59] 若二子者，[60] 固世之好言者也，[61] 而犹出乎是，[62] 况不及是者滋众，[63] 则余之望乎世也愈狭矣，[64] 卒如之何？[65] 苟不悖于圣道，[66] 而有以启明者之虑，[67] 则用是罪余者，[68] 虽累百世滋不憾而恧焉！[69] 于化光何如哉？[70] 激乎中必厉乎外，[71] 想不思而得也。[72] 宗元白。

《非〈国语〉》是柳宗元贬居永州期间所写的一部学术性著作，宗元极为看重。章士钊有言："《非〈国语〉》者，子厚体物见志之作也。凡子厚读古书，以'世用'二字为之标准，绝非为好古而漫为读，此旨在《答武陵》一书中，已明言之，所谓'以辅时及物为道'者也。子厚《非〈国语〉》脱稿后，再三与其友往复驰辨，其为自重其书，认为必垂于后无疑。尝论以文字言，《非〈国语〉》在柳集中，固非极要，若以政治含义言，则疏明子厚一生政迹，此作针针见血，堪于逐字逐句，寻求线索，吾因谓了解柳文，当先读《非〈国语〉》，应不中不远。"（《柳文指要》上·卷三十一）这封写给挚友吕温的信，即对了解《非〈国语〉》之创作动机及作者的学术观点颇有助益。

开篇入笔揽题，指出近世学者之通病，在于发表政治意见而不由大中之道，或拐弯抹角，漫无边际；或苛刻严峻，无雍容之态，甚至好怪逐异，推天引神，致使"道不明于天下"。既然道不明于天下，则明道便成为真正学者的一项要务。于是，下文便陈述"吾"对道的了解，已接近其真谛；常欲立言，但心存恐惧；其所以如今要立言垂文，在于谪居荒远，被世所弃，其往日的政治理想已难在现实层面实施，故"强为小书，以志乎中之所得焉"。

下面重点谈写作《非〈国语〉》的原因及寄书于吕温的缘由。作者认为：《国语》一书虽有文采却言辞杂乱，好诡异之说而违反事理，故"其道舛逆"。但学者们往往因其有文采而喜欢阅读，甚至将之与"六经"相提并论。这样一来，便导致了"溺其文必信其实"并遮蔽圣人之道的后果。正是有鉴于此，作者勇不自制，作《非〈国语〉》六十七篇，"黜其不臧，救世之谬"，"思欲尽其瑕颣，以别白中正"。这样一种反传统的举动，必然会导致浸淫习俗者的不满，也将会受到后世之人的讪怒，所以作者一方面感叹："如其知我者果谁欤？"一方面郑重表示："度成吾书者，非化光而谁？"字里行间，充满对世之知音的忧虑以及对好友吕温的信任。信写到这里，主要意图便已达成。

最后一段，借友人李景俭作《〈孟子〉评》而受时人非议事，补充说明作者的担忧，并为吕温读《非〈国语〉》预作心理铺垫。在作者看来，李景俭本意在明道，并非仅为批评《孟子》，即已遭到"世之好言者"如韦词、路子的误解；而自己作《非〈国语〉》"非左氏尤甚"，世人不及韦词、路子者甚多，那么此书将会受到怎样的非难，便可想而知了。但即使如此，"苟不悖于圣道，而有以启明者之虑，则用是罪余者，虽累百世滋不憾而恧焉！"从这句掷地有声的话中，我们可以看出作者坚持真理的自信和不畏人言的精神。至于书中有些言辞或许过于激烈了些，也是有缘由的，因为"激乎中必厉乎外"，这一道理想来吕温也可明白。话说到这里，全部意思已表达清楚，于是戛然而止，再无半句赘语。文字简洁省净而无枝蔓，意旨明晰通透而极细密。柳宗元书信体的风格，于此可见一斑。

贺进士王参元失火书 01

注·释

●01·王参元：作者友人，有文才，系中唐将领、鄜坊节度使王栖曜之子，岭南节度使王茂元之弟，元和二年（807）进士及第。

●02·杨八：名敬之，字茂孝，排行八。柳宗元岳父，杨凭弟杨凝之子。

●03·足下：古代同辈之间的尊称。

●04·仆：自谦之词。骇：惊怕。

●05·吊：对遭遇不幸者的慰问。

●06·道远：王参元在长安，柳宗元在永州，两人相隔遥远。言略：杨八信中言辞简略。

●07·究：悉，尽，完全。

●08·荡焉泯焉：完全烧光。荡，烧毁。泯，灭。悉：全部。

●09·尤：更加。

●10·勤奉养：勤勉侍奉父母。

●11·宁朝夕：早晚问候、省视父母。在古代礼数中，儿女对父母要晨省昏定，即早间问安、晚铺床，以示孝敬。

●12·炀：焚烧。赫烈：火势猛烈的样子。虞：忧虑。

●13·脂膏滫瀡（xiǔ suǐ）之具：指烹调食物的用具，这里泛指生活用品。滫，淘米水。瀡，淘洗使之柔滑。

●14·给：供给。

●15·盈虚倚伏：即祸福相依。语出《老子》："祸兮福所倚，福兮祸所伏。"盈，满。虚，亏。倚，依托。伏，隐藏。

●16·不可常：不遵循固定的常规。

得杨八书，02 知足下遇火灾，03 家无余储。仆始闻而骇，04 中而疑，终乃大喜，盖将吊而更以贺也。05 道远言略，06 犹未能究知其状。07 若果荡焉泯焉而悉无有，08 乃吾所以尤贺者也。09

足下勤奉养，10 宁朝夕，11 唯恬安无事是望也。乃今有焚炀赫烈之虞，12 以震骇左右，而脂膏滫瀡之具，13 或以不给，14 吾是以始而骇也。凡人之言，皆曰盈虚倚伏，15 去来之不可常。16 或将大有为也，乃始厄困震悸，

- 17·孽：灾难。
- 18·愠：恼怒。
- 19·变动：颠沛流离。
- 20·光明：光大显明。
- 21·斯道：这个道理。辽阔诞漫：大而无当。
- 22·小学：古代文字学、音韵学、训诂学总称小学。
- 23·多能：多才多艺。
- 24·进：进取，仕进。
- 25·积货：钱财。
- 26·畏忌：害怕避忌。
- 27·蓄：藏。
- 28·"衔忍"句：谓含在嘴里忍住不说。
- 29·嫌：嫌疑，猜忌。

于是有水火之孽，17有群小之愠，18劳苦变动，19而后能光明，20古之人皆然。斯道辽阔诞漫，21虽圣人不能以是必信，是故中而疑也。以足下读古人书，为文章，善小学，22其为多能若是，23而进不能出群士之上，24以取显贵者，无他故焉，京城人多言足下家有积货。25士之好廉名者，皆畏忌，26不敢道足下之善，独自得之，心蓄之，27衔忍而不出诸口，28以公道之难明，而世之多嫌也。29一出口，则嗤

● 30 · 嗤嗤：轻蔑冷笑的样子。赂：贿赂。

● 31 · 贞元十五年：799 年，时柳宗元任集
贤殿书院正字。

● 32 · 私一身：为一己私利打算。指为避
免受贿嫌疑，不敢公开举荐王参元。

● 33 · 御史：贞元十九年（803）柳宗元
任监察御史里行。尚书郎：贞元二十一年
（805）柳宗元任礼部员外郎。

● 34 · 得奋其舌：有了说话、进言的机会。

● 35 · 发明：发现、显明。郁塞：郁闷滞
塞，指怀才不遇者。

● 36 · 行列：朝中同僚。

● 37 · 良恨：深恨。不亮：不杰出。亮，
明亮，杰出。

● 38 · 素誉：清白的声誉。

● 39 · 孟几道：孟简，字几道，工诗，尚
节义，有善政。官至户部侍郎、御史中丞。
与柳宗元友善。

● 40 · 黔：黑色，此指烧得焦黑。

● 41 · 赭（zhě）：红色，此指烧红。垣
（yuán）：墙壁。

嗤者以为得重赂。³⁰ 仆自贞元
十五年见足下之文章，³¹ 蓄之者
盖六七年未尝言。是仆私一身
而负公道久矣，³² 非特负足下
也。及为御史、尚书郎，³³ 自以
幸为天子近臣，得奋其舌，³⁴ 思
以发明天下之郁塞。³⁵ 然时称道
于行列，³⁶ 犹有顾视而窃笑者，
仆良恨修己之不亮，³⁷ 素誉之不
立，³⁸ 而为世嫌之所加，常与孟
几道言而痛之。³⁹ 乃今幸为天火
之所涤荡，凡众之疑虑，举为
灰埃。黔其庐，⁴⁰ 赭其垣，⁴¹ 以

示其无有，而足下之才能乃可
显白而不污。其实出矣，[42] 是祝
融、回禄之相吾子也。[43] 则仆
与几道十年之相知，不若兹火一
夕之为足下誉也。宥而彰之，[44]
使夫蓄于心者，咸得开其喙，[45]
发策决科者，[46] 授子而不栗，[47]
虽欲如向之蓄缩受侮，[48] 其可
得乎？于兹吾有望乎尔！[49] 是
以终乃大喜也。古者列国有灾，
同位者皆相吊；[50] 许不吊灾，
君子恶之。[51] 今吾之所陈若是，
有以异乎古，[52] 故将吊而更以贺

- 42 · 其实：您的真实情况。出：显露。
- 43 · 祝融、回禄：都是传说中的火神。
相：帮助。
- 44 · 宥：解脱。彰：明白。
- 45 · 喙（huì）：鸟兽的嘴，这里借指人口。
- 46 · 发策决科者：指主持科举考试的官
员。发策，出考题。决科，判定成绩。
- 47 · 不栗：不害怕、不顾虑。
- 48 · 向：从前。蓄：藏在心中不说。缩：
因避嫌而退缩。
- 49 · 于兹：从此。尔：你。
- 50 · 同位者：同等地位的诸侯国。
- 51 · "许不"二句：意谓当年许国不去
吊慰火灾，引起君子对许国的憎恶。语出
《左传·昭公十八年》："陈不救火，许不吊
灾，君子是以知陈、许之先亡也。"
- 52 · 有以异乎古：和古代许国的情况有
些不同。

● 53 • 颜、曾：颜回、曾参，孔子弟子，皆安贫乐道。养：自处和奉养。

● 54 • 阙：同"缺"，缺乏，不足。

● 55 • 候：等候得到。并往：一起送去。

● 56 • 吴二十一武陵：即吴武陵，行二十一，与柳宗元交好。元和三年（808）被流放永州。详见前录《初秋夜坐赠吴武陵》诗注。

● 57 • 桎梏：因谪居而受束缚。

● 58 • 访：问候。

● 59 • 不悉：不详尽写了。旧时书信末尾常用套语。

也。颜、曾之养，[53] 其为乐也大矣，又何阙焉？[54]

足下前要仆文章古书，极不忘，候得数十篇乃并往耳。[55] 吴二十一武陵来，[56] 言足下为《醉赋》及《对问》，大善，可寄一本。仆近亦好作文，与在京城时颇异。思与足下辈言之，桎梏甚固，[57] 未可得也。因人南来，致书访死生。[58] 不悉。[59] 宗元白。

品·评　朋友家遭遇火灾，柳宗元不予同情，反而写信去祝贺，光看文题，就足以出人意表而引人注意。再读作者"始闻而骇，中而疑，终乃大喜，盖将吊而更以贺"的心理变化过程，不禁为柳宗元的奇思奇论拍案叫绝。

文章的结构十分明晰。文首言知灾讯，并述心情三次变化，以下分梳，层层递进，层层推衍。"始闻而骇"，骇在家物尽焚，担忧友人"脂膏滫瀡之具，或以不给"，关切之情溢于言表。"中而疑"，疑在古今大有为者皆先"劳苦变动，而后能光明"之理大而无当，不足以安慰友人，使自己和朋友对此次灾难释怀，可谓体贴入情。"终乃大喜"，喜在过去友人"家有积货"，成为其仕途上的障碍，"乃今幸为天火之所涤荡，凡众之疑虑，举为灰埃"，友人"才能乃可显白而不污"，今后前途有望。可见目光之深远，关爱之深切，友情之真诚。

很明显，作者写信的本意也即文中的主导情感是"贺"，书信的题目亦为"贺进士王参元失火书"，但文中若只写"贺"，则显得突兀、不近人情，所以作者在引出"贺"之前用了大量的笔墨"将吊而更以贺"的原因娓娓道来，使人读后觉得循情入理、茅塞顿开，这正是此文的妙处。而其中柳宗元对积货、世嫌和仕途之间关系的议论，也颇为独到深刻，显示了他在经历仕宦挫折和风波之后对当时社会风气、人情世态的深刻洞识和体察。作者联系自身的遭遇，对友人加以开导并贺其"兹火一夕之为足下誉"，既使他的致贺具有说服力，也流露出作者心中对流言猜忌的愤懑不平之气。全文写"贺"，但吊贺相翻，峰回路转，议论独创，又寓自身遭遇，最是奇情恣笔。《山晓阁选唐大家柳柳州全集》卷一云："此篇提柱分应，一段写骇，一段写疑，一段写吊且贺。虽分四段，其写骇写疑，写吊写贺，是客意；写喜一段，是正意。盖失火而贺，此是奇文；失火而反表白参元之材，又是奇事。从奇处立论，便见超越，固知写喜一段，是一篇正文也。"可谓说出了此文的精妙之处。

由于此文在立论、构思及议论等方面皆表现出奇创之处，堪称柳集中奇文的代表，所以后人对此文之"奇"议论颇多，如张伯行《唐宋八大家文钞》卷四云："行文亦有诙谐之气，而奇思隽语，出于意外，可以摆脱庸庸之想。"林云铭《古文析义》二编卷六云："是书以闻失火，改用为贺，立论固奇，其实就俗眼言，确乎不易。若文之纵横转换，抑扬尽致，令罹祸者，破涕为笑，则其奇处耳。"吴楚材、吴调侯《古文观止》卷九云："闻失火而贺，大是奇事。然所以贺之之故，自创一段议论，自辟一番实理，绝非泛泛也。取径幽奇险仄，快语惊人，可以破涕为笑。"皆为中的之言。

答韦中立论师道书 *01*

注·释

● *01* · 韦中立：元和十四年（819）进士及第。他曾自京赴永州向柳宗元求教，返京后又写信要求拜宗元为师，宗元于元和八年（813）写此书作答，详论师道及其对作文的看法。

● *02* · 白：陈述。

● *03* · 辱书：谦辞，意谓承蒙写书信来。相师：拜我为师。

● *04* · 仆：对自己的谦称。笃：厚实。业：学业。

● *05* · 甚不自是：很不敢自以为是。

● *06* · 不意：没想到。吾子：对对方客气而略带亲切感的称谓。蛮夷间：指当时尚偏远落后，语言、风俗均异于中原的永州。幸：有幸。见取：被认为有可取之处，指"相师"事。

● *07* · 自卜：自忖、自料。固：本来。无取：无足取，不值得取法。

● *08* · "人之"句：语出《孟子·离娄上》，意谓人的毛病在于喜好以教人者自居。

● *09* · 魏晋氏：犹言魏晋时代。事：尊奉。

● *10* · 辄（zhé）：就。哗笑：喧哗取笑。

二十一日，宗元白：*02* 辱书云欲相师，*03* 仆道不笃，业甚浅近，*04* 环顾其中，未见可师者。虽尝好言论，为文章，甚不自是也。*05* 不意吾子自京师来蛮夷间，乃幸见取。*06* 仆自卜固无取，*07* 假令有取，亦不敢为人师。为众人师且不敢，况敢为吾子师乎？

孟子称："人之患在好为人师。"*08* 由魏晋氏以下，人益不事师，*09* 今之世不闻有师，有辄哗笑之，*10* 以为狂人。独韩愈奋

●11・抗颜：正颜不屈。

●12・"指目"二句：谓用手指点着，眼睛示意着，互相拉扯着，加给他（韩愈）诽谤的言论。

●13・挈挈（qiè）：匆匆貌。东：离京东行。

●14・数（shuò）：多次。

●15・"邑犬"二句：语出《九章・怀沙》，谓村里的狗群起而叫，是因为有东西让它们感到奇怪。

●16・往：以前。庸蜀：泛指湖北、四川一带。庸，古国名，在今湖北省竹山县东南。恒雨：常下雨。

●17・过言：说得过分。

●18・前六七年：指作者被贬永州的永贞元年（805）。

●19・幸：幸遇，恰好遇到。逾岭：越过了五岭。被：覆盖。南越：泛指广东、广西一带。

●20・苍黄：同"仓惶"，惊慌失措。噬（shì）：咬。走：跑。累日：多日。

不顾流俗，犯笑侮，收召后学，作《师说》，因抗颜而为师。[11] 世果群怪聚骂，指目牵引，而增与为言辞。[12] 愈以是得狂名，居长安，炊不暇熟，又挈挈而东，[13] 如是者数矣。[14] 屈子赋曰："邑犬群吠，吠所怪也。"[15] 仆往闻庸蜀之南，恒雨少日，[16] 日出则犬吠，予以为过言。[17] 前六七年，仆来南，[18] 二年冬，幸大雪逾岭，被南越中数州，[19] 数州之犬，皆苍黄吠噬狂走者累日，[20] 至无雪乃已，然后始信前所闻者。今韩愈既自以为蜀之日，而吾子又欲使吾为越之雪，不以病乎？[21] 非独见病，亦以病吾子。[22] 然雪与日岂有过哉？顾吠者犬耳。[23] 度今天下不吠者几人，而谁敢衒怪于群目，以召闹取怒乎？[24]

仆自谪过以来，益少志虑。[25] 居南中九年，增脚气病，渐不喜闹，岂可使呶呶者早暮咈吾耳、骚吾心？[26] 则固僵仆烦愦，愈不可过矣。[27] 平居望外，遭齿舌不少，[28] 独欠为人师耳。

● 29 · "古者" 二句：古时重视男子年满
二十时举行的加冠仪式，（加冠后）将要用
成年人的标准来要求他。

● 30 · 孙昌胤：人名，事迹不详。

● 31 · 造朝：上朝。外廷：大臣朝会议事
的处所。

● 32 · 荐笏（hù）：把笏板插进绅带。笏，
大臣上朝时所执手板，记事于其上以备忘。
某子：孙昌胤自称。

● 33 · 怃（wǔ）然：茫然不解貌。

● 34 · 京兆尹：官名，京城所在州的最高
行政长官。郑叔则：未冠以明经擢第，在
京兆尹任上三年后贬永州长史。卒于贞
元八年（792）。怫（fú）然：发怒貌。曳
（yè）：拖。却：退。

● 35 · 预：干预，引申为相干。

● 36 · 不以非郑尹而快孙子：不以郑尹为
非，不为孙昌胤之举感到畅快。

● 37 · 命师：让人为师。大类：非常像。

● 38 · 行厚而辞深：品行笃厚，文辞深奥。

● 39 · 恢恢然：宽阔宏大貌。

抑又闻之，古者重冠礼，将以责成人之道，[29] 是圣人所尤用心者也。数百年来，人不复行。近有孙昌胤者，[30] 独发愤行之。既成礼，明日造朝，至外廷，[31] 荐笏言于卿士曰："某子冠毕。"[32] 应之者咸怃然。[33] 京兆尹郑叔则怫然曳笏却立，[34] 曰："何预我耶？"[35] 廷中皆大笑。天下不以非郑尹而快孙子，[36] 何哉？独为所不为也。今之命师者大类此。[37] 吾子行厚而辞深，[38] 凡所作，皆恢恢然有古人形貌，[39] 虽仆敢

●40・假而：假如。年先吾子：年龄比您大。不后：不晚（于您）。
●41・悉陈：尽陈，全部讲出来。中：心中。
●42・前所陈者：前面所列韩愈抗颜为师、孙昌胤行古礼而遭人非笑事。
●43・决：肯定。
●44・耀明于子：在你面前炫耀。
●45・"聊欲"二句：谓我只是想从你的脸色表现来看看你的喜好、憎恶怎么样。
●46・大过：过分、过誉。
●47・佞（nìng）誉诬谀：谄媚赞誉，阿谀奉承。直：只不过。见爱甚：特别爱我。故然：所以才这样。

为师，亦何所增加也？假而以仆年先吾子，闻道著书之日不后，[40]诚欲往来言所闻，则仆固愿悉陈中所得者。[41]吾子苟自择之，取某事，去某事，则可矣。若定是非以教吾子，仆才不足，而又畏前所陈者，[42]其为不敢也决矣。[43]吾子前所欲见吾文，既悉以陈之，非以耀明于子，[44]聊欲以观子气色，诚好恶何如也。[45]今书来，言者皆大过。[46]吾子诚非佞誉诬谀之徒，直见爱甚故然耳。[47]

● 48 · 文者以明道：文章是用来阐明圣人之道的。

● 49 · 不苟：不随便。炳炳烺烺（lǎng）：明丽有光彩貌。

● 50 · 可：肯定，赞许。

● 51 · 轻心：轻忽之心。掉：调弄。剽（piāo）而不留：轻滑而不凝重。剽，快捷、轻浮。

● 52 · 怠心：懈怠之心。易：轻视。弛而不严：松弛而不严谨。

● 53 · 昏气：头脑不清、思绪混乱。昧没而杂：模糊而杂乱。

● 54 · 矜气：骄矜之气。偃蹇：傲慢。

始吾幼且少，为文章，以辞为工。及长，乃知文者以明道，[48] 是故不苟为炳炳烺烺，[49] 务采色、夸声音而以为能也。凡我所陈，皆自谓近道，而不知道之果近乎，远乎？吾子好道而可吾文，[50] 或者其于道不远矣。故吾每为文章，未尝敢以轻心掉之，惧其剽而不留也；[51] 未尝敢以怠心易之，惧其弛而不严也；[52] 未尝敢以昏气出之，惧其昧没而杂也；[53] 未尝敢以矜气作之，惧其偃蹇而骄也。[54] 抑之欲其

●55·"抑之"六句：总写作文技法。抑，抑制。奥，深刻。扬，发扬、发挥。疏，疏通。廉，简洁、删繁就简。节，节制。激，激扬、荡涤污浊。固，凝聚。重，厚重。

●56·羽翼：辅助。

●57·"本之"五句：总写作文取法之源。《书》,《尚书》。质，质实、质朴。《诗》,《诗经》。恒，久、长，指永恒的情理。《礼》，指《周礼》《仪礼》《礼记》。宜，适宜。断，判断，指学习褒贬分明的"春秋笔法"以助于对是非的评判。《易》,《周易》。动，运动、变化。

●58·原：本源。

奥，扬之欲其明，疏之欲其通，廉之欲其节，激而发之欲其清，固而存之欲其重，[55]此吾所以羽翼夫道也。[56]本之《书》以求其质，本之《诗》以求其恒，本之《礼》以求其宜，本之《春秋》以求其断，本之《易》以求其动，[57]此吾所以取道之原也。[58]参之穀梁氏以厉其气，参之《孟》《荀》以畅其支，参之《庄》《老》以肆其端，参之《国语》以博其趣，参之《离骚》以致其幽，参之太史公以著其洁，⁵⁹ 此吾所以旁推交通而以为之文也。⁶⁰ 凡若此者，果是耶，非耶？有取乎，抑其无取乎？吾子幸观焉，择焉，有余以告焉。⁶¹ 苟亟来以广是道，⁶² 子不有得焉，则我得矣，又何以师云尔哉？⁶³ 取其实而去其名，无招越、蜀吠怪，而为外廷所笑，则幸矣！宗元复白。

- 59·"参之"六句：总写作文参考对象。穀梁氏，指《春秋穀梁传》。厉其气，磨砺文章的气势。《孟》《荀》，指《孟子》《荀子》。畅其支，使文章条理畅达。《庄》《老》，指《庄子》《老子》。肆其端，使文思放纵奔涌。《国语》，作者最精熟的一部史书，曾作《非〈国语〉》，驳其义而爱其文。博其趣，增加文章的意趣。《离骚》，作者最有感触的作品，曾言言："投迹山水地，放情咏《离骚》。"致其幽，使文章达到幽深之境。太史公，即司马迁所著《史记》。著其洁，使文章简洁精练。
- 60·旁推交通：指参证推求，融会贯通。
- 61·余：余暇，空闲。
- 62·"苟亟"句：谓假如您能常常扩充这些为文之道。亟，屡次、经常。广，扩大。
- 63·"又何"句：谓又何必要用老师的名称呢？

品·评　这是元和八年（813）柳宗元在永州写下的一篇书信体文章。全文围绕"取其实而去其名"的中心论点，分为两大部分展开论述：前半论师道，后半论创作。虽前后侧重点不同，但其内在筋脉却始终一贯，浑灏流转。用清人朱宗洛的话说："此文虽反复驰骋，曲折顿挫，极文章之胜概，然总不出结处'取其实而去其名'一句意。盖前半极言师之取怪，正见当去其名意；后半自言文之足以明道，正见当取其实意。至中间'吾子行厚辞深'一段，过脉处，固自泯然无迹也。其入手处，提出'师'字'道'字及'为文章'云云，则已握住通篇之线，故下文反复说来，而血脉自然融贯。"（《古文一隅》评语卷中）
　　开篇即针对韦中立提出的"欲相师"明确作答，说自己"不敢为人师"。下文连举两例，陈述不敢也不愿为师的理由。其一是韩愈为师之例，其二是孙昌胤行冠礼之例，前者为主，后者为辅，二例共同说明一个问题：流俗不问是非，见怪即吠，倘若独为众所不为之事，必然招致厄运。
　　韩愈为师事是最有力的证明。魏晋以降，世风日下，人们耻于言师。而韩愈却不顾流俗，收招后学，作《师说》，抗颜为师，结果招致众人笑骂，被目为狂人，不得不匆匆东行。由此见出为人师者的下场，也见出世风的浮薄。为了更形象地印证这一点，作者特举蜀犬吠日、越犬吠雪的典故和见闻，说明世俗的少见多怪及其严重危害："然雪与日岂有过哉？顾吠者犬耳。度今天下不吠者几人，而谁敢衒怪于群目，以召闹取怒乎？"这就是说，为师并无过错，问题出在那些见怪即吠的世人身上，而且这些人是如此之多，能量是如此之大，这就不能不令人为之忧惧，并力避"召闹取怒"了。进一步看，"韩愈既自以为蜀之日"而遭群犬之吠，那么，"吾子又欲使吾之越之雪"就不是明智之举了。更何况作者身为被贬之人，已蒙罪名；谪居九年，病疾不断；又何必要为一个为师的名号而自取其辱，让那些"呶呶者"一天到晚在耳边聒噪，扰乱心境呢？在这里，作者所举之例、所说之话看似带着谐谑味道，但其内里实则隐含着无比的悲凄和沉痛，隐含着对韩愈的同情理解以及对浮薄世风的愤懑。

柳宗元之不为师，并非否定师道，实在是因为怕遭世人非议而不愿空担一个为师的名号。在此后所作《报袁君陈秀才避师名书》中，他曾这样说道："仆避师名久矣。往在京都，后学之士到仆门，日或数十人，仆不敢虚其来意，有长必出之，有不至必恭之。虽若是，当时无师弟子之说。其所不乐为者，非以师为非，弟子为罪也。"由此可知，柳宗元当年在长安时就已经一方面避师之名，一方面行师之实了。正因为如此，所以下文话题一转，回到韦中立身上，非常客气地表明可以行师之实——"假而以仆年先吾子，闻道著书之日不后，诚欲往来言所闻，则仆固愿悉陈中所得者"。但绝不愿担为师之名——"若定是非以教吾子，仆才不足，而又畏前所陈者，其为不敢也决矣"。

既然可行师之实，就有必要将自己为文的心得告诉对方。于是，下文开始专力论为文之道。从少年时的"以辞为工"，到成年后理解的"文者以明道"；从作文的基本技法到其取法之源，再到可供参考的对象，娓娓道来，有条不紊，深刻惊警，启蒙发凡。作者是既重"道"又重"文"的，虽然"文"的目的在"明道"，但"文"本身又有其独立自主性，要将全副精神投入，才能将之作好，才能有所创新。这就要求为文者既要去除"轻心""怠心""昏气""矜气"，避免浮华、松散、杂乱等弊端，又要根据不同情形，或抑或扬，或疏通文气，或删繁就简；与此同时，还要扩大视野，遍览《尚书》《诗经》等儒家经典，以及《庄子》《国语》《离骚》《史记》等文史精品，充分吸收古人创作上的经验，借以磨砺气势，畅达条理，纵横思绪，增多意趣，使其既合蓄深沉又简洁明净。这段论文之语，是作者多年来的创作心得，堪称一篇精到的创作论，如今和盘托出，以示韦中立，这种做法，不正是老师谆谆教诲弟子的行为么？但作者虽行师之实，仍坚决不要师之名，因而在文章结束处再次告诫对方："取其实而去其名，无招越、蜀吠怪，而为外廷所笑。"既回应前文，又一笔点题，曲蕴余包，令人回味无尽。

林云铭说："是书论文章处，曲尽平日揣摩苦心，虽不为师而为师过半矣。其前段雪、日、冠礼诸喻，把末世轻薄恶态，尽底描写，嘻笑怒骂，兼而有之。想其落笔时，因平日横遭齿舌，有许多愤懑不平之气，故不禁淋漓满酣恣乃尔。"(《古文析义》初编卷五）这段评说大致道出了此文妙处，可以作为阅读时的参考。

图书在版编目（ＣＩＰ）数据

柳宗元集 / 尚永亮，洪迎华注评. -- 南京：凤凰
出版社，2024.10
ISBN 978-7-5506-3633-0

Ⅰ．①柳… Ⅱ．①尚… ②洪… Ⅲ．①柳宗元（773-
819）－文学欣赏 Ⅳ．①I206.2

中国国家版本馆CIP数据核字(2024)第101823号

书　　　名	柳宗元集	
注　　　评	尚永亮　　洪迎华	
责 任 编 辑	张永堃　　孙思贤	
书 籍 设 计	曲闵民	
责 任 监 制	程明娇	
出 版 发 行	凤凰出版社(原江苏古籍出版社)	
	发行部电话 025-83223462	
出版社地址	江苏省南京市中央路165号，邮编：210009	
照　　　排	南京凯建文化发展有限公司	
印　　　刷	苏州市越洋印刷有限公司	
	江苏省苏州市吴中区南官渡路20号，邮编：215104	
开　　　本	787毫米×1092毫米　1/32	
印　　　张	9.25	
字　　　数	177千字	
版　　　次	2024年10月第1版	
印　　　次	2024年10月第1次印刷	
标 准 书 号	ISBN 978-7-5506-3633-0	
定　　　价	58.00元	
	(本书凡印装错误可向承印厂调换，电话:0512-68180638)